U0085602

JLPT滿分進擊

另提供MP3朗讀音檔下載

COCOAR2 APP
隨掃隨聽 內附操作說明

新日檢制霸！

N3單字速記王

必考單字 × 出題重點 × 主題式圖像

由日語專業教師審訂，以實用情境句、圖像式記憶，完全掌握 JLPT 言語知識

三民日語編輯小組　彙編
眞仁田　榮治　審訂

誠摯推薦

日本龍谷大學教授 日本語教育學者 泉 文明
日本廣島大學副教授 日本語教育學者 櫻井 千穗
德國杜賓根大學教授 同志社日本研究中心所長 Michael Wachutka
開南大學 應用日語系助理教授 王秋陽
台大 / 交大 / 政大 兼任日語教師 詹兆雯
「哈捏口推特翻譯」粉專創辦人 哈捏口

三民書局

必考單字 × 出題重點 × 主題式圖像

～以單字與文法為點，例句為線，使學習連成圓～

はじめに

N3は初級と中級の交わるところです。

N5、N4の勉強で日本語の基礎を固めたみなさんは、生活の日本語なら不自由しないはずです。といっても、ほとんどの人は初級がパーフェクトなわけではないと思います。多くの人は初級が終わると、急いで中級・上級の勉強へと進みます。しかし、そんなに急がないでください。日本語の基礎にヒビが入っていたり、大切な部品が欠けていたりしませんか？初級の文法は日本語の最も重要な部分です。ここをおろそかにすると、間違いだらけの日本語しか話せなくなります。中・上級の勉強をする前に初級の見直しをしたほうがいいんじゃないですか？

本書は例文中に初級文法を豊富に使いつつ、N3の文型も数多く使うようにしています。また、初級では丁寧な会話文が中心でしたが、N3では友人同士のくだけた会話から、改まった敬語表現にいたるまでバリエーション豊かな文体で心を込めて例文を作りました。珠玉の例文を細かい部分まで味わいながら、初級文法、それと中級の文型にも親しんでください。

毎日、少しずつでいいので本書の音声を耳にし、この単語帳に気づいたことや、他の使用例をメモしてください。本書がメモでいっぱいになっているころには、あなたの日本語の基礎は一回り大きくなっているはずです。

眞仁田榮治

審訂者序

N3 介於初級和中級之間。

透過 N5、N4 的學習打下日語基礎的各位，在日常生活的使用上照理應該沒有什麼障礙了。話雖如此，我認為大部分的人未必完全掌握初級程度的內容。很多人在初級結束後，就急著進入中級、高級的學習。但是，希望各位不要這麼心急。請檢視自己的日語基礎是否有些小瑕疵，或是欠缺了某個十分重要的關鍵呢？初級文法是日語最重要的部分。一旦忽略，就變成只會講一些錯誤百出的日語。因此在進入中級、高級的學習之前，各位不妨重新審視初級內容。

本書例句套用豐富的初級文法，同時也儘可能使用許多 N3 的句型。另外，在初級程度的時候以有禮貌的對話文章為主，不過到了 N3，從朋友之間輕鬆的口語對話，到非常正式的敬語表現，本書以情境豐富的文體精心撰寫了例句。請各位一邊細細品味字字珠璣的例句，一邊熟悉初級文法、以及中級的句型。

每天只要一點一滴累積，聆聽本書的音檔，並且記下在這本單字書所注意到的事情，和另外一些使用範例。當本書寫滿筆記時，就表示你的日語基礎應該又更上層樓了。

真仁田榮治

本書特色

本書針對新制日本語能力測驗的「言語知識（文字・語彙・文法）」，精選必考單字，搭配重點文法與主題式圖像，編著多種情境句，形成全方位單字書。

◈ 速記必考重點

1 必考單字

以電腦統計分析歷屆考題與常考字彙後，由教學經驗豐富的日語教師刪減出題頻率較低的單字，增加新制考題必背單字，並以 50 音順序排列，方便查詢背誦。

2 最新出題重點

針對新制言語知識考題的最新出題趨勢，詳細解說常考字彙、文法以及易混淆字彙，精準掌握單字與文法考題。

3 主題式圖像

用趣味性插圖補充主題式單字，讓學習者能運用圖像式記憶，自然記住相關字彙，迅速擴充必考單字庫。

4 生活情境句

新制日檢考題更加靈活，因此提供符合出題趨勢的例句，並密集運用常考字彙與文法，幫助考生迅速掌握用法與使用情境，自然加深記憶，提升熟悉度。

5 標準發音

朗讀音檔由日籍專業錄音員錄製，幫助考生熟悉日語發音。本書 MP3 音檔請至 https://reurl.cc/K6d0ne 下載，將檔案解壓縮後即可使用，密碼為「本書最後一個單字的編號」（4 位數）。若無法順利下載，歡迎來信三民書局外文組，標明本書書名，將有專人為您服務。三民書局外文組 email：english@sanmin.com.tw

6 手機 APP 隨時學習

透過 COCOAR2 APP 輕鬆連網，出門在外也能隨手掃描頁面，即時聽、即時背。

運用本書認真學習的考生，能透過生活情境、圖像式記憶，迅速有效率的學習單字與文法，無論何時何地皆可靈活運用，在日檢中輕鬆驗證學習成果。

學習重點

N3 是從初級邁入中級的階段，如果先前沒有打下扎實基礎，將會影響到接下來的學習。因此，複習 N5、N4 程度的內容，以及多多接觸日常生活的各種情境都非常重要。

背單字最有效率的方法之一是「配合例句背單字」，不僅可以熟悉情境上的應用，洞悉上下文的脈絡，對於實際對話或是閱讀也有極大的助益。在學習的單字量增加後，還可以代換句中的詞語，增加談話內容的廣闊度。

善用眼、耳、口、手、心五感學習，更能在日檢閱讀與聽力測驗中獲取高分，而在口說與書寫的實際應用上，也能更加得心應手、運用自如。

使用方法

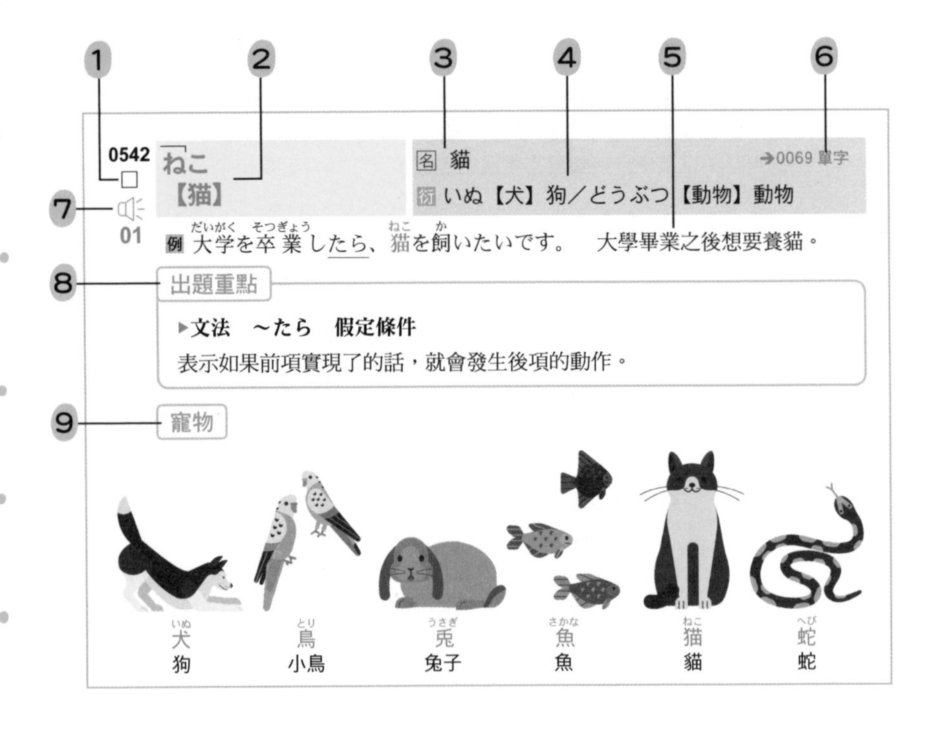

1 背誦確認框

檢視自己的學習進度，將已確實熟記的單字打勾。

2 精選單字

假名上方加註重音，【】內為日文漢字或外來語字源。

3 字義與詞性

根據新日本語能力試驗分級，標示符合本書難易度的字義。

▶詞性一覽表

自	自動詞	名	名詞	連體	連體詞	接續	接續詞
他	他動詞	代	代名詞	連語	連語	接助	接續助詞
I	一類動詞	い形	い形容詞	感嘆	感嘆詞	終助	終助詞
II	二類動詞	な形	な形容詞	助	助詞	接頭	接頭詞
III	三類動詞	副	副詞	慣	慣用語	接尾	接尾詞

＊為配合 N3 學習範圍，本書內文精簡部分單字的詞性標示。

4 相關單字

整理相關必背「類義詞」、「反義詞」及「衍生詞」，幫助考生擴大單字庫，對應新制日檢的靈活考題。

5 日文例句與中文翻譯

在生活化例句中密集運用常考的字彙與文法，讓考生熟悉用法、加強印象，並提供中文翻譯參考。

6 對應標示

標示書中相關單字的位置，或標記出前一級數的單字，方便學習者參照。

7 音軌標示

可依照對應的數字，透過 COCOAR2 APP 掃描頁面線上聆聽，或按 P.6「本書特色」第 5 點的說明下載音檔聆聽。

8 出題重點

針對新制日檢言語知識的考題，說明出題頻率較高的文法、詞意、慣用語等。另有隱藏版的「文化補充」，幫助學習者更加瞭解日本文化。

▶文法：以淺顯易懂的文字說明常考句型。
▶文法辨析：說明易混淆的文法用法。
▶詞意辨析：區別易混淆的單字意義與用法。
▶固定用法：列舉詞彙的固定搭配用語。
▶慣用：衍生出不同於字面意義的詞彙。
▶搶分關鍵：釐清易混淆的考試要點。

9 主題式圖像

將相同類型的補充單字搭配精美插圖，幫助考生記憶單字。

COCOAR2 APP 使用教學

1. 搜尋 COCOAR2 或掃描 QR code 安裝 APP

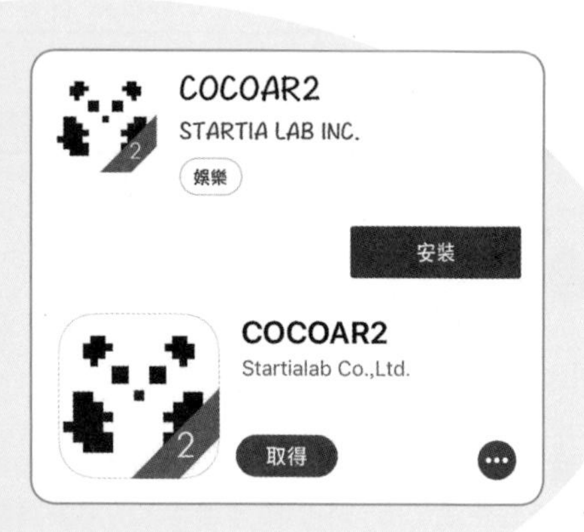

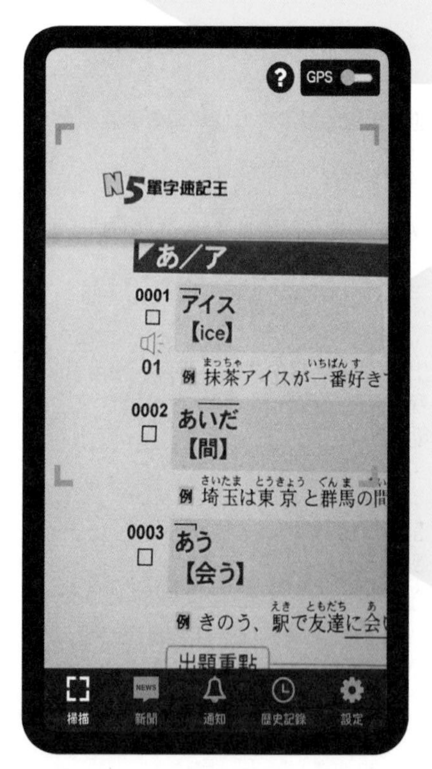

2. 在書中看到 🔈 即可打開 COCOAR2 掃描圖示周圍內容

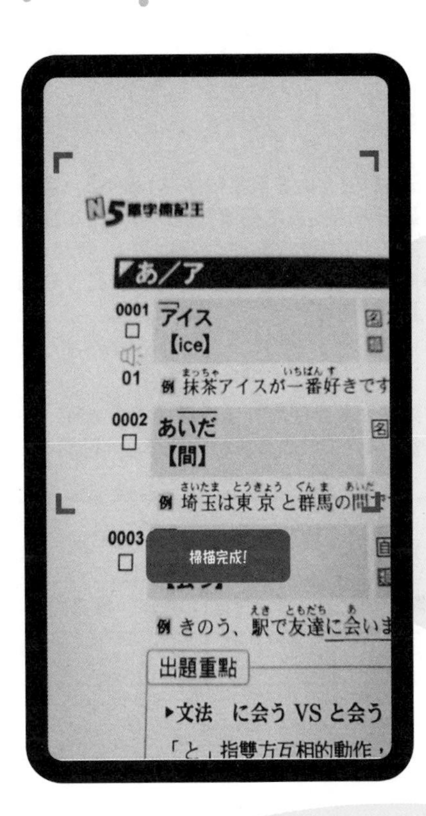

3. 掃描框顏色由橘轉綠表示
掃描成功

4. 跳出此對話框表示將開啟影音
請點選「是」即可開始聆聽

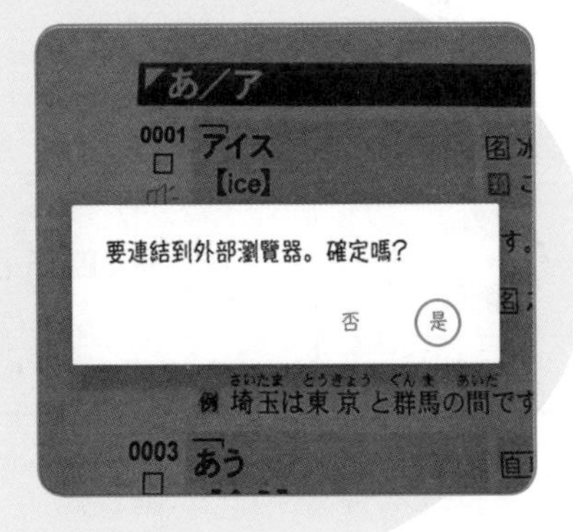

新日本語能力試驗簡介

◎ 應試資訊

2010 年改制的日本語能力試驗共分五個級數，**由難至易依序為 N1~N5**，報考者可依自己的能力選擇適合的級數參加。臺灣考區由日本臺灣交流協會、日本國際交流基金會及財團法人語言訓練測驗中心主辦，考場設於臺北、桃園（2018 年起）、臺中、高雄。本測驗一年辦理兩次，**於每年 7 月及 12 月第一個星期日舉行，分別於 3 月下旬至 4 月上旬、8 月下旬至 9 月上旬受理報名**。

◎N3 得分範圍與通過標準

總分通過標準及分項成績通過門檻詳如下表，**除了總分須達通過標準之外，各分項成績亦須達到通過門檻才會判定為合格**。如分項成績有一科分數未達通過門檻，即使總分再高，也會判定為不合格。

得分	通過標準	言語知識（文字・語彙・文法）		讀解		聽解	
		得分	通過門檻	得分	通過門檻	得分	通過門檻
0-180	95	0-60	19	0-60	19	0-60	19

◎N3 測驗內容與認證基準

<table>
<tr><th colspan="2">測驗內容</th><th rowspan="2">認證基準</th></tr>
<tr><th>測驗項目</th><th>測驗時間</th></tr>
<tr><td>言語知識
（文字・語彙）</td><td>30 分鐘</td><td rowspan="5">能大致理解日常情境所使用的日語。
【讀】・能看懂內容具體的日常生活相關文章。
・能從報紙標題等掌握概要資訊。
・日常情境中可見難度略高的文章，經換句話說，能理解其大意。
【聽】・在日常情境下，聆聽稍微接近常速且連貫的對話，經整合談話的具體內容和人物關係等資訊後，能大致理解。</td></tr>
<tr><td>言語知識（文法）</td><td rowspan="2">70 分鐘</td></tr>
<tr><td>讀解</td></tr>
<tr><td>聽解</td><td>40 分鐘</td></tr>
<tr><td>合計</td><td>140 分鐘</td></tr>
</table>

◈N3 試題構成

科目（時間）		題型		題數	測驗內容
言語知識（30分）	文字・語彙	1	漢字讀音	8	判斷漢字的讀音。
		2	漢字寫法	6	判斷平假名語彙的漢字。
		3	前後文脈	11	根據前後文選出適當語彙。
		4	類義替換	5	選出與題目意義相近的語彙或表達方式。
		5	語彙用法	5	選出正確使用語彙的句子。
言語知識・讀解（70分）	文法	1	句子文法 1（文法形式判斷）	13	選出合乎句子內容的文法形式。
		2	句子文法 2（句子結構）	5	組合出結構正確、語意通順的句子。
		3	文章文法	5	判斷出符合文章脈絡的句子。
	讀解	4	內容理解（短篇）	4	閱讀約 150 ～ 200 字的生活、職場等各類話題之文章，理解其內容。
		5	內容理解（中篇）	6	閱讀約 350 字的解說、散文等文章，理解其關鍵字和因果關係。
		6	內容理解（長篇）	4	閱讀約 550 字的解說、散文、書信等文章，理解其概要和邏輯結構。
		7	資訊搜索	2	從約 600 字的廣告、小冊子等資料中，找尋需要的資訊。
聽解（40分）		1	問題理解	6	聆聽連貫的內容，理解其內容。（聽取解決問題所需的具體資訊，理解下一步應採取的適當行動）
		2	重點理解	6	聆聽連貫的內容，理解其內容。（根據事先聽到的提示，抓取重點）
		3	概要理解	3	聆聽連貫的內容，理解其內容。（從整體對話理解說話者的意圖和主張）
		4	言語表達	4	依照圖片內容與情境說明，選出適當的表達。
		5	即時應答	9	聆聽簡短的詢問後，選出適當的回應。

＊資料來源：日本語能力試驗官方網站　https://www.jlpt.jp/tw/index.html

＊實際出題情形以日本語能力試驗官方為主

N3 單字速記王

目次

な行

は行

ま行

や行

ら行

わ行

圖片來源：Shutterstock

あ／ア

0001 □ 01

あいかわらず【相変わらず】

副 照樣，依舊

例 雨の日も相変わらず犬の散歩をしています。

雨天也照樣去遛狗。

0002 □

あいさつ【挨拶】

名・自Ⅲ 打招呼；問候，寒暄；致詞 ➔ N4 單字

例 引っ越しをした時、近所に挨拶に行ったほうがいいです。

搬家的時候，去跟鄰居打聲招呼比較好。

打招呼

握手（あくしゅ）
握手

お辞儀（じぎ）
鞠躬

ハイタッチ
擊掌

0003 □

あいず【合図】

名・自Ⅲ 暗號，信號；打暗號

例 旗を振って合図をした。すると、みんながいっせいに走り出した。

揮舞著旗幟打暗號，於是大家便同時起跑。

0004 □

あいする【愛する】

名・他Ⅲ 愛，喜愛

反 にくむ【憎む】憎恨 衍 あい【愛】愛，愛情

例 学級委員長はまじめで明るいので、クラスのみんなだけでなく、先生たちにも愛されている。

班長認真又開朗，所以不只全班同學，連老師們也喜愛他。

0005 □ **あいて【相手】**

名 對象，對方；對手；夥伴
衍 てき【敵】敵人／ライバル【rival】對手

例 あの女優(じょゆう)の結婚(けっこん)相手(あいて)はアメリカ人(じん)の歌手(かしゅ)だそうです。
聽說那位女演員的結婚對象是名美國歌手。

例 練習(れんしゅう)試合(じあい)の相手(あいて)が見(み)つからなくて困(こま)っています。
找不到練習賽的對手而感到煩惱。

0006 □ **アイディア【idea】**

名 主意，想法 → N4 單字
衍 あん【案】意見；計畫

例 いいアイディアを思(おも)いついた。この箱(はこ)を椅子(いす)として使(つか)ったらいいんじゃない？ 我想到了個好主意！如果把這個箱子當作椅子用不就行了嗎？

0007 □ **あいまい(な)【曖昧(な)】**

な形 曖昧的，模稜兩可
反 はっきり 明顯

例 質問(しつもん)に対(たい)する市長(しちょう)の答(こた)えはあいまいで分(わ)かりにくかったです。
市長對於質詢的回答模稜兩可，很難理解。

0008 □ **アイロン【iron】**

名 熨斗
衍 ドライヤー【dryer・drier】吹風機

例 私(わたし)は母(はは)に制服(せいふく)にアイロンをかけてもらいました。
我請媽媽幫我（用熨斗）燙制服。

出題重點

▶固定用法　アイロン／掃除機をかける　燙衣服／用吸塵器

這裡的「かける（掛ける）」為「使用道具」之意，而熨斗的功能為燙平衣物，因此「アイロンをかける」翻成中文就是指燙衣服。同樣經常搭配「かける」使用的名詞還有「掃除機」，也就是吸塵器。

0009 □ **あう【遭う】**

自Ⅰ 碰上，遇到（事故等） → N4 單字
衍 おこす【起こす】發生（事故）

例 今朝(けさ)、交通事故(こうつうじこ)に遭(あ)ったために、仕事(しごと)に遅(おく)れてしまった。
今天早上碰上交通事故，所以上班遲到了。

0010 □ **あがる【上がる】**

自I 上升；上漲；（程度）提高；升上

反 さがる【下がる】下降；（程度）降低

例 戦争で物価が上がったせいで、経済が悪くなってきた。

由於戰爭造成物價上漲，導致經濟變差。

0011 □ **あき～【空き～】**

接頭 空～，空的～

衍 あきべや【空き部屋】空房間

例 ときどき友達と空き地でキャッチボールをすることがある。

有時會和朋友在空地練習傳接球。

0012 □ **あきらめる【諦める】**

他II 放棄，死心 → N4 單字

衍 やめる【止める】放棄，停止

例 ゴールまであと少しだ。諦めるな！

就快到終點了，別放棄！

0013 □ **あきる【飽きる】**

自II 膩；厭煩的；厭倦

衍 たいくつ（な）【退屈（な）】無聊的；厭倦

例 この本は何回読んでも飽きない。

這本書無論看多少次都不會膩。

0014 □ **あきれる【呆れる】**

自II 驚訝，吃驚（多為負面）

衍 がっかりする 失望

例 彼の言ったことにあきれて、何も言えませんでした。

對於他的發言感到吃驚而說不出半句話。

0015 □ **あく【空く】**

自I 空，空著；有空 → N4 單字

反 うまる【埋まる】（座位或行程）塞滿，擠滿

例 大変申し訳ございません。ただいま満席でございます。お席が空くまでこちらでお待ちいただけますか。

非常抱歉，現在已客滿。有空位前可否請您在此等候呢？

0016 □ **あくしゅ【握手】**

名・自Ⅲ 握手

例 試合(しあい)が終(お)わったとき、選手(せんしゅ)たちは握手(あくしゅ)して退場(たいじょう)することになっている。

按照規定，比賽結束時選手們得握手退場。

出題重點

▶**文法　Vことになっている　按照規定**

用來表示生活中的規範、規定、法律等等。

0017 □ **アクセル【accelerator】**

名 油門

反 ブレーキ【brake】煞車

例 この車(くるま)はアクセルを踏(ふ)むと、変(へん)な音(おと)がします。

這臺車只要一踩油門，就會發出奇怪的聲音。

0018 □ **あくび**

名 呵欠，哈欠

衍 くしゃみ 打噴嚏

例 授業中(じゅぎょうちゅう)にあくびが止(と)まらないのはどうしてだろうか。

為什麼上課時會不斷打呵欠？

0019 □ **あける【明ける】**

自Ⅱ 天亮；過（年）；（某期間）結束

反 くれる【暮れる】天黑；（年）即將結束

例 A：夜(よ)が明(あ)ける前(まえ)に空港(くうこう)へ行(い)かなければならないんだ。

我們必須在天亮前去機場。

B：じゃあ、今晩(こんばん)は早(はや)く寝(ね)なきゃ。

那今晚得早點睡了。

文化補充

▶**明けましておめでとうございます　新年快樂**

「年が明ける」指新年到來，在新年期間，日本人會說「明けましておめでとうございます」（新年快樂）來互相祝賀，「明けまして」正是來自「明ける」的變化。因指舊的一年過去、新的一年到來，所以要到新曆年的1月1日才能說「明けましておめでとうございます」，在還沒跨年前則說「よいお年を」（祝您有個美好的一年）。

0020 □ **あげる【上げる】**
他II 提高，提升（程度）；抬高 ➔ N4 單字
反 さげる【下げる】降低（程度）

例 運転手さん、急ぎませんから、あまりスピードを上げなくてもいいですよ。 司機先生，我不趕時間，所以可以不用開那麼快喔。

出題重點

▸**固定用法　スピードを上げる／出す　加速**

「上げる」有提升、增加程度的意思，前面接「スピード」（速度）即為加速、開快之意，且「スピードを上げる」的加速程度比「スピードを出す」還高。

0021 □ **あげる【挙げる】**
他II 舉；舉例；舉行（婚禮等）

例 答えが分かった人は手を挙げてください。
知道答案的人請舉手。

例 先輩は分かりやすい例を挙げて説明してくれました。
前輩舉了易懂的例子為我們説明。

0022 □ **あげる【揚げる】**
他II 炸，油炸
衍 あげもの【揚げ物】油炸物

例 この魚は油で揚げると、もっとおいしくなるよ。
這種魚油炸過後會更好吃喔！

0023 □ **あこがれる**
自II 嚮往，憧憬
衍 あこがれ【憧れ】嚮往，憧憬

例 プロ選手にあこがれる男の子は多い。
很多男生嚮往成為職業運動員。

0024 □ **あさはやく【朝早く】**
連語 一大早
反 よるおそく【夜遅く】深夜

例 おとなりさんは今日は朝早くから仕事に行ったみたいだね。5時頃、エンジンの音がしたよ。
隔壁鄰居今天好像一大早就去工作了呢，5點左右有聽見汽車引擎聲。

0025 □ **あさひ【朝日】**

名 旭日，朝陽
反 ゆうひ【夕日】夕陽

例 だんだん朝日(あさひ)がのぼってくるのを山(やま)の上(うえ)から見(み)ていた。
從山上看旭日逐漸東升。

0026 □ **あじみ【味見】**

名・他Ⅲ 試味道，嚐味道

例 みそ汁(しる)を味見(あじみ)したら、少(すこ)ししょっぱく感(かん)じました。
試了味噌湯的味道，覺得有點鹹。

0027 □ **あす【明日】**

名・副 明天，明日（表示鄭重、禮貌） ➔ N4 單字
類 あした【明日】明天

例 明日(あす)の午前(ごぜん)9時(くじ)に、先生(せんせい)の研究室(けんきゅうしつ)に伺(うかが)います。よろしくお願(ねが)いします。
我將在明天早上9點拜訪老師您的研究室，請多指教。

0028 □ **あずかる【預かる】**

他Ⅰ 代為保管，照料（物、人、錢）；負責

例 すみません。荷物(にもつ)を預(あず)かってもらえますか。
不好意思，請問可以幫我保管行李嗎？（在飯店櫃檯）

0029 □ **あずける【預ける】**

他Ⅱ 寄放（物、人等），存放（錢）；委託
衍 わたす【渡す】交，給

例 お年玉(としだま)を銀行(ぎんこう)に預(あず)けようと思(おも)います。
我想把壓歲錢存進銀行。

出題重點

▶**詞意辨析　預かる VS 預ける**

出國旅遊的時候，想在飯店櫃檯或車站寄放行李，卻總是搞不清楚該怎麼說才對？這兩個字都是他動詞，差別在於「預かる」為「接受保管」，「預ける」則為「請託寄放」。簡單來說，「荷物を預かる」的動作者一般為接受保管行李的櫃檯人員，「荷物を預ける」的動作者則為請託寄放行李的旅客。

0030 □

あせ【汗】

名 汗

例 汗をかくのは体に良いと言われている。

據說流汗對身體好。

出題重點

▸**固定用法　汗をかく　流汗**

日語的流汗除了「汗が出る」之外，還有「汗をかく」一說法。

0031 □ 02

あたえる【与える】

他II 給予；帶來；提供

反 うける【受ける】接；蒙受；接受；遭受

例 ベートーヴェンの作品は多くの音楽家に影響を与えてきた。

貝多芬的作品為許多音樂家帶來影響。

0032 □

あたためる【温める】

他II 加熱，加溫

反 さます【冷ます】使冷卻

例 日本ではスーパーのお弁当は温めずに食べても大丈夫です。

在日本，超市的便當就算不加熱也可以直接吃。

0033 □

あたためる【暖める】

他II 使暖和

衍 あたたまる【暖まる】暖和

例 寒い部屋を暖めるために、暖房をつけた。

為了使寒冷的房間暖和起來而開暖氣。

0034 □

あたり【辺り】

名 周圍，附近，一帶

類 ～へん【～辺】一帶／ちかく【近く】附近

例 すみません。この辺りのことはよく分からないので、他の人に聞いてください。　對不起，因為這一帶我不熟，請你詢問別人。

0035 □

あたりまえ【当たり前】

名 理所當然，應當；普通，平常

類 とうぜん【当然】理所當然，應當

例 どの国の人でも、その国の法律を守るのは当たり前のことです。

無論哪國人，遵守該國的法律是理所當然的事。

0036 □ あたる【当たる】

自Ⅰ 碰，撞；照，曬；準，中；相當於

反 はずれる【外れる】落空，不準

例 ボールが目(め)に当(あ)たったので、急(いそ)いで病院(びょういん)に行(い)った。

因為球打到眼睛，所以趕緊去醫院。

例 寮(りょう)の部屋(へや)は日(ひ)がよく当(あ)たって、とても暖(あたた)かいです。

宿舍房間經常有日照，非常溫暖。

例 テレビの天気予報(てんきよほう)とネットのと、どっちが当(あ)たるかな。

電視跟網路上的天氣預報，哪一個比較準呢？

0037 □ あちこち

代 到處

類 あちらこちら・あっちこっち 到處

例 春(はる)になると、あちこちで桜(さくら)が咲(さ)いている。

一到春天，到處都是盛開的櫻花。

0038 □ あつかう【扱う】

他Ⅰ 操作，使用（機器等）；對待；處理

衍 とりあつかう【取り扱う】操作；對待；處理

例 この車(くるま)は買(か)ったばかりなんだから、大切(たいせつ)に扱(あつか)ってよ。

這是剛買來的車，所以要小心操作喔。

0039 □ あっさり

副・自Ⅲ （味道）清淡；（個性）爽快

衍 さっぱり 清淡；爽快；完全，徹底

例 今日(きょう)は暑(あつ)いですし、あっさりした料理(りょうり)が食(た)べたいです。

又因為今天很熱，所以想吃點清淡的菜。

0040 □ あっというま（に）【あっという間（に）】

連語 轉眼間，一瞬間

例 ゴールデンウイークはあっという間(ま)に終(お)わってしまった。

黃金週轉眼間就結束了。

0041 □ アップする

自他Ⅲ 提高，增加

反 ダウンする 降低，減少

例 この仕事(しごと)はきついから、時給(じきゅう)をアップしてほしい。

這份工作很辛苦，所以希望能提高時薪。

0042 □

あつまり【集まり】

名 集會，聚會；集合，群聚
類 しゅうかい【集会】集會

例 今夜の集まりで誰がこの地域の役員になるかが決まるので、欠席するわけにはいかない。

今晚的集會要決定這個地區的幹部是誰，所以不能缺席。

出題重點

▸**文法　Vわけにはいかない　不能**

表示基於常識、道義或社會上的普遍想法而不能那麼做。

0043 □

あつめる【集める】

他II 收集；召集；集中　➔ N4 單字
類 しゅうしゅう【収集】收集

例 このイベントで記念品をもらうためにはスタンプを5つ集める必要がある。　在這個活動上要得到紀念品的話必須收集5個戳章。

0044 □

あてさき【宛先】

名 收件地址（有時也包含收件者姓名、郵遞區號）

例 英語で宛先はどう書けばいいですか。

該如何用英文書寫收件住址呢？

0045 □

あてな【宛名】

名 收件者姓名
反 さしだしにん【差出人】寄件者

例 封筒には宛名しか書いていなかった。

信封上只寫著收件者姓名。

0046 □

あてる【当てる】

他II 撞，打；曬，淋；猜；中獎
衍 あたる【当たる】碰，撞；照，曬；準，中

例 この植物は日光に弱いので、直接日に当てないこと。

這種植物不耐陽光，所以不要直接曝曬在太陽底下。

例 うちの犬が何歳か当ててみて！

猜猜看我家狗狗幾歲？

0047 □ **アドバイス【advice】**

名・自Ⅲ 建議，忠告
衍 アドバイザー【adviser・advisor】顧問

例 日本人の友達から、日本の生活についてのアドバイスをもらいました。
從日本朋友那得到對於日本生活的建議。

0048 □ **アドレス【address】**

名 電子郵件地址
類 メールアドレス【email address】電子郵件地址

例 7年間も使ったアドレスですが、事情があって変更することにしました。　使用7年之久的電子郵件地址因故決定變更。

0049 □ **あな【穴】**

名 洞，洞穴

例 道にこんな大きな穴が開いているのを初めて見た。
我還是第一次在路上看到這麼大一個洞。

0050 □ **アナウンス【announce】**

名・他Ⅲ 廣播；公告　➔ N4 單字
衍 アナウンサー【announcer】主播

例 電車の中は人の声がうるさくて、アナウンスがちっとも聞こえない。
電車裡的人聲太吵，完全聽不到廣播。

0051 □ **あばれる【暴れる】**

自Ⅱ 鬧，鬧事

例 彼は酔うと暴れるから、絶対にお酒を飲ませちゃだめだよ。
他一喝醉就會鬧事，所以千萬別讓他喝酒喔。

0052 □ **あぶら【油】**

名 油（液體）
衍 あぶら【脂】脂肪（固體）

例 野菜は揚げるのではなく、油で炒めてください。
蔬菜不要用炸的，請用油去炒。

0053 □

あふれる

自Ⅱ 溢出，滿出；擠滿；充滿
衍 こうずい【洪水】洪水

例 牛乳（ぎゅうにゅう）を入（い）れすぎて、コップからあふれてしまった。
倒太多牛奶，都從杯子裡滿出來了。

0054 □

あまやかす【甘やかす】

他Ⅰ 放任，寵壞
衍 あまえる【甘える】撒嬌

例 犬（いぬ）を甘（あま）やかすのはよくないと思（おも）います。
我認為寵壞狗狗不是件好事。

0055 □

あまる【余る】

自Ⅰ 多，剩餘；超過 → N4 單字
衍 あまり【余り】剩下的，多餘的（東西）

例 父（ちち）の作（つく）った晩（ばん）ご飯（はん）が食（た）べきれないほど余（あま）っている。
爸爸煮的晚餐多到吃不完。

出題重點

▸**文法　V－ます＋きる／きれない　～完／無法完全～**
表示行為、動作做到最後，翻成中文有「完了」、「極盡」之意。
例 この漫画（まんが）を一晩（ひとばん）で全巻（ぜんかん）読（よ）みきった。
花了一晚看完這整套漫畫。

0056 □

あやしい【怪しい】

い形 可疑的；詭異的
衍 へん（な）【変（な）】奇怪的

例 あの人（ひと）なんか怪（あや）しいよね。気（き）を付（つ）けたほうがいいよ。
那個人有點可疑對吧，小心一點比較好喔。

0057 □

あやまる【謝る】

自他Ⅰ 道歉，認錯 → N4 單字

例 大（たい）したことじゃありませんから、謝（あやま）ることはありませんよ。
不是什麼大不了的事，所以你不必道歉。

0058 □ あらし【嵐】

名 風暴，暴風雨

衍 ぼうふう【暴風】暴風

例 せっかくの旅行(りょこう)だったのに、春(はる)の嵐(あらし)で飛行機(ひこうき)が5時間(ごじかん)も遅(おく)れてしまいました。

明明是難得的旅行，卻因春季的暴風雨，造成班機延誤5小時之久。

自然現象

台風(たいふう)
颱風

洪水(こうずい)
洪水

吹雪(ふぶき)
暴風雪

津波(つなみ)
海嘯

地震(じしん)
地震

竜巻(たつまき)
龍捲風

0059 □ あらそう【争う】

自他Ⅰ 爭，競爭；爭奪；鬥爭

衍 たたかう【戦う】戰鬥

例 ポルトガルチームとスペインチームが大会(たいかい)で優勝(ゆうしょう)を争(あらそ)うことになった。

葡萄牙隊與西班牙隊將在大賽爭奪冠軍。

（註：非出於兩隊的主動意志，而是自然形成的結果）

0060 □ **あらわす【表す】**

他I 表示，意味著；表達，表現

類 ひょうげんする【表現する】表達，表現

例 赤いバラは愛や情熱を表し、紫のバラは誇りや上品さを表すと言われています。

據說紅玫瑰表示愛情與熱情，紫色玫瑰則表示驕傲與高雅。

0061 □ **あらわれる【現れる】**

03

自II 出現；露出

反 かくれる【隠れる】隱藏，躲藏；隱沒

例 村にクマが現れたらしく、この辺りの人々はとても怖がっている。

村子裡好像有熊出沒，這附近的人們都非常害怕。

0062 □ **ある～【或る～】**

連體 某～，某個～

例 ある学校ではテストの結果によって席が変わるんだって。これってもしかして差別じゃない？　聽說某間學校是根據考試結果換座位，這（對成績差的同學）豈不是一種歧視嗎？

0063 □ **アルバム【album】**

名 相簿，紀念冊；（音樂）專輯

例 卒業アルバムを見るたびに、楽しかった高校時代を思い出す。

每次看到畢業紀念冊，就會想起快樂的高中時光。

0064 □ **アルミホイル【aluminium foil】**

名 鋁箔紙

衍 ラップ【wrap】保鮮膜

例 電子レンジにアルミホイルを入れるのは危険です。

把鋁箔紙放入微波爐裡很危險。

0065 □ **アレルギー【(德)Allergie】**

名 過敏

衍 かふんしょう【花粉症】花粉症

例 私は卵アレルギーなので、卵なしのメニューを教えてほしいんですが。

我對雞蛋過敏，所以希望你能告訴我不含雞蛋的餐點。

0066 □ **あわ【泡】**

名 泡沫，氣泡

例 ビールに泡が立つのはなぜだろうか。

為什麼啤酒會起泡沫呢？

出題重點

▸**固定用法　泡が立つ　起泡沫**

搭配的動詞為「立つ」，在這裡就是起泡沫、冒泡的意思。

0067 □ **あわせる【合わせる】**

他Ⅱ 合起；合併；加在一起；配合，和著

衍 あう【合う】一致；適合；匯合

例 計画を成功させるために、みんなで力を合わせて頑張ろう！

為了讓計畫成功，大家一起同心協力加油吧！

例 祖母は孫たちと一緒に音楽に合わせて手をたたいた。

奶奶和孫子們一起和著音樂打拍子。

出題重點

▸**固定用法　力を合わせる　同心協力**

字面意思「將力量合而為一」，也就是同心協力。

0068 □ **あわてる【慌てる】**

自Ⅱ 慌張；匆忙

反 おちつく【落ち着く】沉著，冷靜；安定，穩定

例 火事に遭ったときは、あわてず、１１９番に電話するようにしてください。　遇到火災時請不要慌張，儘可能打電話給119。

0069 □ **あん【案】**

名 意見；計畫

衍 かんがえ【考え】意見，想法

例 来週の金曜日までに、新しい案を出しなさい。

請在下星期五前提出新計畫。（來自上司的要求）

0070 □ **あんがい【案外】**

副 出乎意料

類 いがいに【意外に】意外地，出乎意料

例 歌舞伎(かぶき)は案外(あんがい)おもしろかったです。ただ、チケット代(だい)が高(たか)すぎます。

歌舞伎出乎意料地有趣，只是門票太貴了。

0071 □ **あんき【暗記】**

名・他Ⅲ 背誦

類 おぼえる【覚える】記住

例 どの科目(かもく)も暗記(あんき)するのではなく、理解(りかい)することが大事(だいじ)です。

無論哪項科目，重要的並非背誦而是理解。

0072 □ **アンケート【(法)enquête】**

名 問卷

衍（アンケートを）とる 進行（問卷調查）

例 アンケートによると、ラーメンは最(もっと)も人気(にんき)のある日本料理(にほんりょうり)だということだ。 根據問卷調查，拉麵是最受歡迎的日本料理。

出題重點

▸**文法　Nによると／Nによれば　根據～**

表示消息來源或推測依據，後面常搭配表傳聞的「～そうだ」、「～ということだ」一起使用。另外，由於「Nによると」跟另一文法「Nによって」長得很像，也都可翻譯成「根據、依據」而容易使人混淆，但前者指的是消息、傳聞或推測的來源根據，後者則指手段或判斷基準的依據，用法完全不同，請注意不要搞混了。

（○）Nによると＋～そうだ／らしい／という／ということだ

（×）Nによって＋～そうだ／らしい／という／ということだ

0073 □ **あんしょうばんごう【暗証番号】**

名 密碼 ➔ N4 單字

類 パスワード【password】密碼

例 暗証番号(あんしょうばんごう)を忘(わす)れないように手帳(てちょう)に書(か)いておいた。

為了不要忘記而把密碼寫在記事本裡。

0074 □

あんしん【安心】

名・自Ⅲ 放心，安心 ➔ N4 單字

例 我が社のツアー商品は予定変更の場合でも、追加料金はございませんので、ご安心ください。 本公司的旅遊套裝行程即使有變更預定的情況，也不會加收金額，所以請您放心。

出題重點

▸**搶分關鍵　我が＋N　我的～**

多用於書面文章或是演講，連體詞「我が」接在名詞前，意思為「我的～」或「我們的～」，翻譯可配合前後文調整。除了上述例句的「我が社」之外，「我が国」（我國）也是生活中常見的例子。

0075 □

あんぜん（な）【安全（な）】

名・な形 安全，平安；安全的 ➔ N4 單字

反 きけん（な）【危険（な）】危險；危險的

例 まず、けが人を安全な場所に移動させてください。

請先將受傷的人移動到安全的地方。

0076 □

あんない【案内】

名・他Ⅲ 指南；通知；帶路，導覽 ➔ N4 單字

例 お客様に料金を振り込んでいただいた後、こちらからサービスについての詳しい案内を郵送いたします。

收到顧客的匯款之後，我們將郵寄關於服務的詳細指南。

い／イ

0077 □ 04

い【胃】

名 胃

衍 いちょう【胃腸】腸胃

例 私は胃の調子が悪い時、おかゆを食べるようにしています。

當我覺得胃不舒服時，會盡量改吃粥。

器官

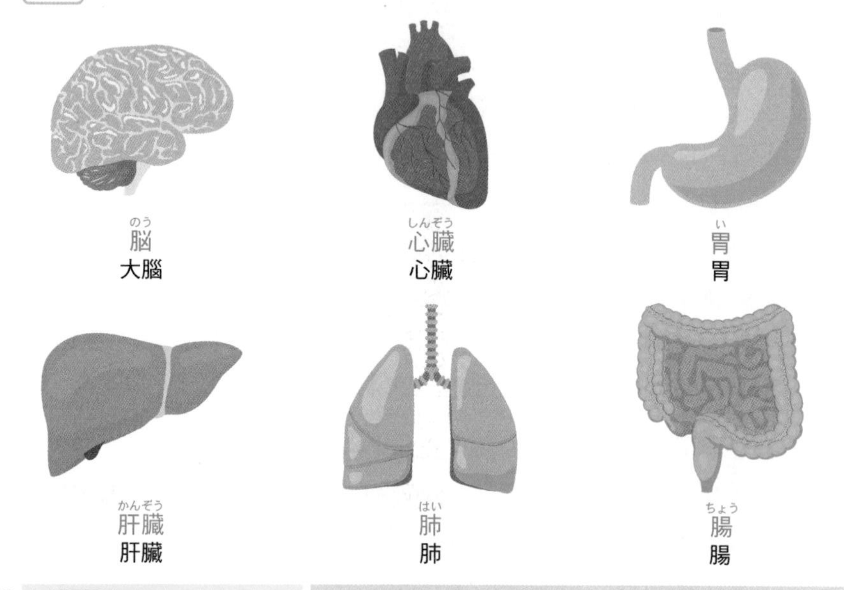

0078 □ いいかえす【言い返す】

自Ⅰ 回嘴，反駁；反覆說

例 どんなにひどいことを言（い）われても、彼（かれ）は決（けっ）して言（い）い返（かえ）さない。

無論被說得多過分，他絕對不會回嘴。

0079 □ いいかげん（な）【いい加減（な）】

な形 適當的，恰當的；敷衍的，隨便的

反 ちゃんと 好好地；確實地；整齊地

例 子供（こども）が父親（ちちおや）に「いい加減（かげん）にしろ！」と叱（しか）られた。

小孩被爸爸罵說「你給我適可而止！」。

例 いい加減（かげん）な期末（きまつ）レポートを提出（ていしゅつ）したために不合格（ふごうかく）になってしまった。

都是因為繳交了敷衍的期末報告才會不及格。

出題重點

▸**慣用　いい加減にしろ　給我適可而止**

命令句句尾，用於喝斥對方行為，日本人說這句話時代表非常生氣。

0080 □ いか【以下】

名・接尾 以下；在～之下，低於～ ➔ N4 單字

反 いじょう【以上】以上；在～之上，超過～

例 ビジネスメールを送る場合は、以下の点に注意しましょう。

寄送商務郵件的時候，請注意以下幾點事項。

0081 □ ～いがい【～以外】

接尾 ～以外，除～之外 ➔ N4 單字

例 とりあえずどうしてもしなければならない仕事を先にやっちゃおうよ。それ以外は明日でいいんじゃない？

總之先做非完成不可的工作，除此之外的明天再弄不就好了嗎？

出題重點

▶搶分重點　相關用法

「以外」、「以上」、「以下」等等「以～」系列的詞語，前面只能接名詞或代名詞，因此沒有「その以外」之類的用法。

（×）その以外　（無此說法）

（○）それ以外　除此之外

（○）それ以上　那之上

（○）それ以下　那之下

（○）それ以後　那之後

（○）火曜日以降　星期二之後

0082 □ いがい（な）【意外（な）】

な形 意外，出乎意料

衍 よそうがい【予想外】意想不到，出乎意料

例 この数学の問題は簡単そうだけど、意外に難しいね。

這道數學題看似簡單，卻意外地難。

出題重點

▸**詞意辨析　意外 VS 案外**

兩者中文雖然都可譯作出乎意料，「意外」是な形容詞，用在思考與實際有落差的時候，或是無法預測的事物上；「案外」則是副詞，用在實際情況與預想有落差的時候。な形容詞的「意外」在使用方法上靈活度較高，以下的例句情境就不可使用「案外」：

例 彼が不合格だったのは意外だ。　他會不及格，真是出人意料之外。

例 事故の原因は意外なものだった。　事故原因很令人意外。

例 A：彼女のほうが 私 より年上だよ。　她的年紀比我大喔。
　B：へぇ～意外～。　哦！真想不到。

0083 □ **いき【息】**
名 呼吸，氣息
衍 こきゅう【呼吸】呼吸

例 大きく息を吸って、そのまま 10 秒 間止めてください。
請深呼吸，並憋氣 10 秒鐘。

0084 □ **いきなり**
副 突然，一下子
衍 とつぜん【突然】突然

例 いきなり大声を出すなよ！びっくりした。
別突然發出很大的聲音啦！嚇死人了。

0085 □ **いきもの【生き物】**
名 生物

例 この川は水が汚れているので、生き物にとっては住みにくいだろう。
這條河川的水很髒，所以對生物來說不容易生存吧。

0086 □ **いくじ【育児】**
名 育兒，養育小孩
類 こそだて【子育て】養育孩童，育兒

例 これからは育児をする男性がだんだん増えていくだろう。
今後養育小孩的男性會逐漸增加吧。

0087 □ **いくつか**

名・副 幾個，一些

例 ＥＵ以外の国からＥＵの大学に留学する方法はいくつかあります。

從非歐盟國去歐盟國家的大學留學有幾個方法。

0088 □ **いけない**

感嘆 不好了，糟糕了

類 まずい！ 糟糕了！

例 あっ！いけない。部屋のエアコンをつけたまま来ちゃった。急いで戻らなきゃ。

啊！不好了！我忘了關房間的空調就過來了，得趕緊回去才行。

出題重點

▶**文法 V－た＋まま 就那樣**

表示保持於某種狀況下進行後項的動作。如果前面接的是名詞，則以「Ｎのまま」的方式連接。

0089 □ **いけん【意見】**

名 意見 ➔ N4 單字

類 しゅちょう【主張】主張

例 今の伊藤さんの意見に対して反対の人はいますか。いないようなら、伊藤さんの案で行きたいと思います。 目前有人反對伊藤小姐的意見嗎？如果沒有的話，我想就以伊藤小姐的計畫實行。

0090 □ **いご【以後】**

副・接尾 以後，今後；（某時間）之後

反 いぜん【以前】以前，從前；（某時間）之前

例 同じミスを繰り返さないように、以後注意します。

為了不犯下相同失誤，我以後會多加注意。

0091 □

～いこう【～以降】

接尾 （某時間）以後，之後

例 A：明日遊びに行く約束だったよね？

我們是約明天出去玩對吧？

B：それが…レポートの締め切りがあるのを忘れてて…。悪いけどそれ以降にしてくれない？

那個……我忘記交報告的期限……。抱歉，可以改明天以後嗎？

出題重點

▸**詞意辨析　以後 VS 以降**

基本上兩者的意思類似，都可用來指過去或未來的某時間點之後。差別在於「以後」可以單獨使用，「以降」則要接在其他詞語之後，例如「昭和以降（しょうわいこう）」、「12時以降（じゅうにじいこう）」、「来年以降（らいねんいこう）」。

（○）以後、注意します。　以後會多注意。

（×）以降、注意します。

0092 □

イコール【equal】

名 等於；（數學）等號

衍 おなじ【同じ】等同

例 金があることと幸せはイコールというわけではない。

有錢並不等於幸福。

0093 □

いし【医師】

名 醫師，醫生

類 いしゃ【医者】醫生

例 医師として大学病院で働いています。

以醫師的身分在大學附設醫院工作。

出題重點

▸**文法　Nとして　以～的身分、作為～**

表示以該名詞的身分、立場或資格進行之後的動作。

0094 □ **いしき【意識】**
名・他Ⅲ 意識；認知
衍 きにする【気にする】在意，介意

例 この本を読んでから、ふだんはあまり意識していない呼吸について考えるようになった。
自從看了這本書之後，開始思考平常不太意識到的呼吸。

0095 □ **いじょう【以上】**
名・接尾 以上；在～之上，超過～；完畢
反 いか【以下】以下；在～之下，低於～

例 A：他に質問がありますか。　還有其他問題嗎？
B：いいえ、以上です。　沒有，就這樣了。（到此為止都沒問題了）

出題重點
▸**慣用　以上です　就這樣**
當要結束報告、發表，或是向服務生點完餐時，可以說「以上です」作結，對方就會知道你已經結束話題了。

0096 □ **いじわる（な）【意地悪（な）】**
名・な形 捉弄，刁難；壞心眼的，刁難人的
反 しんせつ（な）【親切（な）】親切的

例 ごめんね。意地悪をするつもりはなかったんだ。
抱歉，我沒打算要捉弄你的。

0097 □ **いぜん【以前】**
名・副 以前，從前；（某時間）之前
反 いご【以後】以後，今後；（某時間）之後

例 以前はテニスをしていましたが、今はもうやめました。
我以前會打網球，但現在已經不打了。

0098 □ **いそぎ【急ぎ】**
名 急，匆忙

例 A：急ぎの用事があれば、先に帰ってもいいですよ。
你有急事的話，可以先回去喔。
B：すみません。じゃあ、お先に失礼します。
不好意思，那我就先失陪了。

0099 □

いたずら【悪戯】

名・自Ⅲ 惡作劇，搗蛋
衍 じょうだん【冗談】玩笑

例 お菓子をくれないと、いたずらするぞ！
不給糖就搗蛋！（萬聖夜的 Trick or treat）

0100 □

いたみ【痛み】

名 （肉體的）痛，疼痛；（心理的）悲痛
衍 くるしみ【苦しみ】痛苦

例 年を取るにつれて、腰に痛みを感じるようになってくる。
隨著年齡增長，變得常感到腰痛。

出題重點

▸文法　Vにつれて　隨著～、伴隨～
表示隨著前項的進展，後項也產生了變化。

0101 □

いためる【痛める】

他Ⅱ （肉體）使疼痛；（心理）使痛苦
衍 いたむ【痛む】（肉體）疼痛；（心理）悲痛

例 ピアノを弾きすぎて、指を痛めてしまいました。
過度彈鋼琴而使手指疼痛。

0102 □

いちいち【一々】

副 一個一個，逐一（帶有麻煩的語感）
類 ひとつひとつ【一つ一つ】一一，逐一

例 母は兄をいつも褒めるのに対して、父は兄のやることにいちいち文句をつける。
相對於母親總是稱讚哥哥，父親對於哥哥所做的每件事都有意見。

0103 □

いちから【一から】

副 從頭開始

例 論文で使ったデータが間違っていたので、一から書き直さなければならなくなった。
論文所引用的數據不正確，因此必須從頭開始重寫。

0104 □
いちど【一度】
副 一旦；一次
類 いったん【一旦】一旦

例 彼は頑固な性格なので、一度言い出したら、決して意見を変えない。
他的個性很頑固，所以一旦說出口就絕不會改變意見。

0105 □
いちどに【一度に】
副 同時，一次；一下子
衍 いっせいに【一斉に】一齊，同時

例 この図書館は一度に３０冊もの本を借りることができる。
這間圖書館可以同時借多達 30 本書。

0106 □
いつか
副 總有一天（未來）；以前（過去） ➔ N4 單字
衍 どこか 某處，哪裡

例 半年でいいから、いつか留学してみたいと思っています。
就算半年也好，希望總有一天可以出國留學看看。

0107 □
05
いっきに【一気に】
副 一口氣，一下子
反 すこしずつ【少しずつ】一點一點

例 冷たい水を一気に飲まないほうがいいですよ。おなかを壊しますから。
因為會拉肚子，不要一口氣喝冰水比較好喔。

出題重點
▶**固定用法　おなかを壊す　拉肚子、吃壞肚子**

0108 □
いっしょう【一生】
名·副 一生，一輩子
類 しょうがい【生涯】一生，一輩子

例 給料も安いし、出会いもない。このままでは一生結婚できない気がする。　薪水低，也沒有邂逅的機會，覺得這樣下去一輩子都結不了婚。

0109 □
いったい【一体】
副 究竟，到底

例 あの茶色の子猫は、いったいどこに隠れているのだろうか。
那隻棕色的小貓到底躲在哪裡呢？

0110 □ **いつのまにか【いつの間にか】**

連語 不知不覺間
衍 あっというまに【あっという間に】轉眼間

例 庭の花はいつの間にかすっかり散ってしまった。
不知不覺間庭院裡的花已經完全凋謝了。

0111 □ **いっぺんに**

副 一下子；同時
類 いちどに【一度に】同時，一次；一下子

例 胃が痛くなったのは、いっぺんにたくさんのスイーツを食べたせいだ。
會肚子痛都是因為一下子吃太多甜點害的。

出題重點

▸**文法　Vせいだ／Nのせいだ　由於~（負面原因）**

表示原因，特別是造成不好的結果。

例 大雨のせいで、野外ライブが中止になりました。
大雨導致戶外演唱會取消了。

0112 □ **いっぽうつうこう【一方通行】**

名 單行道
衍 つうこうどめ【通行止め】禁止通行

例 A：どうしてここで曲がらないの？
為什麼不在這裡轉彎？
B：家の前の道が一方通行になっちゃったから、遠回りしなきゃいけないんだ。　因為我家前面的路變成了單行道，必須繞遠路。

0113 □ **いどう【移動】**

名・自Ⅲ 移動
衍 うつる【移る】移動，搬；轉移

例 次の教室はけっこう遠いので、移動に歩いて 10 分ほどかかる。
下一堂課的教室滿遠的，走路移動過去大概要 10 分鐘。

0114 □ **いとこ【従兄弟・従姉妹】**

名 表兄弟姊妹，堂兄弟姊妹
衍 しんせき【親戚】親戚

例 タイから帰ってきた従兄弟が私にお土産をくれました。
從泰國回來的表哥帶了伴手禮給我。

0115 □ **いねむり【居眠り】**

名・自Ⅲ 打瞌睡
衍 いねむりうんてん【居眠り運転】開車打瞌睡

例 授業中に居眠りしてしまったことがある。
我曾經在課堂上打瞌睡過。

0116 □ **いのち【命】**

名 生命，性命；壽命
衍 じゅみょう【寿命】壽命

例 この授業では子供たちに命の大切さを学んでほしいと思っています。
我希望孩子們在這堂課上學習到生命的重要。

0117 □ **いはん【違反】**

名・自Ⅲ 違反
衍 ふせい【不正】不正當

例 日本では自転車の二人乗りはルール違反です。
在日本，腳踏車雙載是違反交通規則的。

0118 □ **イベント【event】**

名 活動

例 来週開かれる国際交流イベントに関する情報は以下のとおりです。
關於下星期將舉行的國際交流活動之資訊如下。

0119 □ **いま【居間】**

名 客廳
衍 リビングルーム【living room】客廳

例 明日は大事な試験があるのに、兄は居間でテレビを見たり、マンガを読んだりしている。
明天明明有重要的考試，哥哥卻在客廳又看電視又看漫畫。

0120 □ **いまごろ【今ごろ】**

副 此時，這時候

例 台湾は一年中暖かいけれど、日本は今ごろきっと寒いだろうなぁ。
臺灣一整年都很溫暖，但日本此時一定還很冷吧。

0121 □

いまで
【今まで】

名・副 至今，到現在
類 これまで 至今，到現在

例 今までで一番ビックリした経験ってどんなこと？
至今最令你驚嚇的經驗是什麼事？

例 彼女の日本語は完璧なので、今まで外国人だと気づかなかった。
因為她日語講得非常好，至今都沒發現她是外國人。

出題重點

▶**詞意辨析　今まで VS 今でも**

「今まで」表示到現在這個時間點為止，作為副詞使用時，常以否定句（如上面的第二個例句）的方式呈現。而「今でも」則為現在依然、仍然之意，兩者意思有所不同，使用上須多加留意。

（×）6 歳の時、ダンスを始めました。今まで習っています。
（○）6 歳の時、ダンスを始めました。今でも習っています。
我 6 歲的時候開始學跳舞，現在仍在學習。

0122 □

イメージ
【image】

名・他Ⅲ 形象，印象
衍 いんしょう【印象】印象

例 広告を通じて、会社のイメージを高めることができます。
可以透過廣告提升公司的形象。

出題重點

▶**文法　N を通じて　透過**

透過前項的方法或手段，達成後項動作。

0123 □

いや
【否】

感嘆 不
類 いいえ・いえ 不

例 A：どうしたの？顔色が悪いよ。　你怎麼了？臉色看起來很差喔。
B：いや、なんでもない。　不，沒什麼。
（註：B 句對朋友以外的人使用聽起來會很臭屁）

0124 □ いやがる【嫌がる】

他Ⅰ 討厭（事物）

衍 きらう【嫌う】討厭，嫌惡（人）

例 子供(こども)は薬(くすり)を飲(の)むのを嫌(いや)がるかもしれませんが、1日(いちにち)に3回(さんかい)必(かなら)ず飲(の)ませてください。　小孩或許討厭吃藥，但請務必要讓他1天服用3次。

0125 □ イヤリング【earring】

名 夾式耳環，耳夾

衍 ピアス【pierce】耳環

例 耳(みみ)に穴(あな)を開(あ)けるのが怖(こわ)いんだったら、イヤリングをすればいいよ。

如果害怕穿耳洞的話，戴夾式耳環就好啦。

飾品

イヤリング
夾式耳環

ピアス
耳環

ネックレス
項鍊

指輪(ゆびわ)
戒指

ブレスレット
手環

ダイヤモンド
鑽石

0126 □ いらいらする

自Ⅲ 煩躁，不耐煩

衍 あせる【焦る】焦躁，急躁

例 夫(おっと)は最近(さいきん)仕事(しごと)がうまくいかなくてイライラしているみたい。

我先生最近似乎因為工作不順而很煩躁。

0127 □ いわ【岩】

名 岩石
衍 いし【石】石頭

例 岩の上で10羽ほどの白い鳥が休んでいる。
岩石上有10隻左右的白鳥在休息。

0128 □ いわう【祝う】

他Ⅰ 慶祝，祝賀
類 おいわいする【お祝いする】慶祝

例 娘の誕生日を祝うために、チョコレートケーキを焼いた。
為了慶祝女兒生日，烤了巧克力蛋糕。

0129 □ いんかん【印鑑】

名 印章，印鑑
類 はんこ【判子】印章

例 口座を開く時には、印鑑が必要です。
開戶的時候需要印章。

0130 □ インク【ink】

名 墨水

例 プリンターのインクが切れちゃったみたい。悪いけど新しいのを入れてくれる？　印表機的墨水好像沒了。抱歉，可以幫我裝新的嗎？

出題重點

▸固定用法　悪いけど　抱歉

向對方提出請求並表示歉意，多用於家人或朋友間。如果和對方關係不夠親近的話（如為普通同事），則會使用「すみませんが」。

0131 □ いんさつ【印刷】

名・他Ⅲ 印，印刷
衍 プリント【print】講義

例 今日中にこの資料を30部印刷しといてね。それから会議室でパソコンとプロジェクターも使えるようにしといて。　請在今天之內將這份資料印成30份，然後也先準備好會議室的電腦和投影機。

出題重點

▸文法　～とく　事先～

這個文法是由「V－て＋おく」所演變而來，中文都是事先做某動作的意思。因為口語上為求發音方便，將「ておく」發音成「とく」，因此前面要接動詞「て形」去掉「て」的部分。

例如：置(お)いておく→置(お)いとく
　　　読(よ)んでおく→読(よ)んどく

0132 □ **いんしょう【印象】**

名 印象
衍 だいいちいんしょう【第一印象】第一印象

例 今(いま)まで行(い)ったことのある国(くに)で、一番印象に残(いちばんいんしょうのこ)っているのはどこですか。
至今為止去過的國家當中，最令你印象深刻的是哪裡？

出題重點

▸固定用法　印象に残る　印象深刻

要特別注意搭配的助詞為「に」而非「が」。

0133 □ **インターネット【Internet】**

名 網路，網際網路　→ N4 單字
類 ネット【net】網路

例 図書館(としょかん)の本(ほん)をインターネットで予約(よやく)したいんだけど、どうやってするか教(おし)えてくれない？
我想從網路上預約圖書館的書，可以教我如何操作嗎？

0134 □ **インタビュー【interview】**

名・自Ⅲ 採訪，訪問
衍 インタビュアー【interviewer】採訪者

例 監督(かんとく)にインタビューしようと記者(きしゃ)たちは出口(でぐち)で待(ま)っていた。
想要採訪總教練的記者們在門口等候著。

0135 □ **インフルエンザ【influenza】**

名 流行性感冒，流感　→ N4 單字
衍 かぜ【風邪】感冒

例 冬(ふゆ)になると、インフルエンザが一気(いっき)に流行(りゅうこう)し始(はじ)める。
到了冬天，流行性感冒一下子就開始流行。

う／ウ

0136 □ 06

ウイスキー【whisky・whiskey】

名 威士忌（酒）
衍 アルコール【alcohol】酒；酒精

例 ウイスキーを飲みながら、これからのことについて友人と話し合った。
一邊喝著威士忌，一邊和友人談論今後的事。

0137 □

うえる【植える】

他II 種，種植 → N4 單字

例 A：紅葉を見に行きたいんだけど、どこかいいところ知らない？
我想去看楓葉，你知道有什麼好地方嗎？
B：紅葉なら永観堂がいいよ。3000 本もの紅葉が植えてあるんだって。
楓葉的話永觀堂很棒喔，聽說種植了高達 3000 棵的楓樹。

0138 □

うがい【嗽】

名・自III 漱口
衍 はみがき【歯磨き】刷牙；牙刷

例 A：どうしたの？気分が悪いの？
怎麼了？不舒服嗎？
B：いえ、ご飯を食べた後、うがいをすることにしているんです。
不，我吃完飯後都習慣漱口。

出題重點

▶**文法　Vことにしている　習慣～**
表示因為某種決定、決心而養成的習慣動作。

0139 □

うかがう【伺う】

自他I 拜訪；聽說；請教（「訪問する」、「聞く」的謙讓語）

例 3 月中に一度お宅に伺いたいんですが、いつならご都合がよろしいでしょうか。　3月的時候想到府上拜訪您一趟，請問什麼時候方便呢？
例 先生は台湾にいらして2年になると伺っております。
聽說老師您來臺灣快要 2 年了。

出題重點

▶**搶分關鍵　伺う**

「伺う」是「訪問する」（訪問，拜訪）和「聞く」（聽或問之意）的謙讓語，屬於更有禮貌的說法，常用在跟長輩的對話當中，可以透過上下文來判斷究竟是哪一個意思。

▶**搶分關鍵　いらして　來／去／在**

首先要知道動詞「来る」（來）、「行く」（去）、「いる」（在）的尊敬語為「いらっしゃる」，它的て形活用是「いらっしゃって」，為求發音方便而省略成「いらして」。

0140 □ うかる【受かる】

自Ⅰ 考上，考過
類 ごうかくする【合格する】考上，及格

例 彼女（かのじょ）は一（いち）から日本語（にほんご）を勉強（べんきょう）して、たった2年（にねん）でN1（エヌいち）に受（う）かった。

她從零基礎開始讀日語，僅用了2年的時間就考過N1。

0141 □ うく【浮く】

自Ⅰ 浮，漂；浮出
類 うかぶ【浮かぶ】漂浮 反 しずむ【沈む】下沉

例 油（あぶら）は水（みず）に浮（う）くことから、油（あぶら）のほうが水（みず）よりも軽（かる）いことが分（わ）かる。

從油浮在水上這點，可得知油比水輕。

0142 □ うけいれる【受け入れる】

他Ⅱ 接納，接受；同意
衍 うけつける【受け付ける】受理；接受（意見）

例 台湾（たいわん）は外国（がいこく）の文化（ぶんか）を多（おお）く受（う）け入（い）れているように思（おも）う。

我認為臺灣接納了許多外國文化。

出題重點

▶**文法　ように思う　我認為～**

提出自我意見的時候，由於顧慮到對方可能有不同想法，因而使用這種比較委婉的說法。

0143 □ **うけつける【受け付ける】**

他II 受理；接受（意見）
衍 もうしこむ【申し込む】申請；報名

例 申し訳ございませんが、インターネットでの予約は受け付けておりません。　非常抱歉，我們不受理網路預約。

0144 □ **うけとり【受け取り】**

名 收，取，領；收據
衍 りょうしゅうしょう【領収証】收據

例 近所のコンビニでも荷物の受け取りができるようになりました。
附近的便利商店也可以取貨了。

0145 □ **うけとる【受け取る】**

他I 收，接，領

例 ボーナスポイントを受け取るにはメールアドレスとパスワードが必要です。　領取紅利點數需要電子郵件地址和密碼。

0146 □ **うける【受ける】**

他II 接；蒙受；接受；遭受　➔ N4 單字

例 健康のために、3年に一度は、検査を受けるべきだ。
為了健康，應當每3年接受1次檢查。

出題重點

▸**文法　Vべきだ　應該～**
表示那樣做是應該的，經常用在勸告、禁止和命令的場合。

0147 □ **うごかす【動かす】**

他I 搬動，移動；使活動；使運轉
衍 いどうさせる【移動させる】使移動

例 ずっと座りっぱなしで腰が痛くなってきた。体を動かしてリラックスしたいなぁ。　一直坐著所以腰就痛了起來，好想活動身體放鬆一下啊。

出題重點

▸**文法　V－ます＋っぱなし　一直～**
表示一直持續相同的狀態。前面接的是動詞ます形去掉ます的部分。

0148 □ **うすぐらい【薄暗い】**

い形 昏暗的

類 くらい【暗い】暗的

例 蜘蛛は薄暗いところに巣を張るという習性がある。

蜘蛛有在昏暗的地方結網的習性。

0149 □ **うそつき【嘘つき】**

名 騙子；撒謊

衍 しょうじき(な)【正直(な)】老實，正直

例 この嘘つき！もう二度と顔も見たくない！

你這個騙子！我不想再看到你（的臉）了！

0150 □ **うたがう【疑う】**

他I 懷疑

反 しんじる【信じる】相信

例 私はこのニュースが本当かどうか疑っています。

我很懷疑這則新聞是否為真。

0151 □ **うちあわせ【打ち合わせ】**

名 事前討論，事前商量

衍 うちあわせる【打ち合わせる】事前討論

例 今度の撮影の打ち合わせだけど、今日の夕方はどう？もう時間もないし、早くやっとかないと。　關於這次攝影的事前討論，要不要選在今天傍晚？已經沒時間了，也得早點討論。

0152 □ **うちがわ【内側】**

名 內側

反 そとがわ【外側】外側

例 箱の内側に黒い布が貼られている。これは外からの光が入らないようにするためである。

箱子的內側貼著黑布。這是為了不讓外面的光照射進去。

0153 □ **うつ【打つ】**

他I 打（字、電腦）；打，碰撞　➔ N4 單字

例 キーボードで文字を打つのが速い人は事務の仕事に向いている。

鍵盤打字快的人適合文書事務的工作。

0154 □	うっかり	副・自Ⅲ 不小心，一不留神 衍 ぼんやり 恍惚，糊塗

例 A：彼女（かのじょ）とケンカしたんだって？

聽說你跟女朋友吵架了？

B：うん。先週（せんしゅう）、彼女（かのじょ）との約束（やくそく）をうっかり忘（わす）れちゃって…。

嗯，上星期不小心忘記和女朋友有約……。

0155 □	うつくしい【美しい】	い形 美麗的　→ N4 單字 反 みにくい【醜い】醜陋的；難看的

例 美（うつく）しい風景（ふうけい）の写真（しゃしん）を見（み）ると、そこに行（い）ってみたくなります。

一看到美麗的風景照，就會想去那裡看看。

出題重點

▶**詞意辨析　美しい VS きれい(な)**

兩者都有「美麗的」之意，例如「美しい花」和「きれいな花」，當用來形容花朵美麗時意思相同。不過「美しい」有點偏向文學上的表達方式，所以一般和朋友、家人等的對話當中，不太會使用這個字。而「きれい(な)」除了美麗之外，還有乾淨、整潔的意思。

0156 □	うつす【写す】	他Ⅰ 抄，抄寫；拍照　→ N4 單字 衍 コピー【copy】複製，抄本

例 たとえ一部分（いちぶぶん）でも、クラスメートのレポートを写（うつ）してはいけません。

即使只有一部分，也不可以抄同學的報告。

0157 □	うつす【移す】	他Ⅰ 移，搬；轉移　→ N4 單字 衍 うつる【移る】移動，搬；轉移

例 A：花瓶（かびん）を机（つくえ）の上（うえ）に移（うつ）してもよろしいでしょうか。

我可以把花瓶移到桌上嗎？（跟長輩說話）

B：ええ、けっこうですよ。

嗯，可以喔。

0158 □

うまくいく

自Ⅰ（事情的進展）順利 ➔ N4 單字

例 説明書のとおりに設定し直したのに、何度やってもうまくいかない。

明明按照説明書重新設定了，但無論試了多少次都無法順利使用。

0159 □

うめる【埋める】

他Ⅱ 填；掩埋；填補空缺

反 ほる【掘る】挖，挖掘

例 道路に埋めかけの穴があるって聞いたけど、思ったよりずっと大きくてびっくりした。

聽說馬路上有個填到一半的洞，但比想像中還大得多而嚇了一跳。

出題重點

▸**文法　V－ます＋かけのＮ　做到一半**

表示某個動作或狀態正在進行的途中，中文多譯為「～到一半的」、「～了一半的」或「快～了的」。前面要接動詞ます形去掉ます的部分。

例 飲みかけの缶コーヒーがテーブルに置いてある。

餐桌上放著喝到一半的罐裝咖啡。

0160 □

うらがえす【裏返す】

他Ⅰ 翻過來；反過來

類 ひっくりかえす【ひっくり返す】翻過來

例 お肉を裏返して３０秒ほど焼きます。それから弱火で３０秒焼きます。　把肉翻過來烤30秒左右，然後再以小火烤30秒。

0161 □

うらやましい【羨ましい】

い形 羨慕的

衍 うらやむ【羨む】羨慕

例 毎年海外旅行に行ける人が羨ましいです。私なんか１回しか行ったことがありません。

好羨慕每年都可以出國旅遊的人，哪像我就只出國過１次。

0162 □

うりあげ【売上】

名 銷售額

衍 のびる【伸びる】增加

例 どんなにがんばっても、わが社の売上は落ちる一方だ。

無論再怎麼努力，本公司的銷售額仍一直在減少。

出題重點

▸**文法　V＋一方だ　一直、越來越～**

表示事物或狀態不斷地朝某個方向一直發展，多用於負面內容。

0163 □

うりきれ【売り切れ】

名 賣完，銷售一空

類 しなぎれ【品切れ】賣完，完售

例 プレイガイドに問い合わせてみたところ、チケットは全部売り切れだった。　向售票網詢問，結果說門票全都賣完了。

0164 □

うりきれる【売り切れる】

自Ⅱ 賣完，銷售一空

例 あの店のメロンパンってすごい人気だから、売り切れる前に買っとかなきゃ。

那家店的波蘿麵包非常受歡迎，所以要在銷售一空之前先買才行。

0165 □

うろうろ

自Ⅲ 徘徊，晃來晃去

衍 ブラブラする 閒晃，遛達

例 今、怪しい女がアパートの前をうろうろしているって友達が言ってたよ。　朋友說現在有個詭異的女人在公寓前面徘徊喔。

0166 □

うわさ【噂】

名・自他Ⅲ 傳聞，風聲；背地議論

衍 うわさばなし【噂話】閒話，謠言

例 うわさによると、この俳優は来月引退するんだって。

這位男演員傳聞將在下個月引退。

0167 □

うん【運】

名 運氣；命運

衍 うんめい【運命】命運

例 努力していたからこそ試験に受かったんです。運がよかったわけじゃありません。　正是因為努力才通過考試的，並非運氣好。

0168 □

うんてんめんきょ【運転免許】

名 駕照

類 めんきょ【免許】駕照；執照

例 印鑑(いんかん)、それから運転免許(うんてんめんきょ)などの身分証明証(みぶんしょうめいしょう)のコピーを事前(じぜん)にご用意(ようい)ください。　請事先準備好印章，還有駕照等身分證明的影本。

え／エ

0169 □ 07

えいきょう【影響】

名・自Ⅲ 影響

衍 あたえる【与える】給予，帶來（影響）

例 姉(あね)はクラスメートから影響(えいきょう)を受(う)けやすいタイプです。

姊姊屬於容易受同學影響的類型。

0170 □

えいぎょう【営業】

名・自Ⅲ 營業

衍 けいえい【経営】經營

例 郵便局(ゆうびんきょく)の営業(えいぎょう)時間(じかん)が何時(なんじ)から何時(なんじ)までか知(し)っていますか。

你知道郵局的營業時間是從幾點到幾點嗎？

0171 □

えいよう【栄養】

名 營養

衍 カロリー【calorie】熱量，卡路里

例 できれば、栄養(えいよう)のバランスを考(かんが)えて、食事(しょくじ)メニューを作(つく)ってほしいです。

如果可以的話，希望你能思考營養均衡來製作菜單。

0172 □

えさ【餌】

名 飼料

例 毎日(まいにち)午後(ごご)3時(さんじ)に金魚(きんぎょ)に餌(えさ)をやることにしている。

我每天都在下午3點餵飼料給金魚。

0173 □

えらい【偉い】

い形 偉大的，了不起的；（身分）高的 ➔ N4 單字

衍 りっぱ(な)【立派(な)】出色的

例 ちゃんとお年寄(としよ)りに席(せき)を譲(ゆず)ってあげるなんて偉(えら)いね。

乖乖讓位給老年人，真是了不起呢！（稱讚小學生的場面）

0174 □ **える【得る】**

他II 得到，獲得；領會
類 てにいれる【手に入れる】得到

例 この若い議員は若者だけでなく、年配の人の支持も得ている。
不只是年輕人，這位年輕議員也獲得年長者的支持。

0175 □ **えんかい【宴会】**

名 宴會
類 のみかい【飲み会】酒會

例 課長はマジックをして、宴会を盛り上げた。
課長變魔術炒熱宴會氣氛。

0176 □ **えんき【延期】**

名・他III 延期
衍 ちゅうしする【中止する】中止

例 今日は雨がひどいので、試合ができそうにない。きっと延期されるだろう。　今天雨下很大，看起來沒辦法比賽，一定會延期吧。

0177 □ **エンジン【engine】**

名 引擎

例 どうしてもエンジンがかからないため、出発を延期します。現在、原因を調査しています。
由於怎樣都無法發動引擎而延期出發，現在正在調查原因。

出題重點

▸**固定用法　エンジンがかかる　（自動詞）引擎發動**
▸**固定用法　エンジンをかける　（他動詞）發動引擎**
這裡的自動詞「かかる」為「發動、啟動」之意，對應的他動詞「かける」即為「使機器發動」的意思。

0178 □ **えんそう【演奏】**

名・他III 演奏
類 ひく【弾く】彈奏

例 まだ人前で演奏するのに慣れていないのなら、2人きりの時に聞かせて。
如果你還不習慣在眾人面前演奏的話，2人獨處時請讓我聽聽。

0179 □ **えんりょ【遠慮】**

名・自Ⅲ 客氣；推辭；請勿 → N4 單字

例 A：これ、北海道(ほっかいどう)のお土産(みやげ)です。

這是來自北海道的伴手禮。

B：ありがとうございます。それでは、遠慮(えんりょ)なくいただきます。

謝謝你，那我就不客氣地收下了。

お／オ

0180 □ 08 **おい【甥】**

名 姪子，外甥

衍 めい【姪】姪女，外甥女

例 5歳(さい)の甥(おい)は悪戯(いたずら)が大好(だいす)きで、両親(りょうしん)は困(こま)りきっています。

5歲的姪子最喜歡惡作劇，他的父母親極其困擾。

0181 □ **おいこす【追い越す】**

他Ⅰ 超越，超過

類 おいぬく【追い抜く】趕過，超過

例 道(みち)が狭(せま)かったので、前(まえ)の遅(おそ)い自転車(じてんしゃ)を追(お)い越(こ)したくても追(お)い越(こ)せませんでした。　因為道路狹窄，即使想超越前方緩慢的腳踏車也超不過去。

0182 □ **おいつく【追い付く】**

自Ⅰ 追上，趕上

例 どんなにがんばっても、藤原(ふじわら)さんには追(お)いつけないよ。藤原(ふじわら)さんほど足(あし)が速(はや)い人(ひと)はいないもん。

無論再怎麼努力都追不上藤原同學啊！因為沒有人像藤原同學跑得一樣快。

出題重點

▶**文法　～もん　因為**

置於句尾，且通常出現在日常對話當中，用來表示原因。男女皆可使用。

0183 □ **おう【追う】**

他Ⅰ 追，追趕；追逐，追尋

類 おいかける【追いかける】追趕

例 数十人(すうじゅうにん)の警官(けいかん)が犯人(はんにん)を追(お)っているということなので、まもなく捕(つか)まるだろう。　聽說有數十名警察在追犯人，應該馬上就會抓到吧。

0184 □ **おうえん【応援】**

名・他Ⅲ 聲援，加油；支援　➔ N4 單字

例 いつも私を応援してくださり、ありがとうございます。

謝謝您總是替我加油。

0185 □ **おうだん【横断】**

名・自Ⅲ 穿越；橫渡；橫斷

衍 おうだんほどう【横断歩道】斑馬線

例 道路を横断する前に、車が来ていないかどうか、左右の安全を確認します。　橫越馬路之前，要注意是否有來車，確認左右的安全。

交通

0186 □ **おうふく【往復】**

名・自Ⅲ 往返，來回

反 かたみち【片道】單程

例 来週から再来週にかけて旅行したいんですが、広島まで往復すると、交通費はどのぐらいでしょうか。

我下星期到下下星期想去旅行，如果往返廣島的話要多少交通費呢？

0187 □ **おうぼ【応募】**

名・自Ⅲ 報名，應徵
類 もうしこむ【申し込む】申請；提出

例 この会社(かいしゃ)の面接(めんせつ)に応募(おうぼ)しようと思(おも)っています。

我想報名這家公司的面試。

0188 □ **おおがた【大型】**

名 大型，重型
反 こがた【小型】小型

例 このマンションでは大型(おおがた)の犬(いぬ)が飼(か)えないことになっています。

這間公寓規定不可飼養大型犬。

0189 □ **おおごえ【大声】**

名 大聲
反 こごえ【小声】小聲

例 ルームメイトは夜中(よなか)にギターを弾(ひ)きながら大声(おおごえ)で歌(うた)うことがある。

我的室友有時會在半夜邊彈吉他邊大聲唱歌。

出題重點

▶**文法辨析　V－る＋ことがある VS V－た＋ことがある**

當「ことがある」前面接的是動詞「辭書形」時，表示偶爾、有時之意。如果前面接動詞「た形」的時候，則用來描述過去經驗，表示曾經。雖然這兩個文法只差在相接的動詞活用變化，意思卻完全不同，請多注意。

0190 □ **おおさじ【大さじ】**

名 （食譜單位）大匙；大湯匙
衍 こさじ【小さじ】小匙

例 そんなに入(い)れたら、入(い)れすぎだよ。砂糖(さとう)は大(おお)さじ１杯(いっぱい)ぐらいで十分(じゅうぶん)だよ。　加成那樣就加太多了啦，砂糖１大匙就夠了喔。

0191 □ **オーバー【over】**

な形・自Ⅲ 超出，超過
類 こえる【超える】越過，超越

例 年齢制限(ねんれいせいげん)をオーバーしているんですが、参加(さんか)させていただけないでしょうか。　雖然超出年齡限制，但可以讓我參加嗎？

0192 □ **オープン【open】**

名・自他Ⅲ 開張，開業；開放

衍 (みせを)あける【(店を)開ける】營業，開店

例 今年中(ことしじゅう)に店(みせ)をオープンするためにスタッフは準備(じゅんび)に忙(いそが)しかった。

為了在今年之內讓店開業，工作人員忙於準備。

0193 □ **おか【丘】**

名 山丘

例 江戸時代(えどじだい)にあの丘(おか)の上(うえ)に小(ちい)さな神社(じんじゃ)が建(た)てられた。

在江戸時代，那座山丘上蓋著一間小神社。

0194 □ **おかげさまで**

連語 託您（你們）的福（非常禮貌的說法）

類 おかげで 託您（你們）的福（普通說法）

例 おかげさまでわが社(しゃ)は創業(そうぎょう)２０周年(にじゅっしゅうねん)を迎(むか)えることができました。みなさまに感謝(かんしゃ)いたします。

託大家的福，本公司得以迎接創立20週年，非常感謝諸位。

0195 □ **おかしい**

い形 奇怪的，不正常的；可笑的 ➔ N4 單字

類 へん(な)【変(な)】奇怪的

例 旅行会社(りょこうがいしゃ)の都合(つごう)でキャンセルになったのに、お金(かね)が一部(いちぶ)戻(もど)ってこないなんておかしいと思(おも)う。　明明是因為旅行社的原因而取消，卻有一部分的錢沒有退回，我覺得太奇怪了。

0196 □ **おかず**

名 配菜

例 日本(にほん)で一番(いちばん)人気(にんき)のあるお弁当(べんとう)のおかずは何(なん)ですか。

在日本最受歡迎的便當配菜是什麼呢？

0197 □ **おかまいなく**

連語 不用費心，別客氣

例 A：お茶(ちゃ)が入(はい)りました。よろしければどうぞ。

我泡了茶，不嫌棄的話請用。

B：すみません、どうぞおかまいなく。

不好意思，請您不用費心。

文化補充

▸**どうぞおかまいなく　請您不用費心**

拜訪他人的家，當主人送上茶時，客人經常會對主人說這句話來表達不好意思、謝謝他人的好意，也包含了「不需要再為我做更多事」的意思。

0198 □

おかわり【お代わり】

名・他Ⅲ 續杯，續加 ➔ N4 單字

例 ランチは、ご飯（はん）とスープがおかわり自由（じゆう）の店（みせ）にかぎる。

要吃午餐的話，當然是能免費續加白飯和湯的店最好。

出題重點

▸**文法　～にかぎる　最好**

用來表達某事物最好。前面可以接名詞、動詞「辭書形」或形容詞，如果接的是形容詞，要使用「い形＋の＋にかぎる」、「な形－な＋の＋にかぎる」的方式。

0199 □

おくがい【屋外】

名 室外，屋外

反 おくない【屋内】室內，屋內

例 昔（むかし）は屋外（おくがい）で遊（あそ）ぶ子供（こども）が多（おお）かったのに対（たい）して、今（いま）は屋内（おくない）で遊（あそ）ぶ子供（こども）が多（おお）い。

相對於過去在戶外玩耍的小孩較多，現在則是在室內玩耍的比較多。

0200 □

おくる【贈る】

他Ⅰ 送，贈送 ➔ N4 單字

類 プレゼントする 送，送禮

例 A：娘（むすめ）さんの入学（にゅうがく）のお祝（いわ）いに何（なに）を贈（おく）るか決（き）めましたか。

您決定好要送令嬡什麼當作入學賀禮了嗎？

B：腕時計（うでどけい）を贈（おく）ろうと思（おも）っています。

我想送她手錶。

0201 □ **おくれる【遅れる】**

自Ⅱ 遲，晚；延誤；落後 ➔ N4 單字

反 まにあう【間に合う】趕上，來得及

例 台風の影響で東京行きの新幹線が遅れております。

颱風的影響導致開往東京的新幹線延誤。

0202 □ **おこす【起こす】**

他Ⅰ 立起；叫醒；發起；鬧出；引起 ➔ N4 單字

衍 ひきおこす【引き起こす】引起，引發

例 いつも問題を起こすことから、彼は学校の問題児として有名になった。

因為總是鬧事，他在學校以問題學生聞名。

出題重點

▸**固定用法　問題を起こす　鬧事**

0203 □ **おこなう【行う】**

他Ⅰ 舉行，舉辦 ➔ N4 單字

例 今週から来週にかけてこの会場で映画祭が行われることになっている。　從這星期到下星期，將在這個會場舉行電影節。

0204 □ **おこる【怒る】**

自Ⅰ 生氣，發怒；怒罵 ➔ N4 單字

類 しかる【叱る】責罵

例 友達が急に怒り出した理由がちっともわからない。

我完全不知道朋友突然生氣的原因。

0205 □ **おごる【奢る】**

他Ⅰ 請客，請吃飯

類 ごちそうする【ご馳走する】請客

例 彼はお金がないくせに、後輩にいつもご飯を奢ってあげる。

他明明沒錢，卻總是請學弟吃飯。

出題重點

▸**文法　～くせに　卻～**

表示逆接，且帶有輕視、不滿、責備等負面語氣。「くせに」前面可加動詞、名詞、い形容詞或な形容詞，不過名詞要用「Ｎのくせに」，な形容詞要用「な形－な＋くせに」的方式。

0206 □ **おさえる【押さえる】**

他II 壓住；鎮壓，壓制

衍 おさえる【抑える】控制，抑制；壓抑

例 くしゃみをするときは、周りの人の迷惑にならないようにちゃんと口を手で押さえるようにしています。

要打噴嚏的時候，為了不造成周圍的人的困擾，我盡量好好用手壓住嘴巴。

0207 □ **おさない【幼い】**

い形 年幼的；幼稚的

衍 わかい【若い】年輕的

例 息子は幼い頃から医者になりたいと言っています。

我兒子從小就說想當醫生。

0208 □ **おしい【惜しい】**

い形 可惜的，遺憾的；值得珍惜的，寶貴的

類 もったいない 可惜的

例 この桜の和菓子は見た目がきれいで、食べるのが惜しいです。

這個櫻花形狀的日式甜點外觀太美，吃掉很可惜。

例 バスと電車を待つ時間が惜しいし、タクシーに乗らない？

花時間等公車和火車也很可惜，要不搭計程車？

0209 □ **おじぎ【お辞儀】**

名・自III 鞠躬

例 生徒たちは校長先生が歩いてくるのに気づいて、お辞儀をしました。

學生們注意到校長走了過來而鞠躬。

0210 □ 09 **おしゃべり【お喋り】**

名・自III 閒聊，聊天；多話（的人）

衍 しゃべる【喋る】閒聊，聊天

例 私は恥ずかしがり屋なので、初対面の人とおしゃべりするのは苦手だ。

我很害羞，不擅長跟初次見面的人聊天。

0211 □ **おじゃま・じゃま【お邪魔・邪魔】**

名・な形・自III 打擾，拜訪；妨礙

例 来週の月曜日にお宅にお邪魔してもよろしいでしょうか。

方便在下星期一的時候到府上拜訪您嗎？

例 親に何度もゲームの邪魔をされるので、イライラした。

不斷被父母親妨礙打電動，所以感覺很煩。

出題重點

▶**詞意辨析　お邪魔します VS 失礼します**

這兩句話的中文翻譯非常相似，因此在學習上很容易搞混。生活對話當中，「お邪魔します」通常用在登門拜訪別人家的時候。「失礼します」的使用層面較廣，例如掛電話、說借過或敲門進入他人房間時都可以使用。

0212 □ **おしゃれ（な）【お洒落（な）】**

名・な形・自Ⅲ 時髦的，時尚的

例 じゃあ、神戸(こうべ)に行(い)こうか。神戸(こうべ)にはオシャレなレストランがたくさんあるんだって。　那我們去神戶吧，聽說神戶有很多時髦的餐廳。

0213 □ **おしり・しり【お尻・尻】**

名 屁股，臀部

例 3時間(さんじかん)も座(すわ)りっぱなしで試合(しあい)を見(み)ていたら、おしりが痛(いた)くなっちゃったよ。
3小時一直坐著看比賽，屁股好痛啊！

0214 □ **おすすめ【お薦め・お勧め】**

名 推薦
衍 すすめる【薦める・勧める】推薦；勸

例 A：どれにしようかな。　該點哪個好呢……。
B：ハンバーグセットなんかどう？ライスも付(つ)いてるし、おすすめだよ。
漢堡排套餐如何呢？還有附白飯，很推薦喔！

0215 □ **おそう【襲う】**

他Ⅰ 襲擊；侵襲

例 この辺(へん)は蜂(はち)が多(おお)いです。巣(す)に近(ちか)づくと、襲(おそ)われるおそれがあるのでご注意(ちゅうい)ください。
這附近有很多蜜蜂，一靠近巢穴就有可能被襲擊，所以請多注意。

0216 □ **おそろしい【恐ろしい】**

い形 可怕的，恐怖的；（程度）驚人的
類 こわい【怖い】可怕的，恐怖的

例 あの俳優(はいゆう)は恐(おそ)ろしい顔(かお)をしているが、実(じつ)は優(やさ)しい人(ひと)だ。
那名演員雖然一臉很可怕的樣子，但其實是個溫柔的人。

0217 □ **おそわる【教わる】**

他I 受教，學習

反 おしえる【教える】教導（他人）

例 学生だったころ、父に手紙の書き方とかを教わりました。

還是學生的時候，我跟爸爸學習寫信等等的方法。

0218 □ **おたがい【お互い】**

名・副 互相，彼此

類 たがい【互い】互相，彼此

例 留学中は、いろいろな国の人と親しくなって、お互いの文化について教え合った。

留學期間和各個國家的人變得親近，並互相教導彼此的文化。

例 今年の就職活動は大変だということですが、お互い頑張りましょう！

據說今年的求職活動很辛苦，我們互相加油吧！

0219 □ **おたま**

名 湯勺

例 できたばかりのみそ汁をおたまですくって味見してみた。

用湯勺舀起剛煮好的味噌湯嘗味道。

廚具

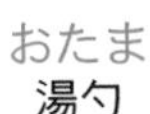

包丁	おたま	しゃもじ	泡だて器	まな板
菜刀	湯勺	飯勺	打蛋器	砧板

0220 □ **おだやか（な）【穏やか（な）】**

な形 平穩的，平靜的；溫和的

類 おとなしい【大人しい】安靜的；溫順的

例 清水さんの恋人はきっと穏やかな性格の男性に違いない。

清水小姐的戀人一定是位個性溫和的男性。

出題重點

▶**文法　～に違いない　一定是～**

表示說話者根據自己的直覺或經驗，做出主觀判斷。「に違いない」前面可接名詞、動詞、い形容詞或な形容詞。

0221 □ **おちつく【落ち着く】**

自Ⅰ 沉著，冷靜；安定，穩定

反 あわてる【慌てる】慌張

例 まだ間に合うので、落ち着いてください。１７時までに着けば大丈夫なんですから。

現在還來得及，所以請冷靜下來。只要在下午５點之前抵達就沒問題。

0222 □ **おちる【落ちる】**

自Ⅱ 落下；掉；脫落；下降；落榜；落入

反 のぼる【昇る】升起

例 紅葉の葉が落ちて、川を赤く染めている。

楓葉落下，染紅了河川。

例 試験に落ちないように毎日この本で勉強しています。

為了不要考試考不好（不及格），每天都在讀這本書。

0223 □ **おとす【落とす】**

他Ⅰ 使落下；弄丟；去除；降低；使～不及格

反 ひろう【拾う】撿起，拾起

例 今朝、電車の中で傘を落としてしまいました。

今天早上在電車上弄丟了傘。

例 洗剤を使って台所の油汚れを落とそうとしたが、あまり落ちなかった。

想用清潔劑來去除廚房油汙，卻清不太掉。

0224 □ **おとなしい【大人しい】**

い形 安靜的；溫順的，聽話的；沉穩的

反 らんぼう（な）【乱暴（な）】粗暴的

例 赤ちゃんにおもちゃを渡すと、大人しくなる。

給小嬰兒玩具，他就會變安靜。

0225 □

オフ【off】

名 （電源）關
類 オン【on】（電源）開

例 テストを受ける前に必ずケータイの電源をオフにしてください。
應試前請務必關閉手機的電源。

0226 □

おぼれる【溺れる】

自Ⅱ 溺水；沉溺
衍 うかぶ【浮かぶ】漂浮

例 海で溺れている人を見つけたら、どうすればいいでしょうか。
如果發現有人在海中溺水，該怎麼辦才好？

0227 □

おめにかかる【お目にかかる】

連語 見面，拜會（「会う」的謙讓語）

例 いつか先生にお目にかかりたいと思っております。
總有一天我想拜會老師。

0228 □

おも（な）【主（な）】

な形 主要的，重要的

例 A：日本の主な国際空港ってどこ？　日本主要的國際機場是哪？
B：成田空港と関西空港かな。　成田機場和關西機場吧。

0229 □

おもいつく【思い付く】

他Ⅰ 想到，想出
類 かんがえつく【考え付く】想到，想出

例 昨日の会議のことですが、彼がいい案を思いつきました。
關於昨天會議上的事情，他想到了個好方法。

出題重點

▶詞意辨析　思い付く VS 思い出す

「思い付く」指的是想出新事物，「思い出す」則是想起回憶、過去、一時之間忘記的事物。

0230 □ **おやこ【親子】**
名 親子
衍 おやこどん【親子丼】親子丼，滑蛋雞肉飯

例 親子で楽しめるゲームを探しているんですが、何かいいものを知りませんか。　我正在尋找能夠親子同樂的遊戲，你知道什麼好東西嗎？

0231 □ **おやつ**
名 點心

例 この動物園では、ゾウにおやつをあげることができる。
在這間動物園可以餵大象吃點心。

0232 □ **おります**
自Ⅰ 在；有（「いる」的謙讓語）➔ 附錄「特殊敬語」

例 A：火曜日はオフィスにいらっしゃいますか。
　　您星期二會在辦公室嗎？
　B：はい、おります。
　　會，我會在。

0233 □ **おろす【下ろす】**
他Ⅰ 領錢；放下；拿下
衍 さげる【下げる】放下

例 コンビニのＡＴＭでもお金を下ろすことができて便利だ。
在便利商店的 ATM 也可以領錢，很方便。

0234 □ **おろす【降ろす】**
他Ⅰ 使（人）下（交通工具）；降下

例 名古屋駅の前で降ろしてもらってもいいですか。
可以在名古屋車站前放我下車嗎？

0235 □ **おんせん【温泉】**
名 溫泉
衍 おんせんりょかん【温泉旅館】溫泉旅館

例 日本の温泉に入ったことがありますか。日本に留学している間に一度行ってみたらどうですか。おすすめですよ。
你有泡過日本的溫泉嗎？趁在日本留學的期間去泡一次如何？很推薦喔！

出題重點

▶**固定用法　温泉に入る　泡溫泉**

0236 □ **おんちゅう【御中】**

招呼語 啟（寫信時加在公司行號後面）

例 台北市中山区復興北路 3 8 6 号 三民書局 御中

臺北市中山區復興北路 386 號　三民書局　啟

0237 □ **おんぶ**

名・他Ⅲ 背

衍 だっこ【抱っこ】抱抱

例 戦前の日本では赤ちゃんをおんぶして遊ぶ子供たちがよく見られた。

二戰前的日本經常可見背著小嬰兒玩耍的小孩們。

筆記區

か／カ

0238 □ 10

カーペット【carpet】

名 地毯

衍 じゅうたん【絨毯】（高級）地毯

例 フローリングだと寒(さむ)いので、冬(ふゆ)になったらカーペットを敷(し)こうと思(おも)います。 因為木質地板很冷，到冬天的話想鋪上地毯。

0239 □

かいぎょう【改行】

名・自他Ⅲ 換行

衍 だんらく【段落】段落

例 4行目(よんぎょうめ)で改行(かいぎょう)したら、もっと読(よ)みやすくなりますよ。

在第4行換行的話，會變得更容易閱讀喔。

0240 □

かいけい【会計】

名 結帳

衍 しはらい【支払い】支付，付款

例 A：すいません。お会計(かいけい)をお願(ねが)いします。

不好意思，我要結帳。（在餐廳）

B：かしこまりました。少々(しょうしょう)お待(ま)ちください。

我知道了，請您稍待片刻。

0241 □

かいけつ【解決】

名・自他Ⅲ 解決

衍 かたづける【片付ける】整理，收拾；解決

例 一人(ひとり)で悩(なや)まずに、みんなでこの問題(もんだい)を解決(かいけつ)しましょう！

別獨自煩惱，大家一起解決這個問題吧！

0242 □

かいさつ【改札】

名 剪票口，驗票閘門；剪票 ➔ N4 單字

類 かいさつぐち【改札口】剪票口，驗票閘門

例 土曜日(どようび)に駅(えき)の改札(かいさつ)で待(ま)ち合(あ)わせをすることになった。

決定星期六在車站的剪票口集合。

0243 □ **かいさん【解散】**

名・自他Ⅲ 解散；散會
反 しゅうごう【集合】集合

例 A：明日、就職セミナーがあるから、そろそろ帰らなきゃ。
因為明天有就職講座，我差不多得回去了。
B：わかった。じゃあ、今日はここで解散しよう。
我知道了，那今天就此解散吧！

0244 □ **かいし【開始】**

名・他Ⅲ 開始
反 しゅうりょう【終了】結束

例 ニュースによると、あのデパートは来月 9 日から、新しい支店の営業を開始するそうです。
根據新聞報導，那間百貨公司的新分店將從下個月 9 號開始營業。

0245 □ **がいしょく【外食】**

名・自Ⅲ 外食 ➔ N4 單字
反 じすい【自炊】自炊

例 社会人になってから、週に5回外食するようになった。
成為社會人士之後，我每星期有 5 次外食。

餐飲店

カフェ
咖啡廳

ファーストフード店
速食店

居酒屋
居酒屋

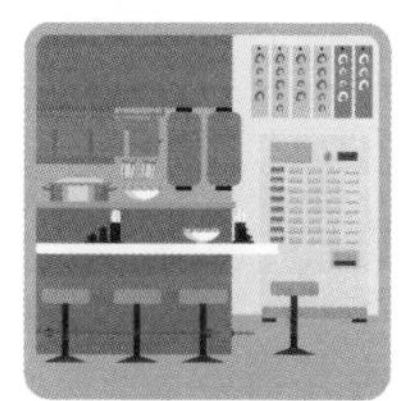

ラーメン屋
拉麵店

ビュッフェ・バイキング
吃到飽，自助餐

0246 □

ガイド【guide】	名 導遊；指南 衍 ガイドブック【guidebook】旅遊指南

例 宮崎さんは運転手もすれば、ガイドもします。その上、通訳もできます。

宮崎先生當司機，也可兼導遊，而且還可當翻譯。

0247 □

かいふく【回復】	名・自他Ⅲ 恢復 衍 なおる【治る】痊癒

例 新しい治療法のおかげで、患者は健康を回復しました。

多虧新的治療方法，患者恢復了健康。

出題重點

▸**文法　Nのおかげで　多虧～**

表示在某事物的影響之下產生正面、好的結果，有時也有反諷的用法。

0248 □

かおいろ【顔色】	名 氣色；臉色 衍 ようす【様子】神情，樣子；情況

例 テスト期間中に徹夜したら、友達に「顔色が悪いよ」と言われちゃった。

在考試期間熬夜，被朋友說我「氣色很差喔」。

出題重點

▸**搶分關鍵　顔色**

日文的「顔色」只能用來指氣色或臉上的神情，如果是中文的顏色、色彩，則是「色（いろ）」一詞。

0249 □

かおり【香り】	名 香味，香氣 衍 におい【匂い】味道／におい【臭い】臭味

例 いい匂い！この枕はバラの香りがする。

味道好香！這個枕頭有玫瑰的香味。

0250 □

がか【画家】	名 畫家 衍 かいが【絵画】繪畫

例 彼ほど絵の才能があれば、きっと世界で活躍する画家になるでしょう。

有他這般繪畫才能的話，一定能成為活躍於世界的畫家吧。

0251 □	かかく【価格】	名 價格 類 ねだん【値段】價格 衍 ぶっか【物価】物價

例 当店(とうてん)の価格(かかく)は全(すべ)て税抜(ぜいぬき)価格(かかく)となっております。

本店的價格都是不含稅的價格。（店家告示）

0252 □	かがやく【輝く】	自Ⅰ 閃耀 衍 ピカピカ（と）閃閃發亮

例 ここで一番明(いちばんあか)るく輝(かが)いている星(ほし)はどれですか。

這裡最亮最閃耀的星星是哪一顆呢？（看著眼前的一片星空）

0253 □	かかり【係】	名 擔任；負責人 衍 あんないがかり【案内係】接待員

例 すぐに、係(かかり)の者(もの)が参(まい)りますので、少々(しょうしょう)お待(ま)ちください。

負責人立刻就會過來，請稍待片刻。（店員對顧客說）

0254 □	かかる【掛かる】	自Ⅰ 花費；掛著；上鎖；（引擎等）發動；（音樂）播放；濺到；來電；添麻煩

例 流行(はや)りの曲(きょく)がかかると、子供(こども)たちは歌(うた)いながら踊(おど)り出(だ)した。

一播放流行歌曲，孩子們就開始邊唱歌邊跳舞。

0255 □	かかる【罹る】	自Ⅰ 罹患，得（病）

例 昨日(きのう)、新井(あらい)さんはインフルエンザにかかって学校(がっこう)を休(やす)んだんだっけ？

昨天新井同學是不是得了流行性感冒而向學校請假？

出題重點

▸文法　～んだっけ？　是不是～？

用在自己記不太清楚而向他人確認時，或是自言自語確認的時候。除了在句尾加上「んだっけ？」之外，也可以用「っけ？」，更有禮貌的表達方式則為「んでしたっけ？」和「V－ましたっけ？」。

0256 □

かきだす【書き出す】

他I 寫出；動筆；摘錄
衍 かきだし【書き出し】文章開頭

例 ホワイトボードに必要事項を書き出しとくよう上司に言われました。
主管跟我說先把非得做的事項寫在白板上。

0257 □

かく【掻く】

他I 抓，搔

例 背中がかゆいから、ちょっとかいてくれない？
我的背好癢，可以幫我抓一下嗎？

0258 □

かぐ【家具】

名 家具

例 このマンションには家具が付いています。それに家賃も安いのでおすすめです。　這棟大廈有附家具，而且房租也便宜，所以很推薦。

0259 □

かくえきていしゃ【各駅停車】

名 每站都停的普通電車
類 ふつう（でんしゃ）【普通（電車）】普通車

例 各駅停車に乗れば、窓の外の景色がゆっくり楽しめる。
搭乘每站都停的普通電車，可以悠閒享受窗外的風景。

0260 □

がくしゅう【学習】

名・他III 學習
類 まなぶ【学ぶ】學，學習

例 教室でいろいろな科目を学習するばかりでなく、教室の外でもいろいろなことを学んでほしい。
希望你不只在教室裡學習各種科目，也要在教室外學到各種事物。

出題重點

▶**詞意辨析　学習 VS 学ぶ**

雖然兩者的中文都可譯作學習，「学習する」多半給人透過教材且有系統地唸書的印象，或是透過經驗學到順應環境的能力。「学ぶ」則不局限於使用教材，還包含透過自我思考去學習的意思。

例 経験から学ぶ。　從經驗中學習。

0261 □ **かくにん【確認】**

名・他Ⅲ 確認 ➔ N4 單字

類 たしかめる【確かめる】確認

例 こちらが打ち合わせ用の資料なんですが、間違いがないかどうか確認していただけないでしょうか。

這是事前協商要用的資料，能請您確認是否有誤嗎？（對上司）

0262 □ **がくねん【学年】**

名 學年；年級

例 中学校の頃、同じ学年に同じ名前の人が 4 人もいた。しかも漢字まで同じだった。

國中時，同年級就有 4 個人同名，而且是連漢字寫法都一樣。

0263 □ **がくひ【学費】**

名 學費

類 じゅぎょうりょう【授業料】學費

例 これから、大学の学費がだんだん上がっていくだろう。

今後大學學費將會逐漸上漲吧。

出題重點

▸**詞意辨析　費 VS 代 VS 料**

「費」多為必要的花費，像是「食費」（伙食費）、「生活費」（生活費）、「交通費」（交通費）。「代」指以金錢換取等價商品，通常依據使用程度付費，例如「ガス代」（瓦斯費）、「ガソリン代」（油錢）、「電気代」（電費）。「料」為享受服務所支付的費用，多有事先設定好的價格，例如「送料」（運費）、「手数料」（手續費）、「入場料」（入場費）。不過在實際生活中，很多費用相關的說法往往不僅限於一種。

0264 □ **がくぶ【学部】**

名 學院 ➔ N4 單字

衍 がくぶせい【学部生】大學生（相對於研究生）

例 A：学部、どこ？ 商学部？　你是哪個學院的？商學院？

B：ううん、法学部。　不，我是法學院的。

0265 □ **かくれる【隠れる】**

自II 隱藏，躲藏；隱沒；隱瞞
反 あらわれる【現れる】出現；露出

例 なぜ親(おや)に隠(かく)れてバイトをしているかっていうと、親(おや)が許(ゆる)してくれそうもないからです。

要說為什麼瞞著父母親打工，是因為父母親根本不會允許我去。

0266 □ **かけざん【掛け算】**

名 乘法
衍 わりざん【割り算】除法

例 あの子(こ)はたった3歳(さい)なのに、もう掛(か)け算(ざん)ができるんですよ。

那孩子雖然只有3歲，卻已經會乘法了。

0267 □ **かける【掛ける】**

他II 花費；掛；戴；上（鎖）；發動；使用；蓋；撒；打電話；添（麻煩）；坐

例 A: 筑波大学(つくばだいがく)の石田(いしだ)です。

（進入面試會場之後）我是筑波大學的石田。

B: どうぞおかけください。どの席(せき)でもいいですよ。

請坐，任何座位都可以坐喔。

0268 □ **かこ【過去】**

名 過去
衍 げんざい【現在】現在／みらい【未来】未來

例 当社(とうしゃ)は過去(かこ)２０年以上(にじゅうねんいじょう)にわたり、日本(にほん)と台湾(たいわん)の間(あいだ)で貿易(ぼうえき)を行(おこな)ってきました。　本公司在過去20年以來一直從事日本與臺灣之間的貿易。

0269 □ **かこむ【囲む】**

他I 包圍，圍繞

例 監督(かんとく)は球場(きゅうじょう)を出(で)たとたん、大勢(おおぜい)の記者(きしゃ)に囲(かこ)まれた。

總教練一從球場走出來，就被眾多記者包圍。

0270 □ **かさねる【重ねる】**

他II 反覆；重疊

例 彼(かれ)らはプロ選手(せんしゅ)になるために、日々(ひび)努力(どりょく)を重(かさ)ねている。

他們為了成為職業選手，每天不斷努力。

出題重點

▶**固定用法　努力を重ねる　不斷努力、再接再厲**

跟「重ねる」相關的固定用法還有「年月を重ねる」（經過長時間）和「失敗を重ねる」（不斷失敗）等等。

0271 □

かしこい【賢い】

い形 聰明的
反 ばか（な）【ばか（な）】愚蠢的

例 同じ間違いを二度と繰り返さない人こそ、賢い人と言えるでしょう。
不會再次犯下相同錯誤的人，才能說是聰明人吧。

出題重點

▶**文法　N こそ　正是**

表示「不是其他的，某事物才是～」，具有排他性。

0272 □

かしだし【貸出】

名 借，出借
反 へんきゃく【返却】還，歸還

例 A：貸出ですか。返却ですか。
是要借還是要還呢？
B：返却です。すみません。実は1週間ほど延滞しておりまして…。
我要歸還。不好意思，其實拖了1個星期左右……。

0273 □ 11

かしゅ【歌手】

名 歌手
衍 ミュージシャン【musician】音樂家

例 彼は俳優としてだけでなく、歌手としての活動も評価されている。
他不僅作為演員，就連歌手身分的活動都受到好評。

0274 □

かず【数】

名 數量，數目
類 すうりょう【数量】數量

例 宇宙に存在する星の数は数えきれないほど多い。
存在於宇宙的星星數量多到數不清。

0275 □

ガスコンロ	名 瓦斯爐 類 ガスレンジ【gas range】瓦斯爐

例 ガスコンロの汚れをきれいに落とすにはどうすればいいのだろうか。

要怎樣才能乾淨地清除瓦斯爐上的汙垢呢？

0276 □

かせぐ 【稼ぐ】	他I （工作）賺錢，掙錢 衍 もうける【儲ける】賺錢，獲利

例 自分で学費と生活費を稼ぐために、カフェでバイトをしている。

為了賺自己的學費和生活費，在咖啡廳打工。

0277 □

かたち 【形】	名 形狀，樣子；形式 → N4 單字 衍 かた・～がた【型・～型】類型，～型

例 月餅とは、月のような形で、中にあんが詰まったお菓子のことである。

所謂的月餅是指形狀像月亮，裡面有包餡的糕點。

0278 □

かたづく 【片付く】	自I 整理，收拾；（事情）解決，處理

例 井上くんはきれい好きなので、部屋はいつもきれいに片付いています。

井上很愛乾淨，所以他的房間總是整理得很乾淨。

0279 □

かたづける 【片付ける】	他II 整理，收拾；解決，處理（事情） 衍 かたづけ【片付け】整理；解決

例 早く仕事を片付けて、飲みに行きましょうよ。

趕快處理完工作，一起去喝一杯啦！

0280 □

かたまる 【固まる】	自I 凝固；固定；聚在一起 衍 かためる【固める】使凝固；堅定；使集中

例 はちみつは寒さに弱いので、冷蔵庫に入れておくと、固まってしまう。

蜂蜜不耐冷，所以放進冰箱裡的話會凝固。

0281 □

かたみち 【片道】	名 單程 反 おうふく【往復】往返，來回

例 調査によると、東京人の片道の平均通勤時間は１時間以上だそうだ。　根據調查，東京人的單程平均通勤時間是１小時以上。

0282 □ かたる【語る】

他I 講，談論
類 はなす【話す】說，講

例 その老人は若い頃留学していたロシアの生活について懐かしそうに語ってくれた。

那位老人語帶懷念地向我們講述關於他年輕時在俄羅斯的留學生活。

出題重點

▶**文法　Nについて　關於**

修飾名詞時則要使用「Nについての」的形式。

例 再生可能エネルギーについてのレポートを書く。

撰寫關於可再生能源的報告。

0283 □ カタログ【catalog】

名 商品目錄，型錄

例 カタログで性能をよく比較してから、新しいカメラを買おうと思う。

透過商品目錄好好比較性能後，打算買新相機。

0284 □ かち【勝ち】

名 贏，勝利
反 まけ【負け】輸，敗北

例 今回はあなたの勝ちですが、次は負けませんよ。

這次雖然是你贏了，下次我可不會輸的。

0285 □ がっか【学科】

名 科系，系；學科
衍 がくぶ【学部】學院

例 日本語学科の卒業生の中で、どのくらいの人が日本で働いていますか。

日文系的畢業生當中，有多少人在日本工作呢？

0286 □ がっかり

名・自III 失望，沮喪
類 しつぼう【失望】失望

例 せっかくの修学旅行が台風で中止になり、がっかりしました。

難得的畢業旅行因颱風取消，真令人失望。

0287 □ **がっき【楽器】**

名 樂器

衍 えんそう【演奏】演奏

例 和太鼓はお祭りでよく見られる日本の伝統的な楽器の一つである。

和太鼓是一種廟會祭典上常見的日本傳統樂器。

樂器

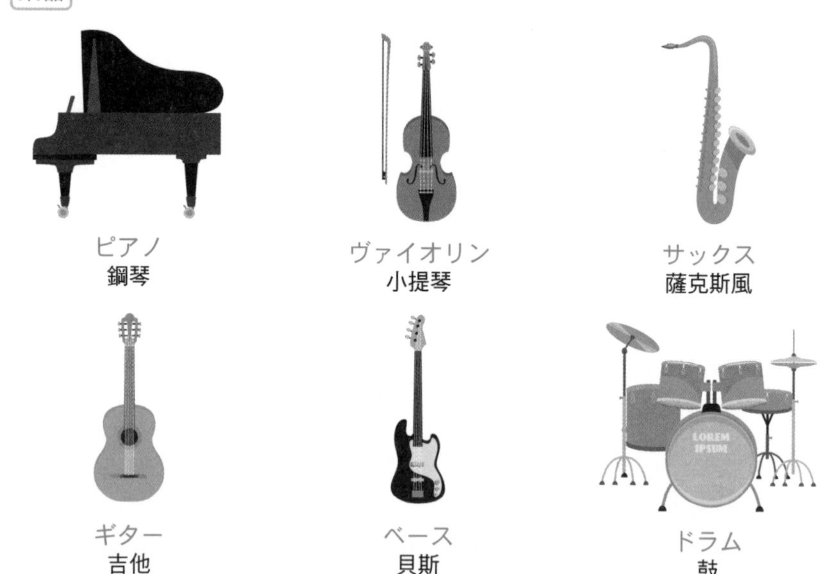

0288 □ **がっき【学期】**

名 學期 ➔ N4 單字

衍 がくねん【学年】學年；年級

例 どの大学でも学期の初めに新入生に対するオリエンテーションが開かれる。

無論哪一所大學，在學期一開始都會舉辦針對大一生的新生訓練。

0289 □ **かっこいい**

い形 帥氣的；真棒的（外觀或言行） ➔ N4 單字

反 かっこわるい 遜的

例 この女優は、かわいいというよりかっこいいと思います。

我認為這位女演員與其說是可愛，倒不如說是帥氣。

出題重點

▶**文法　～というより　與其說是～，倒不如說是**

表示比起前項，後項說法更為貼切。

0290 □
かっこう【格好】
名 打扮；外型；姿勢
類 ふくそう【服裝】服裝，穿著

例 今夜、パーティーに行くんだけど、どんな格好をしたらいいの？
今晚要去派對，該怎麼打扮才好？

0291 □
かっこく【各国】
名 各國
衍 かく～【各～】各～

例 各国の選手たちが入場すると、観客席から大きな拍手が起こった。
各國的選手們一入場，觀眾席上就響起大大的掌聲。

0292 □
かって(な)【勝手(な)】
な形 擅自的，隨便的

例 先生のパソコンを勝手に使ったら、先生に怒られるよ。ちゃんと許可をもらわないと。
擅自使用老師的電腦會惹他生氣喔，必須好好取得許可才行。

0293 □
カット【cut】
名・他Ⅲ 剪髮；切；刪減　➔ N4 單字
類 きる【切る】切；剪

例 ゆうべ美容院で髪をカットしてもらって、髪も気持ちもすっきりした。
昨晚去了美容院剪頭髮，無論頭髮或心情都很清爽。

0294 □
かつどう【活動】
名・自Ⅲ 活動
衍 サークルかつどう【サークル活動】社團活動

例 どんな活動にも積極的に取り組んでいることから、小野さんは熱心な人だとわかる。
從積極投入各種活動這點可得知，小野先生是個熱心的人。

0295 □ **かなしむ【悲しむ】**

他I 難過，悲傷

反 よろこぶ【喜ぶ】高興；欣然接受

例 17年飼っていた犬が死んでしまい、彼は食欲がなくなるほど悲しんでいる。　養了17年的小狗過世，他難過到失去食慾。

0296 □ **かなり**

副 相當，頗　➔ N4 單字

衍 なかなか 相當；不容易（後接否定）

例 通常よりもかなり安い価格で洗濯機を買いました。

以比平常還要便宜許多的價格購入洗衣機。

0297 □ **かのう（な）【可能（な）】**

な形 可能的；能夠，可以

反 ふかのう（な）【不可能（な）】不可能的

例 この大学でケータイの充電が可能な場所はここしかない。

在這所大學，手機可以充電的地方只有這裡。

0298 □ **かのうせい【可能性】**

名 可能性，可能

例 来週、関東地方から近畿地方にかけて大雪が降る可能性がある。

關東地區到近畿地區下星期有可能下大雪。

出題重點

▶**文法　N1からN2にかけて　從N1到N2**

籠統地表示兩個時間或兩個空間的範圍。類似用法的「N1からN2まで」則著重於起點和終點。

0299 □ **カバー【cover】**

名・他III 套，外皮；彌補，填補

例 上司が私たちのミスをカバーしてくれたおかげで、このプロジェクトを完成させることができた。

多虧上司彌補我們的失誤，才能完成這個企劃。

0300 □ **かび**

名 霉，黴菌

例 壁にカビが生えるのを防ぐにはどうしたらいいでしょうか。

要怎麼做才能防止牆壁發霉呢？

出題重點

▶**固定用法　カビが生える　發霉**

除了字面上的發霉之外，還可引申為事物過時、落伍之意。

0301 □ **かぶしきがいしゃ【株式会社】**

名 股份有限公司

衍 かぶ【株】股票

例 うちの会社は株式会社といっても、社員は私と妻だけです。

我的公司雖說是股份有限公司，員工只有我和我太太而已。

0302 □ **かぶせる【被せる】**

他II 覆蓋；戴上；澆

例 カラスがゴミを散らかさないように、出したゴミにネットを被せることになっている。

為了不要讓烏鴉把圾垃弄得一團亂，規定在丟出的垃圾上覆蓋網子。

0303 □ **がまん【我慢】**

名・自他III 忍耐，忍受

例 いじめられたら、がまんしないで上司に言ったほうがいいですよ。

被霸凌的話別忍耐，向主管說比較好喔。

0304 □ **がめん【画面】**

名 螢幕，畫面 ➔ N4 單字

衍 ディスプレイ【display】電腦螢幕

例 スマホをうっかり落として、画面を割ってしまった。

不小心摔到手機，螢幕就裂開了。

0305 □ **かもく【科目】**

名 科目

衍 じゅぎょう【授業】課，課程

例 私の得意な科目は数学で、コンテストに出たこともあります。

我擅長的科目是數學，也曾經參加過競賽。

科目

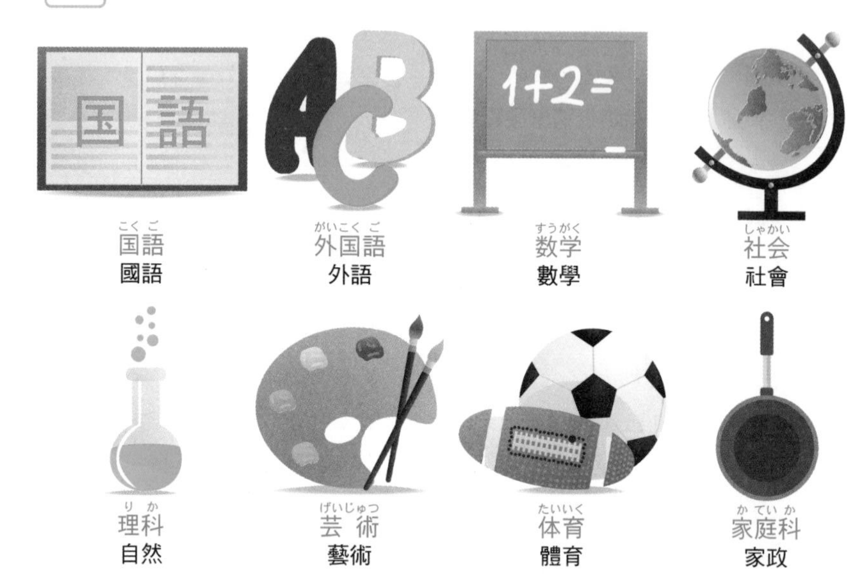

0306 □	かゆい【痒い】	い形 癢的 衍 かゆみ【痒み】發癢

例 いくら薬（くすり）を塗（ぬ）っても効（き）かない。腕（うで）がかゆくてしょうがない。

無論擦了多少藥都沒有效，手腕還是癢得受不了。

0307 □	～がら【～柄】	接尾・名 （布類）花色，圖案 衍 はながら【花柄】碎花圖案

例 友達（ともだち）に花柄（はながら）のワンピースをプレゼントとして贈（おく）りました。

將碎花圖案的洋裝作為禮物送給朋友。

0308 □ 12	がらがら	名 空蕩蕩；（聲音）沙啞 衍 すく【空く】空蕩蕩

例 いつもより1時間（いちじかん）早（はや）く電車（でんしゃ）に乗（の）ったら、車内（しゃない）はガラガラだった。

比平常早1小時搭上電車，發現車廂內空蕩蕩的。

0309 □

かれる【枯れる】

自II 枯萎

例 毎日(まいにち)ちゃんと木(き)に水(みず)をやらないと、枯(か)れちゃうよ。

不每天好好給樹木澆水的話會枯萎喔。

出題重點

▶**文法　～ちゃう**

在日常生活中為了方便發音，日本人常將「～てしまう」唸作「～ちゃう」，屬於口語用法。如果該動詞的「て形」結尾是「て」就變成「～ちゃう」，結尾是「で」的話則會變成「～じゃう」。

例如：行(い)ってしまった→行(い)っちゃった

　　　読(よ)んでしまった→読(よ)んじゃった

0310 □

カロリー【calorie】

名 熱量，卡路里

例 このケーキはおいしそうだけど、カロリーも高(たか)そうだなあ。

這個蛋糕看起來很好吃，但感覺熱量也很高啊。

0311 □

かわ【皮】

名 皮，外皮

衍 はだ【肌】皮膚；表皮

例 このぶどうは皮(かわ)を剥(む)かずにそのまま食(た)べることができます。

這種葡萄可以不用剝皮直接吃。

0312 □

かわいがる【可愛がる】

他I 疼愛；偏愛

例 夫(おっと)は子供(こども)をとてもかわいがっていて、ほしがるものは何(なん)でも買(か)ってしまう。　我先生很疼小孩，只要是孩子想要的東西，他什麼都買。

0313 □

かわいそう（な）

な形 可憐的

類 きのどく（な）【気の毒（な）】可憐的

例 昔話(むかしばなし)にはかわいそうな女(おんな)の子(こ)がすてきな王子様(おうじさま)と結婚(けっこん)するという話(はなし)が多(おお)い。　從前的童話有很多可憐的女孩和帥氣的王子結婚的故事。

0314 □

かわかす【乾かす】

他I 吹乾；烘乾；曬乾
反 ぬらす【濡らす】弄溼，沾溼

例 風邪を引きやすい体質なので、いつもお風呂の後すぐ髪の毛を乾かすことにしています。

因為屬於容易感冒的體質，所以我總是洗完澡後馬上吹乾頭髮。

0315 □

かわり【代わり】

名 代替，代理 → N4 單字
衍 かわる【代わる】更換，替換

例 病気でバイトを休みたいので、代わりの人を探さなくてはいけない。

因為生病而想請假不去打工，所以必須找代班的人。

0316 □

かんがえかた【考え方】

名 想法，思考方式
衍 かんがえ【考え】主意

例 論文を読んで、物理学に対する考え方が変わりました。

讀了論文，改變了我對物理學的想法。

出題重點

▶**文法　Ｎに対するＮ／Ｎに対して　對於～**

表示行為或情感施予的對象。

0317 □

かんかく【感覚】

名 感覺（書面用語）
衍 かんじょう【感情】感情

例 年をとるにつれて、いろいろな感覚が鈍くなってくる気がする。

隨著年齡增長，覺得各種感覺都變遲鈍了。

0318 □

かんきせん【換気扇】

名 通風機

例 変な音がするので、トイレの換気扇を交換しようと思う。

因為有奇怪的聲音，所以我想更換廁所的通風機。

0319 □
かんきゃく【観客】
名 觀眾
衍 かんきゃくせき【観客席】觀眾席

例 5000人もの観客が私の演奏を聞きに集まってくれた。
多達5000名觀眾為聽我的演奏聚集而來。

出題重點
▶**文法　數量詞＋もの＋N　多達～**
用來強調數量非常多，這裡的助詞「も」功能就是強調。

0320 □
かんきょう【環境】
名 環境

例 子供の性格や考え方は、育つ環境によって決まる。
小孩的個性和思考方式取決於成長環境。

0321 □
かんけい【関係】
名・自Ⅲ 關係 ➔ N4 單字

例 研究によると、睡眠時間の長さは集中力と関係があるそうです。
根據研究，睡眠時間的長短和專注力有關係。

0322 □
かんげい【歓迎】
名・他Ⅲ 歡迎
衍 かんげいかい【歓迎会】歡迎會

例 子供連れのお客様のご来場も歓迎いたします。
我們也歡迎帶小孩的客人光臨。

0323 □
かんこう【観光】
名・自Ⅲ 觀光
衍 かんこうガイド【観光ガイド】觀光指南

例 再来週は九州を観光する予定です。おすすめの観光地があったら、ぜひ教えてください。
下下星期預計要去九州觀光，如果有推薦的觀光景點請務必告訴我。

觀光景點

お寺（てら）	神社（じんじゃ）	教会（きょうかい）	お城（しろ）
佛寺	神社	教堂	城

0324 □ **かんさつ【観察】**

名・他Ⅲ 観察

例 誰（だれ）にでも好（す）かれる人（ひと）の行動（こうどう）を観察（かんさつ）すると、いろいろ勉強（べんきょう）になる。

觀察被所有人喜歡的人的行動，就能學習到許多。

0325 □ **かんじ【感じ】**

名 感覺；印象（非書面用語）

衍 かんかく【感覚】感覺（書面用語）

例 あの古（ふる）い洋館（ようかん）に近（ちか）づくと、なんか嫌（いや）な感（かん）じがするんだ。

一靠近那棟老洋房，總覺得有點不太舒服。

0326 □ **がんじつ【元日】**

名 元旦

類 がんたん【元旦】元旦

例 今年（ことし）の元日（がんじつ）も家族（かぞく）で平安神宮（へいあんじんぐう）へ行（い）きました。

今年元旦也跟家人去了平安神宮。

0327 □ **かんじゃ【患者】**

名 患者，病人

衍 いしゃ【医者】／いし【医師】醫師，醫生

例 医者（いしゃ）はちゃんと患者（かんじゃ）の話（はなし）を聞（き）くべきだ。

醫生應當好好傾聽病人所說的話。

0328 □ **かんじる【感じる】**

他Ⅱ 感受，感到；覺得；感動

例 初（はじ）めてアルバイトをした時（とき）、お金（かね）を稼（かせ）ぐのは大変（たいへん）なことだと感（かん）じた。

第一次打工的時候，感受到賺錢是很辛苦的一件事。

0329 □ かんしん【関心】

名 關心，感興趣

類 きょうみ【興味】興趣

例 そのドラマを見てから、フランスの文化に関心を持ち始めた。

看了那部電視劇之後，開始對法國文化感興趣。

0330 □ かんしん【感心】

名・自Ⅲ 欽佩，佩服

例 どんなに苦しくても諦めないオリンピック選手の努力に感心しました。

不管多麼痛苦都不放棄的奧運選手的努力令人欽佩。

0331 □ かんせい【完成】

名・自Ⅲ 完成

類 しあげる【仕上げる】完成，做完

例 明日が締め切りなので、今日こそレポートを完成させます。

明天就是截止日了，所以我今天一定要把報告完成。

0332 □ かんぜん（な）【完全（な）】

名・な形 完全；完善

反 ふかんぜん（な）【不完全（な）】不完全

例 風邪がまだ完全に治っていないんだから、まだ遊びに行っちゃダメだよ。

感冒還沒有完全好，所以不可以又跑去玩喔。

出題重點

▶**文法　V－ては／ちゃ**

「ては」後面通常接否定或負面的內容，表示不應該做某事。在口語中為求發音方便，也經常說成「ちゃ」，「では」則會說成「じゃ」。

0333 □ かんそう【乾燥】

名・自Ⅲ 乾燥

衍 かんそうき【乾燥機】乾衣機；烘碗機

例 肌が乾燥しているので、体のあちこちがかゆくてしょうがない。

因為肌膚乾燥，身體到處癢得受不了。

0334 □ かんそう【感想】

名 感想

衍 かんそうぶん【感想文】心得文

例 先生(せんせい)は生徒(せいと)たちに講演会(こうえんかい)の感想(かんそう)を聞(き)いてみた。

老師問了學生們演講的心得感想。

0335 □ かんどう【感動】

名・自Ⅲ 感動

例 その映画(えいが)にとても感動(かんどう)しました。みなさんもぜひ見(み)てみてください。

那部電影讓我非常感動，也請大家務必看看。

0336 □ カンニング【cunning】

名・自Ⅲ 作弊

衍 カンニングペーパー 小抄

例 １０人(じゅうにん)もの大学生(だいがくせい)がカンニングで退学(たいがく)になった。

高達 10 名大學生因作弊而遭退學。

0337 □ かんぱい【乾杯】

名・自Ⅲ 乾杯 ➔ N4 單字

例 お二人(ふたり)の幸(しあわ)せをお祈(いの)りいたしまして、乾杯(かんぱい)！

祈願兩位幸福，乾杯！（婚禮上）

0338 □ かんりょう【完了】

名・自Ⅲ 完畢，完成

衍 できる 做完，做好

例 準備(じゅんび)は完了(かんりょう)しました。いつでも出発(しゅっぱつ)できます。

準備完畢，隨時都可出發。

き／キ

0339 □ 13 キーボード【keyboard】

名 （電腦）鍵盤；琴鍵；電子琴

例 A：どうして会社(かいしゃ)で仕事(しごと)を済(す)ませてこないの？

你為什麼不在公司把工作做完呢？

B：オフィスではキーボードを打(う)つ音(おと)がうるさくて、仕事(しごと)に集中(しゅうちゅう)できないんだ。　辦公室裡打鍵盤的聲音太吵，沒辦法專注於工作。

0340 □ きおく【記憶】

名・他Ⅲ 記憶；記得

例 電子書籍の内容は記憶に残りにくいそうだ。

聽說電子書的內容不容易記起來。

0341 □ きおん【気温】

名 氣溫
衍 おんど【温度】溫度

例 夜の気温が下がれば下がるほど、朝、この花は美しく咲く。

夜晚的氣溫降得越低，早上這種花就開得越美麗。

0342 □ きかい【機会】

名 機會 ➔ N4 單字
類 チャンス【chance】機會

例 今度機会があったら、ぜひうちへ遊びに来てくださいね。

下次有機會的話，請務必來我家玩喔。

0343 □ きがえ【着替え】

名 換洗衣服；換衣服
衍 きかえる【着替える】換（衣服）

例 新しい水着を買ったし、着替えやタオルを持ってプールにでも行こうか。　也買了新泳衣，帶著換洗衣服和毛巾一起去游泳池吧。

0344 □ きかん【期間】

名 期間

例 このピザが発売される期間は 7 日間だけです。

這種披薩的販售期間只有 7 天而已。

0345 □ ～きき【～利き】

接尾 好用，使用順手；能幹

例 世界の人口の 10 パーセントは左利きだと言われている。

據說世界人口的 10% 是左撇子。

0346 □ ききかえす【聞き返す】

他Ⅰ 重問；反問

例 3 回聞き返して、やっと彼女の言っていることが理解できました。

重問了 3 次才終於了解她所說的事。

0347 □

ききとる【聞き取る】

他Ⅰ 聽清楚，聽懂；聽取

衍 ききとり【聞き取り】聽取；聽力

例 上司が早口なので、いくら集中しても、言っていることが聞き取れません。

因為主管講話太快，即使我再怎麼專注，還是聽不清楚他說的話。

0348 □

きぎょう【企業】

名 企業

衍 おおてきぎょう【大手企業】大企業

例 来年卒業したら、どんな企業で働きたいですか。

明年畢業之後，你想在什麼樣的企業工作呢？

0349 □

きく【効く】

自Ⅰ 有效，起作用

衍 こうか【効果】效果，成效

例 薬局の人の話では、この薬は頭痛によく効くらしい。

聽藥局的人說，這種藥對頭痛很有效。

0350 □

きげん【期限】

名 期限

類 しめきり【締め切り】截止日，截止期限

例 ビザの期限が切れたので、もう一度申請し直さなければならない。

簽證期限已過，所以必須再重新申請一次。

0351 □

きげん【機嫌】

名 心情

例 今日は機嫌がいいですね。何かいいことがあったんですか。

你今天心情可真好，發生了什麼好事嗎？

0352 □

きこく【帰国】

名・自Ⅲ 回國，歸國 ➔ N4 單字

衍 きたく【帰宅】回家，返家

例 彼は大学を卒業した後、日本で就職するのではなく、帰国する予定だそうだ。　聽說他大學畢業後沒有要在日本就職，而是預計回國。

0353 □ **きざむ【刻む】**

他I 切碎，切細；雕刻

例 まず、玉ねぎと鶏肉を細かく刻んでおきます。

首先，將洋蔥和雞肉切碎。

0354 □ **きじ【記事】**

名 報導，消息

衍 しんぶんきじ【新聞記事】新聞報導

例 彼女は新聞記者をしています。国際政治についての記事を書いています。　她是新聞記者，撰寫關於國際政治的報導。

0355 □ **きしゃ【記者】**

名 記者

衍 カメラマン【cameraman】攝影師

例 その記者は知らないふりをして、貸し出し禁止の資料を持ち帰ってしまった。　那名記者假裝不知道，把禁止外借的資料帶了回去。

出題重點

▶**文法　～ふりをする　假裝～**

前面接動詞的普通形，表示假裝做某動作。如果是接名詞，則以「Nのふりをする」的方式連接，形容詞則用一般修飾名詞的方式即可。

例 病気のふりをしている。　假裝生病。

例 お腹が痛いふりをしている。　假裝肚子很痛。

例 平気なふりをしている。　假裝沒事。

0356 □ **きず【傷】**

名 傷，傷口；裂痕，瑕疵

衍 やけど【火傷】燙傷，燒傷

例 足の傷が治るまで、しばらくサッカーの練習を休ませてもらえませんか。　在腳傷好之前，可以讓我暫時停止練習足球嗎？（對足球隊隊長）

0357 □ **きそ【基礎】**

名 基礎

衍 きほん【基本】基本

例 科学の基礎を学生に身につけさせるのが、この授業の主な目標です。

這堂課的主要目標是讓學生學會科學的基礎。

0358 □ **きたい【期待】**

名・他Ⅲ 期待
衍 よそう【予想】預測，預料

例 彼女はこの映画で賞をとったことから、今後の活躍を期待されている。
她因這部電影獲獎，今後的活躍受到大家期待。

0359 □ **きたく【帰宅】**

名・自Ⅲ 回家，返家
衍 きこく【帰国】回國，歸國

例 残業のせいで帰宅も遅いし、家族とのコミュニケーションもとれない。
都怪加班，不僅害我晚回家，也沒辦法和家人交流溝通。

0360 □ **きちんと**

副・自Ⅲ 整齊地；好好地；確實地
類 ちゃんと 整齊地；好好地；確實地

例 できれば玄関の靴をきちんと揃えてほしいと思う。
可以的話，希望你能把玄關的鞋子好好擺整齊。

0361 □ **きつい**

い形 累人的；嚴厲的；強烈的；緊的

例 バイトが次々と辞めていることから、ここの仕事がとてもきついことが分かる。
從工讀生一個接著一個辭職這點，可以知道這裡的工作非常累人。

0362 □ **ぎっしり**

副 滿滿地

例 引っ越しの時、厚い本がぎっしり詰まっている箱だけは、誰も運びたがらなかった。 搬家時，就只有塞滿厚重書本的箱子沒有人想搬。

0363 □ **きっと**

副 一定（決心）；想必（推測） ➔ N4 單字
類 かならず【必ず】一定，必定

例 明日はきっと雪が降るから、厚着して出かけたほうがいいよ。
明天一定會下雪，所以多穿點衣服出門比較好喔。

出題重點

▸文法辨析　たぶん VS きっと

「たぶん」的意思為大概，因為屬於推測語氣，句尾經常搭配「だろう」或「と思う」一起使用。「きっと」則表示說話者的決心、堅信或殷切期盼，在語氣肯定的情況下，句尾不用加上表示推測的「だろう」。

0364 □
きにいる【気に入る】
自Ⅰ 喜歡，中意
衍 おきにいり【お気に入り】喜歡

例 母はどうもこの丈夫なカバンが気に入っているみたいだ。
媽媽似乎很喜歡這個耐用的包包。

0365 □
きにかける【気にかける】
他Ⅱ 關心，擔心
衍 しんぱいする【心配する】擔心（負面結果）

例 いつも私の就職のことを気にかけてくださってありがとうございます。
謝謝您總是關心我的就業。

出題重點

▸詞意辨析　気にかける VS 心配する

「気にかける」的意思為總是掛念著某事物（通常是對方）而無法忘記，無論是好的結果或壞的結果都可以使用。而「心配する」則傾向用於擔心未來可能發生不好的結果，可以指對方，也可以指自己的事。

0366 □
きにする【気にする】
他Ⅲ 在意，介意
衍 いしきする【(人の目を)意識する】在意(目光)

例 実験は失敗することもあるので、今回の結果は気にしないでください。
實驗也會有失敗的時候，所以請別在意這次的結果。

0367 □
きになる【気になる】
自Ⅰ 在意，介意
衍 しんぱい(な)【心配(な)】擔心的

例 面接の結果が気になって、一晩中眠れなかった。
在意面試結果，一整晚都睡不著。

出題重點

▸詞意辨析　気になる VS 気にする

兩者的最大差異在於「気になる」為自動詞，「気にする」為他動詞，而且「気になる」屬於無法自己控制的情緒反應（不受主觀意志制約的非意志動詞），所以沒有「気にならないでください」這種說法。

0368 □ **きにゅう【記入】**

名・他Ⅲ 填寫，寫上

例 こちらにお名前とご住所をご記入ください。

請在這裡填寫您的姓名和住址。

0369 □ **きねん【記念】**

14

名・他Ⅲ 紀念

衍 きねんび【記念日】紀念日

例 卒業旅行の記念に友達と浅草寺で写真を撮った。

作為畢業旅行的紀念，和朋友在淺草寺拍照。

0370 □ **きのどく（な）【気の毒（な）】**

な形 可憐的

類 かわいそう（な）【可哀相（な）】可憐的

例 迷子になった男の子を気の毒に思って、親を探してあげた。

覺得迷路的小男孩很可憐，幫他尋找父母親。

0371 □ **きぶん【気分】**

名 心情，情緒；舒服；氣氛

衍 きぶんてんかん【気分転換】轉換心情

例 A：この映画、おもしろいんだって。一緒に見ない？

聽說這部電影很有趣，要不要一起看呢？

B：ごめん、今日は疲れてるし、ドラマとか映画を見る気分じゃないんだ。　抱歉，我今天也累了，沒心情看電視劇或電影。

0372 □ きぼう【希望】

名・他Ⅲ 希望
類 リクエスト【request】要求，希望

例 どんな料理が食べたい？予算はどのぐらいがいい？何か希望があれば、言ってね。
想吃什麼菜？預算多少？有什麼希望的話就說吧。（和朋友商量聚餐的事）

0373 □ きほん【基本】

名 基本

例 「おはようございます」や「ありがとうございます」といった挨拶はマナーの基本である。
像「早安」和「謝謝」等打招呼是基本的禮貌。

出題重點

▸**文法　N（子項）といったN（大類別）　～等**
用來列舉同類型的事物。

0374 □ きまり【決まり】

名 規定；慣例；結束
類 ルール【rule】規則

例 このクラスでは、課題はその日の２０時までに出すという決まりがある。
這個班級有一個「作業要在當日晚上８點之前繳交」的規定。

0375 □ きまる【決まる】

自Ⅰ 一定，固定；決定；當然　➔ N4 單字

例 健康のために毎日決まった時間に寝て、決まった時間に起きるようにしている。　為了健康，每天儘可能在固定的時間就寢、固定的時間起床。

出題重點

▸**文法　Vようにしている　儘可能～**
表示刻意努力，也可以說是刻意要養成一種習慣。

0376 □

きもち【気持ち】

名 舒服；心情，情緒；心意 → N4 單字

衍 きもちいい【気持ちいい】舒服的

例 A：飲み過ぎて気持ちが悪くなっちゃった。

喝太多酒了覺得不舒服。

B：無理せずにゆっくり休んでね。

不要勉強，好好休息吧。

0377 □

ぎもん【疑問】

名 疑問，疑惑

衍 しつもん【質問】問題

例 この問題に対する政府の説明が本当かどうか疑問に思う。

政府對於這個問題的說明是否為真，我感到很疑惑。

0378 □

キャンセル【cancel】

名・他Ⅲ 取消 → N4 單字

類 とりけす【取り消す】取消，撤銷

例 9日にシングルで予約している者ですが、キャンセルさせていただけませんか。

我預約了9號的一間單人房，請問可以取消嗎？（向旅館詢問）

0379 □

きゅうか【休暇】

名 休假

衍 きゅうけい【休憩】休息

例 来週の火曜日、休暇をとってもよろしいでしょうか。

下星期二我可以請假嗎？

出題重點

▶**固定用法　休暇をとる　請假**

無論請什麼假，例如「病気休暇」（病假）、「育児休暇」（育嬰假）或「生理休暇」（生理假），搭配的動詞都是「とる」。

0380 □

きゅうがく【休学】

名・自Ⅲ 休學

衍 たいがく【退学】退學

例 しばらく休学して、世界各国を旅行しようと思っています。

想暫時休學去環遊世界各國。

0381 □ **きゅうきゅうしゃ【救急車】**

名 救護車

例 救急車で病院に運ばれてきた患者はなんと市長でした。

被救護車送來醫院的患者竟然是市長。

車輛

救急車（きゅうきゅうしゃ）救護車　消防車（しょうぼうしゃ）消防車　パトカー 警車

0382 □ **きゅうぎょう【休業】**

名・自Ⅲ 暫停營業

例 本日は社員研修のため休業させていただきます。

本日因舉行員工訓練暫停營業。（店家公告）

0383 □ **きゅうけい【休憩】**

名・自Ⅲ 休息　➔ N4 單字

類 やすみ【休み】休息；請假；放假

例 他のバイトが休憩している間も、彼は一人で働いていた。

他在其他的工讀生休息時也一個人工作著。

0384 □ **きゅうこう【休講】**

名・他Ⅲ 停課（個別的課堂）

衍 きゅうこう【休校】（天災等）全校停課

例 先生が学会出張のため、明日の講義は休講になります。

由於老師出差參加學會，明天的課程停課一次。

出題重點

▶**文法　Nのため　由於～**

表示出於某種原因而有後面的結果，屬於較正式的語氣。

0385 □

きゅうこう【急行】	名 急行列車 ➔ N4 單字 類 かいそく【快速】快速列車

例 普通電車に乗るつもりでしたが、乗り間違えて、急行に乗ってしまいました。　原本要搭普通電車，卻搭錯，搭成了急行列車。

文化補充

▸**日本的列車種類**

日本的電車會因停靠站數的多寡而影響行駛速度，由快至慢如下：

特急＞快速・急行＞準急＞普通（各駅停車）

「特急」主要停靠大站，搭乘此車種通常得加收費用，但也有些不須另外付費；「快速」則依每家鐵路公司的定義不同，多數不用加收車錢；「急行」也要看鐵路公司，有的須加收費用，但多數都不須再加錢就可搭乘。「準急」停靠的站數介於「急行」和「普通」之間，通常不另外收費。

0386 □

きゅうじつ【休日】	名 假日 ➔ N4 單字 反 へいじつ【平日】平日；平時

例 私は毎日遅くまで仕事をしているので、休日は部屋で寝てばかりいます。　我每天都工作到很晚，所以假日總是在房間睡覺。

0387 □

きゅうしょく【給食】	名（學校、公司）供餐

例 彼はどうしても学校の給食に満足できないようだ。

他似乎無論如何都不滿意學校的供餐。

0388 □

ぎょうぎ【行儀】	名 禮貌，舉止 衍 れいぎ【礼儀】禮貌，禮節

例 食事中に音を立てるのは行儀が悪いのではないでしょうか。

吃飯時發出聲音不是很不禮貌嗎？

0389 □

きょうし【教師】

名 教師，老師

類 せんせい【先生】老師；醫師；律師

例 子供好きの彼が小学校の教師になるのはちっとも不思議ではない。

喜歡小孩子的他當上小學老師一點也不奇怪。

出題重點

▸**詞意辨析　教師 VS 先生**

雖然兩者中文都是老師，「教師」是職業名稱，而「先生」除了是對老師的敬稱之外，也可以用來稱呼醫生、律師、政治家、作家和漫畫家。

0390 □

～きょうしつ【～教室】

接尾 ～班（才藝班），～教室　➔ N4 單字

例 弟は週に4回、ダンス教室に通っている。

弟弟1星期去4次舞蹈班。

0391 □

きょうじゅ【教授】

名 教授

衍 じゅんきょうじゅ【准教授】副教授

例 教授と卒業論文のテーマについて話し合いました。

和教授討論了畢業論文的主題。

0392 □

きょうつう【共通】

名・自Ⅲ 共通，共同

衍 きょうつうてん【共通点】共通點

例 私たちは読書という共通の趣味を持っています。

我們有閱讀這個共同興趣。

0393 □

きょうみ【興味】

名 興趣　➔ N4 單字

類 かんしん【関心】關心，感興趣

例 旅行をきっかけにして、東南アジアの歴史に興味を持つようになった。

因為旅行這個契機，對東南亞的歷史開始感興趣。

出題重點

▸**固定用法　興味を持つ　感興趣**

0394 □
きょうりょく【協力】
名・自Ⅲ 協助，合作

例 消費税に関するアンケート調査にご協力いただき、誠にありがとうございます。 誠摯地感謝您協助填寫關於消費稅的問卷調查。

0395 □
ぎょうれつ【行列】
名 隊伍，排隊
類 れつ【列】隊伍；行列

例 あのラーメン屋の前にはいつも長い行列ができているよね。今度一緒に食べに行かない？
那家拉麵店前總是大排長龍呢。下次要不要一起去吃？

出題重點
▸**固定用法　行列ができる　排隊**
如果前面再加上「長い」來修飾的話，中文可譯作「大排長龍」。

0396 □
きょり【距離】
名 距離
衍 きょりかん【距離感】距離感

例 寮はバス停までの距離が遠くて大変だし、バスは1時間に1本しか来ないし、早く便利なところに引っ越したい。 宿舍到公車站的距離很遠很辛苦，公車又1小時只來1班，想趕快搬到交通便利的地方。

0397 □
きらう【嫌う】
他Ⅰ 討厭，嫌惡（人）
衍 いやがる【嫌がる】討厭（事物）

例 彼は人の悪口を言ってばかりいるから、みんなに嫌われている。
他因為總是說別人的壞話而被大家討厭。

出題重點
▸**文法　V－てばかりいる　總是～**
表示相同事情多次發生，多用在負面的事例上。

0398 □ **きらきら**

副・自Ⅲ 閃閃發光，閃耀
衍 ピカピカ 閃閃發亮

例 見て！猫の目がキラキラ輝いていて、まるで宝石みたい。
你看！貓的眼睛閃閃發光，就如同寶石一般。

0399 □ **ぎりぎり**

名・副 勉強，極限
衍 ちょうど 剛好；（數字）整

例 終電にぎりぎり間に合ってよかったです。
還好勉強趕上末班車。

0400 □ **きれる【切れる】**

自Ⅱ 用完；到期；斷；斷絕；中斷；劃傷

例 このタブレットは長く使っているので、すぐ電池が切れるようになってしまった。 這臺平板電腦已經用很久，所以電池一下就沒電了。

0401 □ **きろく【記録】**

名・他Ⅲ 紀錄；記錄

例 彼女は金メダルをとった上にこれまでの記録を5秒以上も更新した。
她拿下金牌，而且還刷新了目前為止的紀錄高達5秒以上。

出題重點

▸**固定用法　記録を更新する　刷新紀錄**

0402 □ **きんし【禁止】**

名・他Ⅲ 禁止

例 コンサートにおける撮影は禁止されている。
演唱會上禁止攝影。

出題重點

▸**文法　NにおけるN／Nにおいて　在～**
表示在某場所、時間或狀況下，為助詞「で」或「での」的書面用語。

禁止標誌

飲食禁止（いんしょくきんし）	撮影禁止（さつえいきんし）	土足禁止（どそくきんし）	駐車禁止（ちゅうしゃきんし）	立入禁止（たちいりきんし）
禁止飲食	禁止攝影	禁止穿鞋進入	禁止停車	禁止進入

0403 □

きんじょ【近所】

名 附近；鄰居　➔ N4 單字

衍 まわり【周り】周圍；周邊

例 近所におしゃれなカフェができました。私も一度行ってみたいです。

附近開了一間時髦的咖啡廳，我也想去一次看看。

0404 □

きんむ【勤務】

名・自Ⅲ 工作，上班

類 つとめる【勤める】工作，任職

例 初めは事務員として会社に入ったのですが、今は運転手として勤務しています。

剛開始是以事務員的身分進到了公司，現在則是以司機的身分工作。

く／ク

0405 □ 15

ぐあい【具合】

名 身體狀況；（事物）狀態；（時機、場合）方便

類 ちょうし【調子】（身體或事物）狀況

例 A：お体の具合はどうですか。　身體狀況還好嗎？

B：だいぶよくなってきました。気にかけていただき、ありがとうございます。　好很多了，謝謝您的關心。

出題重點

▸**詞意辨析　具合が悪い VS 調子が悪い**

「具合」和「調子」在多數情況下可以互相替換使用，例如「体の具合／調子が悪い」（身體狀況不好）或「機械の具合／調子が悪い」（機器的狀況不好）。不同的地方在於，「具合」還多了時機或場合是否適宜的意思，因此「具合が悪い」也指時機不恰當、沒空。

0406 □ **くうき【空気】**
名 空氣；氣氛 ➔ N4 單字
衍 ふんいき【雰囲気】氣氛，氛圍

例 気分が悪いなら、少し窓を開けて、新鮮な空気を入れてみてください。
如果覺得身體不舒服，請稍微把窗戶打開，讓新鮮空氣進來看看。（暈車時）

0407 □ **ぐうぜん【偶然】**
名・副 偶然
類 たまたま 偶爾

例 駅で偶然、中学校のクラスメートに会った。しかし、相手は私のことを覚えていないようだった。
在車站偶然遇到國中同學，但對方好像已經不記得我了。

0408 □ **くさい【臭い】**
い形 臭的
衍 におい【匂い・臭い】味道，氣味；臭味

例 納豆は臭いですが、やっぱり食べてみたいです。
納豆雖然很臭，但我還是想吃吃看。

0409 □ **くさる【腐る】**
自Ⅰ 腐敗，腐爛 ➔ N4 單字

例 その肉は腐っているので、決して子供に食べさせないでください。
那塊肉已經腐敗了，所以絕對不要餵孩子吃。

0410 □ **くしゃみ**
名 噴嚏
衍 せき【咳】咳嗽

例 物置は、ほこりだらけだったから、作業中はくしゃみが出て大変だったよ。　倉庫充滿灰塵，所以工作的時候一直打噴嚏，實在是受不了。

0411 □ **くずす【崩す】**
他Ⅰ 弄亂；換成零錢；拆毀

例 彼はバイトのしすぎで体調を崩したと言っていました。
他說因為打工過度而搞壞身體健康。

例 5千円札を千円札5枚にくずしていただけませんか。
可以把5千日圓鈔票換成5張1千日圓鈔票嗎？

出題重點

▶固定用法　体調を崩す　搞壞身體健康

0412 □ **くずれる【崩れる】**　自Ⅱ 變形，亂；換零錢；崩塌，瓦解

例 ケーキは形が崩れやすいので、プレゼントとして適当ではない。

蛋糕容易壓壞變形，因此不適合作為禮物。

0413 □ **くせ【癖】**　名 習慣；毛病

衍 くちぐせ【口癖】口頭禪

例 私は緊張すると、爪を噛む癖があります。

我有個習慣是一緊張就咬指甲。

0414 □ **くだり【下り】**　名（鐵路、公路）下行；下坡

反 のぼり【上り】上行；上坡

例 この時間は、上り電車に比べて、下りの本数が多い気がする。

我覺得這個時間，相較於上行電車，下行的班次數量比較多。

0415 □ **くちべに【口紅】**　名 口紅

衍 けしょう【化粧】化妝

例 食事が済んだら、すぐ化粧室に行って口紅を塗り直す女性がたくさんいます。　有許多女性吃完飯後會立刻到化妝室重擦口紅。

0416 □ **ぐっすり**　副 熟睡，酣睡

例 昨日はお医者さんの指示にしたがって、薬を飲んだら、朝までぐっすり眠ることができた。

昨天按照了醫生的指示，吃了藥之後一路熟睡到天亮。

0417 □ **くっつく**　自Ⅰ 黏住，附著住

衍 くっつける 把～黏上

例 口元に何かくっついてるよ。とってあげようか。

你嘴邊好像沾到什麼東西了喔。我幫你拿掉吧？

0418 □ **くふう【工夫】**

名・自他Ⅲ 設法；動腦筋

例 最近の住宅はお年寄りが住みやすいように工夫されている。

最近的住宅設法使老年人住得舒適。

0419 □ **くべつ【区別】**

名・他Ⅲ 區別，區分

衍 わける【分ける】分；分類；分配

例 日本語では有気音と無気音を区別しないのに対して、中国語では清音と濁音を区別しない。

相對於日文裡不區分送氣音和不送氣音，中文則是不區分清音和濁音。

出題重點

▶**文法　～のに対して　相對～**

列舉兩種對立的事物或情況來表示對比。要特別注意的是，在作為對比的意思下，如果前面接的是名詞，要以「Nであるのに対して」的方式連接。

例 東京が温帯であるのに対して台北は亜熱帯だ。

相對於東京是溫帶，臺北是亞熱帶。

另外，名詞直接加「に対して」沒有對比的意思，這是學習者非常容易犯的錯誤，在以下的情況要使用句型「に比べて」才正確。

（×）日本に対して台湾は気温が高いです。

（○）日本に比べて台湾は気温が高いです。

和日本相比，臺灣的氣溫較高。

0420 □ **くみあわせる【組み合わせる】**

他Ⅱ 組合；分組

衍 くみあわせ【組み合わせ】組合；分組

例 漢字は偏と旁を組み合わせて複雑な意味を表現している。

漢字由「偏」和「旁」組合而成，表現出複雜的意思。

0421 □ **くむ【組む】**

他Ⅰ （手、腳）交叉；組合；配成對

衍 にぎる【握る】握，握住；掌握

例 姉は腕を組んで、何かを考えているようだった。

姊姊將雙手交叉於胸前，好像在思考著什麼。

出題重點

▸固定用法　腕を組む　雙手交叉於胸前／挽著手

「腕を組む」除了用來描述雙手交叉於胸前之外，也有挽著手的意思。

例 彼氏(かれし)と腕(うで)を組(く)んで街(まち)を歩(ある)く。　挽著男友的手走在街上。

0422 □ **くもる【曇る】**

自Ⅰ 模糊，起霧；變陰天　➔ N4 單字

反 はれる【晴れる】放晴；雲霧散去

例 他(ほか)にメガネが曇(くも)らないようにする方法(ほうほう)はありませんか。

有沒有其他讓眼鏡不起霧的方法呢？

0423 □ **くやしい【悔しい】**

い形 不甘心的，可惜的

例 後輩(こうはい)に試合(しあい)で負(ま)けてしまい、悔(くや)しくてしかたがない。

在比賽上輸給學弟妹，感到非常不甘心。

出題重點

▸文法　い形－くてしかたがない／な形－でしかたがない　非常～

表示不自覺地產生某種情感，而且連自己也無法控制，多用在情緒高漲的時候。

0424 □ **ぐらぐら**

副・自Ⅲ・名 （桌椅、建築物等）搖晃

例 あれを取(と)りたいんだけど、イスがぐらぐらしているから、持(も)っててもらってもいい？

我想拿那個，但是因為椅子一直在搖晃，可以幫我扶著椅子嗎？

0425 □ **くらす【暮らす】**

自Ⅰ 生活，過日子

衍 すごす【過ごす】度過（時光）；生活

例 ルームメイトと暮(く)らすようになって1年(いちねん)経(た)ったが、まだ慣(な)れていない。

跟室友生活已經1年了，卻還沒習慣。

0426 □

グラフ【graph】

名 圖表

衍 ず【図】圖

例 まず、右上のグラフをご覧ください。次に、左下の表をご覧ください。

首先請看右上的圖表，然後再看左下的表格。

0427 □

クラブかつどう【クラブ活動】

名 社團活動

類 ぶかつ【部活】社團活動

例 風邪気味なので、午後はクラブ活動に参加せずに家に帰った。

因為好像有點感冒，下午沒參加社團活動就回家。

出題重點

▶文法　N／V－ます＋気味だ　好像有點～

表示有某種傾向，多用來描述負面的事情，常見的用法還有「疲れ気味」和「緊張気味」等等。

文化補充

▶社團活動名稱

日本的學生社團或是運動校隊，名稱多為「〇〇部」，常見的有：田徑社「陸上部（りくじょうぶ）」、登山社「山岳部（さんがくぶ）」、棒球隊「野球部（やきゅうぶ）」、戲劇社「演劇部（えんげきぶ）」、合唱社「合唱部（がっしょうぶ）」等等。

0428 □

くらべる【比べる】

他II 比較，對比；較量　➔ N4 單字

類 ひかく【比較】比較

例 冬に比べて、夏は昼の時間が長い。日が昇る時間が早くて、沈む時間が遅いからだ。

相較於冬季，夏季白天時間長，因為日出時間早、日落時間晚。

出題重點

▶文法　Nに比べて／Vのに比べて　與～相比

用來比較兩個事物，也可以用「に比べると」的形式。

0429 □

くりかえす【繰り返す】

他I 反覆，重複
衍 くりかえし【繰り返し】反覆，重複

例 同じ失敗を繰り返さないようにするには、どうしたらいいだろうか。
為了不重蹈覆轍，該怎麼辦才好？

0430 □

クリック【click】

名・他III （滑鼠）點擊
衍 マウス【mouse】滑鼠

例 リンクをいくらクリックしても、ページが開かない。
無論怎麼點連結，網頁依舊打不開。

0431 □

グループ【group】

名 團體，小組；集團
衍 くみ【組】小組

例 演習の授業のため、先生が１５人の学生を５つのグループに分けた。
因為是討論課，老師將 15 名學生分成了 5 組。

0432 □

くるしい【苦しい】

い形 （生理）痛苦的；悲痛的；（經濟）困難的
衍 つらい【辛い】難受的，艱苦的

例 マラソンの途中で息が苦しくなって、思うように走れなくなってしまった。 在馬拉松的途中覺得喘不過氣，變得沒辦法像平常一樣跑起來。

出題重點

▶固定用法　息が苦しい　喘不過氣
類似的說法還有「呼吸が苦しい」。

0433 □

くるしむ【苦しむ】

自I 苦惱；痛苦
衍 なやむ【悩む】苦惱

例 彼は中学から高校にかけて人間関係に苦しんでいた。
他從國中到高中一直為人際關係所苦。

0434 □

くろう【苦労】

名・自III 辛苦，辛勞
衍 くるしむ【苦しむ】痛苦，苦惱

例 若い頃に苦労を知らずに育つと、社会に出てから苦しむことになる。
年輕成長的時候不知人間疾苦，出社會之後會很痛苦。

出題重點

▶搶分關鍵　ご苦労様 VS お疲れ

日文的「辛苦了」有「ご苦労様」和「お疲れ様」這兩種說法。「ご苦労様」是上司對下屬，或是客人對店員講的話，因此對長輩講「ご苦労様」是非常失禮的一件事。而「お疲れ様」通常是對一起工作的人所說，所以上完課後請不要對老師說「お疲れ様」，而要講「ありがとうございました」（謝謝老師）。

0435 □ **くわえる【加える】**

他II 加上；使加入；施加

類 プラスする 加上

例 この粉に水を加えて混ぜるだけでおいしい団子ができます。

只要在這種粉裡加水攪拌就能做出好吃的糰子。

0436 □ **くんれん【訓練】**

名・他III 訓練

衍 れんしゅう【練習】練習

例 学校では定期的に地震や火災などの避難訓練を行うことになっている。

學校規定要定期舉辦地震和火災等的避難訓練。

け／ケ

0437 □ 16 **けいえい【経営】**

名・他III 經營

衍 けいえいしゃ【経営者】經營者

例 不景気で友人が経営していた会社が倒産してしまいました。

由於不景氣，友人所經營的公司破產了。

0438 □ **けいけん【経験】**

名・他III 經驗，經歷 ➔ N4 單字

衍 たいけん【体験】體驗

例 多くの失敗を経験したからこそ、成功の難しさが分かるのだ。

正因為經歷多次失敗，才懂得成功的困難。

0439 □ けいご【敬語】

名 敬語

例 外国人(がいこくじん)にとって、日本語(にほんご)の敬語(けいご)は難(むずか)しいです。

對外國人來說，日文的敬語很難。

出題重點

▶搶分關鍵　敬語的種類

日文的敬語可分為尊敬語、謙讓語和丁寧語三種類型，以下將簡單介紹。

尊敬語：說話者藉由抬高動作行為者（自己除外）的地位以示敬意，例如「いらっしゃる（在，來）」等特別動詞或「お／ご～になる」之句型。

謙讓語：說話者藉由降低動作行為者（自己或是家人）的地位來表示敬意，例如「拝見する（拜讀）」等特別動詞或「お／ご～する」之句型。

丁寧語：說話者表達對聽話者的尊重，「です」、「ます」和「ございます」即屬於丁寧語。

0440 □ けいさん【計算】

名・他Ⅲ 計算

例 計算(けいさん)が合(あ)わない場合(ばあい)、もう一度(いちど)数字(すうじ)を確認(かくにん)してください。

計算不合的時候，請再確認一次數字。

0441 □ けいじばん【掲示板】

名 布告欄

例 教室(きょうしつ)の後(うし)ろの掲示板(けいじばん)に祇園祭(ぎおんまつり)のポスターが貼(は)ってあります。

教室後方的布告欄上貼著祇園祭的海報。

0442 □ げいじゅつ【芸術】

名 藝術

衍 げいじゅつひん【芸術品】藝術品

例 絵画(かいが)、音楽(おんがく)といった芸術(げいじゅつ)と宗教(しゅうきょう)とは深(ふか)い関係(かんけい)がある。

繪畫和音樂等藝術與宗教有密切關係。

0443 □ けが【怪我】

名・自他Ⅲ 受傷；過失 ➔ N4 單字

衍 きず【傷】傷，傷口；裂痕，瑕疵

例 階段で転んで腕にけがをしてしまった。その傷を隠すために、長袖を着ている。 在樓梯上跌倒導致手腕受傷，為了隱藏傷口而穿長袖。

0444 □ げしゃ【下車】

名・自Ⅲ 下車

反 じょうしゃ【乗車】上車，搭車

例 北海道大学に行くようでしたら、札幌駅で下車してください。

若要去北海道大學的話，請在札幌站下車。

0445 □ げじゅん【下旬】

名 下旬

衍 じょうじゅん【上旬】上旬

例 梅は1月下旬から3月中旬にかけて咲く。

梅花綻放於1月下旬至3月中旬。

0446 □ けしょう【化粧】

名・自Ⅲ 化妝

類 メイク【make】化妝

例 化粧を全く落とさないで寝ると、肌に悪いですよ。

完全不卸妝就睡覺對皮膚很不好喔。

出題重點

▸**固定用法　化粧を落とす　卸妝**

化妝品

口紅（くちべに）
口紅

マスカラ
睫毛膏

マニキュア
指甲油

香水（こうすい）
香水

0447 □ けずる【削る】

他Ⅰ 削；刪減

例 鉛筆削りがないので、カッターで削るしかない。

沒有削鉛筆機，所以只能用美工刀削。

例 広告費を増やせば、ほかの予算を削らなければならない。

要增加廣告費的話，就得刪減其他預算。

0448 □ けち（な）

名・な形 小氣鬼；吝嗇的，小氣的

例 あんなにケチな人がみんなに奢るわけがない。

他那樣小氣的人是不可能請大家吃飯的。

0449 □ けつえき【血液】

名 血液

衍 けつえきがた【血液型】血型

例 血液の検査を受けたところ、異常は見つからなかった。

目前接受血液檢查的結果，沒有發現異常。

0450 □ けっか【結果】

名 結果

反 げんいん【原因】原因

例 アメリカの選挙は予想どおりの結果になった。

美國選舉的結果正如預期。

出題重點

▸**文法　N＋どおり（に）／Nの・Vとおり（に）　按照～、正如～**

表示依照前項的要求、命令或方向等進行動作。

0451 □ けっきょく【結局】

副 最後，結果

例 いろいろなお店をまわったが、結局何も買わなかった。

雖然逛了各式各樣的店，最後卻什麼都沒買。

出題重點

▸**文法　結局　最後**

通常置於句首或句中，而且多用在事與願違的情況下。

▸**詞意辨析　結局 VS 結果**

日文裡的「結局」多作為副詞使用，「結果」才是名詞。另外，如果是指電視劇、小說的結局，日文是說「結末」而非「結局」。

0452 □ けっこう【結構】

副・な形 相當，很；不用；可以，夠　➔ N4 單字

例 A：この推理小説（すいりしょうせつ）はけっこうおもしろいですよ。貸（か）しましょうか。

這本推理小說相當有趣喔！要不要我借你？

B：小説（しょうせつ）にはあまり興味（きょうみ）がないので、けっこうです。

我對小說不太有興趣，所以不用了。

0453 □ けっせき【欠席】

名・自他Ⅲ 缺席；缺課　➔ N4 單字

反 しゅっせき【出席】出席

例 せっかくですが、明日（あした）のパーティーは欠席（けっせき）させていただきます。

雖然很難得，但明天的派對請容我缺席。

0454 □ けってん【欠点】

名 缺點，缺陷

類 たんしょ【短所】缺點

例 担任（たんにん）の先生（せんせい）に欠点（けってん）をなくすより、自分（じぶん）の長所（ちょうしょ）を探（さが）すほうが大切（たいせつ）だと言（い）われた。　班導師跟我說比起改掉缺點，發現自己的優點更加重要。

0455 □ げつまつ【月末】

名 月底

衍 ねんまつ【年末】年底

例 この授業（じゅぎょう）では毎月（まいつき）の月末（げつまつ）に復習（ふくしゅう）テストをすることになっている。

這門課每個月的月底要進行複習考。

0456 □ **けつろん【結論】**

名 結論

例 結論が出るまでに半年以上かかりそうです。

似乎要花半年以上才會有結論。

0457 □ **げひん（な）【下品（な）】**

な形 下流的，粗俗的

反 じょうひん（な）【上品（な）】高雅的，文雅的

例 あのタレントは番組に出るたびに下品な話をする。

那個藝人每次上節目都在說些下流粗俗的話。

出題重點

▶**文法　Vたび（に）／Nのたび（に）　每當**

表示進行前項動作時，總會發生後項的動作或行為。

0458 □ **けむり【煙】**

名 煙

例 どうしてあの辺りから白い煙が出ているかというと、あそこに温泉があるんです。　要說為什麼有白煙從那一帶冒出，是因為那裡有溫泉。

0459 □ **ける【蹴る】**

他I 踢；蹬（地、水）

衍 なぐる【殴る】揍，毆打

例 サッカーというのは、手を使わないでボールを蹴って、ゴールに入れるスポーツのことです。

所謂的足球，就是指不用手、將球踢入球門的一種運動。

出題重點

▶**文法　Nというのは　Vことだ／Nのことだ　所謂的～是～**

用來對專有名詞進行解釋及說明。

0460 □ **～けん【券】**

接尾 ～票，～券

衍 ていきけん【定期券】定期車票

例 東京のどこを観光するかは決めていないが、とりあえず航空券を予約しておいた。　雖然還沒決定要去東京的哪裡觀光，總之先預訂好機票。

出題重點

▸搶分關鍵　各式各樣的票券

除了「入場券」（門票）之外，生活中常見的票券還有「乗車券」（車票）、「割引券」（折價券）、「クーポン券」（折價券）、「商品券」（禮券）和「食券」（自助點餐機販售的食券）等等。

0461 □
げんいん【原因】
名 原因　➔ N4 單字
反 けっか【結果】結果

例 警察（けいさつ）が現場（げんば）を調査（ちょうさ）しましたが、事故（じこ）の原因（げんいん）は不明（ふめい）なままです。
雖然警察調查了現場，依然不清楚事故的原因。

0462 □
けんか【喧嘩】
名・自Ⅲ 吵架，打架　➔ N4 單字
衍 くちげんか【口喧嘩】拌嘴，爭吵

例 二人（ふたり）とも、もう大人（おとな）なんだから、くだらないことでケンカするのはやめなさい！　你們兩個都已經是大人了，別因為無聊的事情吵架！

0463 □
げんきん【現金】
名 現金
類 キャッシュ【cash】現金

例 当店（とうてん）でのお支払（しはら）いは現金（げんきん）のみとなっております。カードはご利用（りよう）になれません。　本店僅能以現金付款，無法使用信用卡。

付款方式

現金（げんきん）
現金

クレジットカード
信用卡

電子（でんし）マネー
電子錢包

0464 □ **けんこう（な）【健康（な）】**

名・な形 健康；健康的，健全的 ➔ N4 單字

衍 けんこうしんだん【健康診断】健康檢查

例 栄養のある食事と十分な休暇をとるようにすれば、健康になりますよ。　養成有營養的飲食習慣和取得充分的休息，就能變健康喔。

0465 □ **けんさ【検査】**

名・他Ⅲ 檢查，檢驗

例 手荷物の検査を受けている最中に、ケータイが鳴った。

接受手提行李檢查的時候，手機響了。

出題重點

▶**文法　V－ている最中（に）　正當～時**

表示在進行某動作的過程中，前接名詞則使用「Nの最中（に）」。

0466 □ **げんざい【現在】**

名・副 現在，目前

反 いぜん【以前】以前

例 現在行われているイベントの情報は、ウェブサイトからご確認ください。　現在正在進行的活動資訊請由網站確認。

0467 □ **げんじつ【現実】**

名 現實，實際

反 りそう【理想】理想

例 結婚する前は理想的な毎日を想像していましたが、現実は全く違いました。　結婚前想像過理想的每一天，但現實卻完全不同。

0468 □ **げんしょう【減少】**

名・自Ⅲ 減少

類 へる【減る】減少 反 ぞうか【増加】增加

例 本の売り上げが減少したのは、本を読まない人が増加したからでしょう。　書籍的銷售額減少是因為不看書的人增加了吧。

0469 □ **けんせつ【建設】**

名・他Ⅲ 建設，蓋

類 たてる【建てる】建造，蓋

例 ここには遊園地を建設する予定でしたが、議員の反対で中止されました。　原本這裡預定要蓋遊樂園，但因為議員反對，中止了計畫。

0470 □

けんそん【謙遜】

名・自Ⅲ 謙遜，謙虚

衍 けんきょ（な）【謙虚（な）】謙虚的

例 そんなに謙遜することはありません。もっと自信を持ったほうがいいですよ。　不需要如此謙虛，更有自信一些會比較好喔。

0471 □

げんだい【現代】

名 現代

衍 きんだい【近代】近代

例 現代では女性の参政権は当たり前のことだが、以前は男性に比べて女性の権利は弱かった。　在現代，女性的參政權是理所當然的，但在以前，與男性相較之下，女性的權利很弱。

0472 □

けんとう【検討】

名・他Ⅲ 檢討，研討

例 たくさんの意見を検討した結果、B 案を採用することになった。
檢討許多意見的結果，決定採用 B 方案。

0473 □

けんめい【件名】

名 （電子郵件）主旨

衍 あてさき【宛先】收件地址（收件者姓名）

例 件名なしのメールは迷惑メールとして無視される心配がある。
擔心無主旨的電子郵件被當作垃圾郵件而置之不理。

こ／コ

0474 □ 17

こい【濃い】

い形 （味道）濃的；（顏色）深的　➔ N4 單字

反 うすい【薄い】／あわい【淡い】淡的；淺的

例 このかばんは写真で見たところ、濃い紫でしたが、実際の色はピンクでした。　這個背包從照片來看是深紫色，實際上卻是粉紅色。

0475 □

こいびと【恋人】

名 戀人，情人

衍 カップル【couple】情侶

例 最近、恋人ができたらいいなと思っています。
最近覺得如果能交到男（女）朋友就好了。

0476 □ **こうか【効果】**

名 効果，成效
類 ききめ【効き目】效果

例 お医者さんに最近お腹を壊しがちだと言ったら、下痢に効果のある薬を出してくれました。

我跟醫生說最近經常拉肚子，於是他開給我對腹瀉很有效的藥。

出題重點

▸**文法　V－ます＋がちだ　經常～、往往會～**

前面接動詞的ます形去掉「ます」的部分，表示某種經常、容易發生的負面事例或傾向。

0477 □ **こうか【硬貨】**

名 硬幣
類 コイン【coin】硬幣

例 旅行の楽しみといえば、私は旅行した国の硬貨を集めるのが好きです。

說到旅行的樂趣，我喜歡蒐集旅行過的國家的硬幣。

日圓

100円玉
100 圓硬幣

千円札
1 千圓鈔票

1万円札
1 萬圓鈔票

0478 □ **こうか（な）【高価（な）】**

な形 昂貴的
反 あんか（な）【安価（な）】便宜的

例 神戸ビーフは高価な食べ物として世界的に知られている。

神戸牛以昂貴的食物聞名世界。

0479 □ こうかい【後悔】

名・他III 後悔，懊悔

例 一度きりの人生だからこそ、後悔しないように生きたい。

正因為人生僅有一次，想不留後悔地活下去。

0480 □ ごうかく【合格】

名・自III 及格，通過（考試）；合格（標準等）

類 うかる【受かる】考上，考過

例 日本語能力試験Ｎ３に合格しますように。

希望能通過日本語能力試驗N3。

0481 □ こうかん【交換】

名・他III 交換，互換

類 とりかえる【取り替える】交換；更換

例 買ったばかりのパソコンに傷があったんですが、交換してもらえませんか。　才剛買的電腦有點瑕疵，請問可以換嗎？

0482 □ こうきゅう（な）【高級（な）】

な形 高級的，高檔的

反 ていきゅう（な）【低級（な）】低級的，低檔的

例 高級なホテルは、料理や家具はもちろん、スタッフのサービスも最高である。

高級飯店當然不用說菜餚和家具，就連工作人員的服務也是最棒的。

出題重點

▸**文法　Ｎはもちろん　當然不用說**

先舉出代表性的事物，再列舉其他相同性質的事，表示理所當然。

0483 □ こうきょう【公共】

名・接頭 公共，大眾

例 会場には駐車場がございませんので、お越しになる時は、公共交通機関をご利用ください。

由於會場沒有停車場，前來時請利用大眾運輸工具。

0484 □ **ごうけい【合計】**

名・他Ⅲ 合計，總計

例 お会計は合計で　３６００円になります。お支払いは現金ですか、それともカードでしょうか。　您的帳單總計是3600日圓。請問要以現金還是刷卡支付呢？（店員的詢問）

0485 □ **こうこく【広告】**

名 廣告

衍 せんでん【宣伝】宣傳

例 新聞の広告によると、新しい日本語の辞書が出版されたということだ。

根據報紙的廣告，新的日語辭典已經出版了。

0486 □ **こうざ【口座】**

名 帳戶，戶頭

例 A：高校生でも銀行の口座を作ることができますか。

高中生也可以開立銀行帳戶嗎？

B：はい。銀行によっては年齢制限なしでできる場合もあります。

可以。根據銀行的不同，有時沒有年齡限制就可以開戶。

出題重點

▶**固定用法　口座を作る　開戶**

也可以說「口座をひらく」，或「口座を開設（かいせつ）する」。

0487 □ **こうさい【交際】**

名・自Ⅲ 交往，交際

類 つきあい【付き合い】交往，來往

例 彼は去年から、美人アナウンサーと交際しているんだって。

聽說他從去年開始和美女主播交往。

0488 □ **こうじ【工事】**

名・自他Ⅲ 施工，工程　➔ N4 單字

例 この先の道を通るつもりだったが、工事中なので、遠回りするしかない。

原本打算通過前方的道路，但因為正在施工，只好繞遠路了。

出題重點

▸**文法　Vしかない　只好～**

表示沒有其他選擇，只能這麼做了。

0489 □

こうじょう【工場】

名 工廠　➔ N4 單字

例 彼（かれ）は借金（しゃっきん）を返（かえ）すために、昼（ひる）は工場（こうじょう）で働（はたら）いていて、夜（よる）はコンビニでアルバイトをしている。

他為了要還清債務，白天在工廠工作，晚上在便利商店打工。

0490 □

こうそくどうろ【高速道路】

名 高速公路

衍 こうそくバス【高速バス】高速巴士，客運

例 高速道路（こうそくどうろ）を走（はし）る際（さい）は、スピードに気（き）をつけてください。それと、渋滞（じゅうたい）に遭（あ）わないように早（はや）めに出発（しゅっぱつ）したほうがいいですよ。

上高速公路時請注意車速。還有，為了避免遇到塞車，最好早點出發喔。

出題重點

▸**文法　V＋際（に）／Nの際（に）　～的時候**

用來表示某個時間點，通常可和「時（とき）」替換，而且「際」比「時（とき）」更為禮貌。

0491 □

こうつうひ【交通費】

名 交通費

衍 うんちん【運賃】車資

例 交通費（こうつうひ）を節約（せつやく）するには、新幹線（しんかんせん）ではなく、高速（こうそく）バスで行（い）ったほうがいいだろう。　要節省交通費的話，最好搭高速巴士去，而不是新幹線吧。

0492 □

こうどう【行動】

名・自Ⅲ 行動

例 待（ま）ってばかりいるのではなく、自分（じぶん）から行動（こうどう）しなければならない。

不要老是等待，而是得自己主動行動。

0493 □ **こうはい【後輩】**

名 學弟妹；後輩
反 せんぱい【先輩】學長姊；前輩

例 彼と知り合って10年ぐらいになります。高校時代のクラブの後輩なんです。　我和他認識快10年了，他是我高中時期的社團學弟。

0494 □ **こうふく（な）【幸福（な）】**

名・な形 幸福；幸福的
類 しあわせ【幸せ】幸福

例 何を幸福と考えるかは人によって違う。
什麼是幸福因人而異。

0495 □ **こうりつ【公立】**

名 公立
衍 こくりつ【国立】國立／しりつ【私立】私立

例 うちは貧乏だから、私立には通わせられないよ。どうか公立の高校に行ってちょうだい。　我們家很窮，所以沒辦法讓你唸私立學校，去唸公立的高中吧。（媽媽對小孩說）

0496 □ **こうりゅう【交流】**

名・自III 交流　➔ N4 單字
衍 こうりゅうかい【交流会】交流會

例 姉妹校との交流をきっかけに、スペイン語を勉強し始めた。
以和姊妹校的交流為契機，開始學習西班牙語。

出題重點

▶**文法　Nをきっかけに（して）　以～為契機**
表示以某事物為契機，進行之後的動作。

0497 □ **こえる【超える】**

自II 超過，超越（數量、基準）

例 2050年までに世界の人口は90億を超えるだろうと予測されている。　世界人口預計將在2050年之前超過90億人。

0498 □ **こえる【越える】**

自II 越過，超過（場所、時間）

例 インドで起(お)こった仏教(ぶっきょう)は中国(ちゅうごく)や朝鮮(ちょうせん)を越(こ)えて、日本(にほん)にまで伝(つた)わった。

起源於印度的佛教越過中國、朝鮮，甚至傳到了日本。

出題重點

▶**文法　を　表經過場所**

日文裡的助詞「を」有許多作用，在這裡是表示動作經過、通過的場所，所以要特別注意「越える」並非他動詞，而是自動詞。另外，表經過場所的助詞「を」後面會接移動性動詞，常用的動詞還有「（橋を）渡る」、「旅行する」、「散歩する」等等。

0499 □ **コース【course】**

名 課程；路線

例 これから初心者(しょしんしゃ)向(む)けのコースについてご紹介(しょうかい)いたします。

接下來由我介紹針對初學者的課程。（音樂教室等）

0500 □ **コード【cord】**

名 電線

類 ケーブル【cable】電纜

例 扇風機(せんぷうき)のコードがネズミに切(き)られてしまったので、新(あたら)しいのを買(か)おうと思(おも)っている。　電風扇的電線被老鼠咬斷了，所以打算買新的。

0501 □ **コーナー【corner】**

名 專區，專櫃；角落；（節目）單元

衍 うりば【売り場】賣場

例 A：すみません。文房具(ぶんぼうぐ)のコーナーはどこですか。

不好意思，請問文具專區在哪裡？

B：3階(さんがい)の南側(みなみがわ)で、雑誌(ざっし)コーナーの前(まえ)にあります。

在3樓南側雜誌專區的前面。

0502 □ **こおる【凍る】**

自I 結凍，結冰　➔ N4 單字

反 とける【溶ける】融化；溶解

例 凍(こお)ったプリンを食(た)べてみたところ、意外(いがい)においしかった。

我曾試著吃了結凍的布丁，意外地好吃。

0503 □ ごかい【誤解】

名・他Ⅲ 誤解，誤會

例 このような言(い)い方(かた)は誤解(ごかい)を招(まね)きやすいです。

像這樣的說法容易招致誤會。

0504 □ こきゅう【呼吸】

名・自Ⅲ 呼吸

類 いき【息】呼吸，氣息

18

例 この生物(せいぶつ)は肺(はい)だけじゃなく、皮膚(ひふ)でも呼吸(こきゅう)することができるんだって。

聽說這種生物不僅用肺，也可以用皮膚呼吸。

0505 □ こくみん【国民】

名 國民

衍 しみん【市民】市民

例 アンケート調査(ちょうさ)の結果(けっか)によると、国民(こくみん)の6割(ろくわり)が新(あたら)しい政策(せいさく)に反対(はんたい)しているということだ。

根據問卷調查的結果，有6成的國民反對新政策。

0506 □ こげる【焦げる】

自Ⅱ 燒焦，烤焦

例 何(なに)？このにおい。何(なに)か焦(こ)げてるんじゃない？早(はや)く火(ひ)を止(と)めて！

這什麼味道？是不是什麼東西燒焦了？趕快把火關掉！

0507 □ こしかける【腰掛ける】

自Ⅱ 坐下

衍（イスに）おかけください 請坐（椅子）

例 A：たくさん歩(ある)いたから、疲(つか)れちゃった。

走好多路所以累了。

B：あそこのベンチに腰(こし)かけて少(すこ)し休(やす)んだらどうです？

要不要坐在那邊的長板凳上稍微休息一下？

0508 □ こじん【個人】

名 個人；私人

反 だんたい【団体】團體

例 団体(だんたい)ではなく、個人(こじん)で日本語能力試験(にほんごのうりょくしけん)を申(もう)し込(こ)みました。

並非以團體，而是以個人名義報名了日語能力試驗。

0509 □ **こする【擦る】**
他I 揉，搓，擦
衍 かく【掻く】抓，搔

例 あんまり目をこすると、目が悪くなるよ。お医者さんに診てもらったら？　時常揉眼睛，對眼睛不好。要不要去看醫生？

0510 □ **こそだて【子育て】**
名 養育孩童，育兒
類 いくじ【育児】育兒，養育小孩

例 みんなで子育てに優しい社会を作りましょう！
大家一起創造對養育孩童友善的社會吧！（標語）

0511 □ **ごぞんじ【ご存じ】**
名 知道，認識（「知る」的尊敬語）

例 A：金子さんをご存じですか。　您認識金子先生嗎？
B：はい、存じております。　是的，我認識他。

出題重點

▸搶分關鍵　ご存じですか

當別人以尊敬語「ご存じですか。」詢問時，很容易不小心跟著使用尊敬語回答對方，因此要特別留意應答方式。

（×）はい、ご存じです。
（○）はい、存じております。　是的，我知道。
（○）いいえ、存じません。　不，我不知道。

0512 □ **ごちそう【ご馳走】**
名・他III 請客，款待；豐盛大餐，佳餚 ➔ N4 單字
衍 おごる【奢る】請客，請吃飯

例 昨日はおいしいものをごちそうになり、ありがとうございました。
謝謝您昨天請我吃頓美味的飯。

出題重點

▸搶分關鍵　ご馳走する VS ご馳走になる

動詞「ご馳走する」是請人吃飯，不過當「ご馳走」後面接的是助詞「に」和動詞「なる」時，就變成接受他人的款待，意思正好相反。

例 上司（じょうし）が部下（ぶか）に食事（しょくじ）をごちそうする。　上司請下屬吃飯。

例 部下（ぶか）が上司（じょうし）に食事（しょくじ）をごちそうになる。　下屬被上司請吃飯。

0513 □ こづかい【小遣い】　名 零用錢

例 彼（かれ）は親（おや）から月（つき）に1万円（いちまんえん）、おこづかいをもらっている。それにケータイ代（だい）も払（はら）ってもらっている。　他每個月從父母親那邊拿到1萬日圓的零用錢，而且手機費也是父母親幫他付的。

0514 □ こっそり　副 偷偷地；悄悄地（帶有負面意思）
衍 そっと 輕輕地，悄悄地；偷偷地

例 隣（となり）の人（ひと）が私（わたし）の解答用紙（かいとうようし）をこっそり見（み）ている気（き）がする。
感覺隔壁的人在偷看我的答案卷。

0515 □ こづつみ【小包】　名 包裹
衍 こうくうびん【航空便】空運

例 この小包（こづつみ）を船便（ふなびん）で送（おく）っていただけませんか。
你可以幫我用海運寄這個包裹嗎？

包裹注意貼紙

割（わ）れ物注意（ものちゅうい）
易碎品注意

取扱注意（とりあつかいちゅうい）
小心輕放

水濡（みずぬ）れ注意（ちゅうい）
保持乾燥

天地無用（てんちむよう）
請勿倒置

0516 □ **ことわる【断る】**

他I 拒絕，回絕；事先通知（取得許可）
反 ひきうける【引き受ける】接受，承擔

例 申し訳(もうわけ)ございませんが、今回(こんかい)の件(けん)はお断(ことわ)りします。

非常抱歉，這次的事情恕我拒絕。

出題重點

▶**文法　おV－ます＋する／ごNする　謙讓語**

屬於敬語的一種，藉由降低動作行為者的地位，以表示對行為接受者的尊重。和語動詞以「お～する」、漢語動詞則以「ご～する」的型態。

0517 □ **このみ【好み】**

名 喜好，口味
衍 しゅみ【趣味】喜好，品味

例 音楽(おんがく)や映画(えいが)などの好(この)みは人(ひと)によって違(ちが)う。

音樂與電影等等的喜好因人而異。

出題重點

▶**文法　Nによって　根據～、因～**

表示根據某項基準而導致不同情況或結果。

0518 □ **このむ【好む】**

他I 喜歡，愛好

例 韓国人(かんこくじん)は辛(から)い物(もの)を好(この)む人(ひと)が多(おお)いと言(い)われている。

據說韓國人很多人喜歡吃辣。

0519 □ **こぼす**

他I 弄灑，打翻；落
衍 こぼれる 灑落

例 しまった！図書館(としょかん)で借(か)りた本(ほん)にコーヒーをこぼしてしまった。

糟糕了！把咖啡灑在從圖書館借來的書上了。

0520 □ **コミュニケーション【communication】**

名 溝通
衍 とる 取得

例 どうすれば上司(じょうし)とうまくコミュニケーションがとれるか悩(なや)んでいます。

煩惱著該怎麼做才能和上司好好取得溝通。

0521 □ こる【凝る】

自I 痠痛；熱衷

例 毎日肩が凝って、すごくつらいんだけど、どこかいい病院を知らない？
每天肩膀都很酸痛好難受，你知不知道哪裡有好醫院？

0522 □ ころす【殺す】

他I 殺，殺死

例 南米を旅行していた時、殺されそうになったことがある。
在南美洲旅行時，曾經差點被殺。

0523 □ ころぶ【転ぶ】

自I 跌倒，摔倒；滾動 → N4 單字
衍 ころがる【転がる】倒下；滾動

例 雪の積もった道で転ばないようにするには、どんな歩き方をしたらいいかな？　為了不要在積雪的道路上跌倒，得採取怎樣的走路方式才好？

出題重點
▸**文法　V＋には　要～得～**
表示為了做某件事，就得採取怎麼樣的行動。

0524 □ こんかい【今回】

名 這次（過去或現在）
衍 じかい【次回】下次／ぜんかい【前回】上次

例 今回のテストは２０世紀以降の政治を中心に出題されるらしいよ。
聽說這次的考試會以 20 世紀之後的政治為中心出題喔。

0525 □ コンクリート【concrete】

名 混凝土

例 コンクリートでできた橋が必ずしも丈夫だとは限らない。
混凝土所建的橋並不一定堅固。

0526 □ こんざつ【混雑】

名・自III 擁擠；混亂
衍 ひとごみ【人込み】人群

例 新幹線の運転見合わせにより、ただいま駅構内がたいへん混雑しております。　由於新幹線暫時停駛，現在車站裡非常擁擠。（車站廣播）

0527 □ **コンセント**

名 插座；插頭（日常生活多誤用）
衍 プラグ【plug】插頭

例 もう、プラグをコンセントから抜(ぬ)いてもいいですか。
已經可以把插頭從插座拔起來了嗎？

0528 □ **こんど【今度】**

名・副 下次；這次 → N4 單字
衍 こんかい【今回】這次（過去或現在）

例 昨日(きのう)の相撲(すもう)、とてもおもしろかったよ。今度(こんど)、一緒(いっしょ)に見(み)に行(い)かない？
昨天的相撲很有趣喔，下次要不要一起去看？

0529 □ **こんらん【混乱】**

名・自Ⅲ 混亂

例 説明(せつめい)が複雑(ふくざつ)すぎて、頭(あたま)が混乱(こんらん)してきた。
說明太過複雜，腦袋一片混亂。

出題重點

▶搶分關鍵　中文與日文的差異

可能因為受到中文影響，我們有時會用錯日文字彙的詞性，特別是在修飾名詞時，一些實際上是動詞的詞彙容易被誤會成形容詞，以下舉出常見的例子：

（×）混乱(こんらん)な学生(がくせい)
（○）混乱(こんらん)している学生(がくせい)　感到混亂的學生
（×）混雑(こんざつ)な場所(ばしょ)
（○）混雑(こんざつ)した場所(ばしょ)　擁擠的場所

さ／サ

0530 □ 19

サークル【circle】

名 社團

類 クラブ【club】社團

例 A：高木さんは何のサークルに入っているんですか。

高木同學參加什麼社團呢？

B：バスケサークルに入っています。　我參加籃球社。

0531 □

サービス【service】

名・他Ⅲ 服務；招待，贈送；奉獻 ➔ N4 單字

例 みかんを4つ買ったら、1つサービスしてくれた。

買了4顆橘子，贈送了1顆。

0532 □

さいこう【最高】

名 最棒，最好；（程度、位置）最高

反 さいてい【最低】最壞，最差；最低

例 青い海を泳ぐのって最高！あなたも一緒に泳がない？

在蔚藍大海裡游泳最棒了！你要不要一起游？

0533 □

さいごに【最後に】

副 最後

衍 まず 首先／それから 然後，接下來

例 まず、フライパンに油をひきます。それから卵と塩を入れます。最後に3分ほど炒めてできあがりです。

首先在平底鍋下油，然後放入蛋和鹽，最後炒3分鐘左右就完成了。

0534 □

さいしゅうてき（な）【最終的（な）】

な形 最後的

衍 けっきょく【結局】最後，結果

例 学者たちが経済政策をめぐって話し合いをしても、最終的な結論は出なかった。

即使學者們就經濟政策進行討論，依然得不出最後的結論。

0535 □ **さいしん【最新】** 名 最新

例 これは最新の技術によって作られたロボットです。
這是依據最新技術所製造的機器人。

0536 □ **サイズ【size】** 名 尺碼，尺寸，大小

例 このブーツは小さすぎてサイズが合いません。もっと大きいのはありませんか。　這雙靴子太小了尺碼不合，有大一點的嗎？（在商店）

出題重點
▶**固定用法　サイズが合わない　尺碼、尺寸不合**
尺寸合的話則是「サイズが合う」。

大小

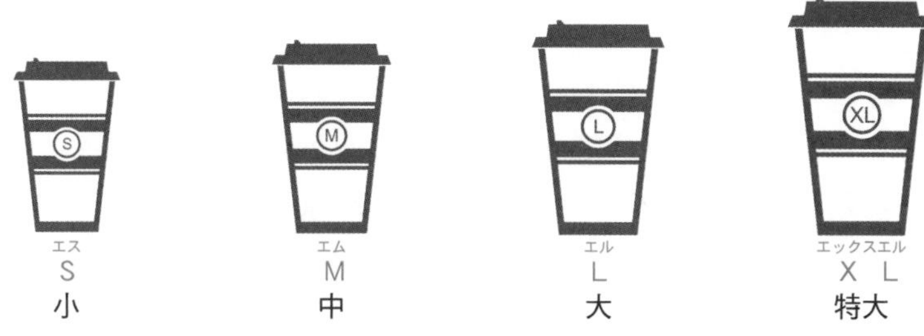

0537 □ **さいだい【最大】** 名・副 最大
反 さいしょう【最小】最小

例 クジラは世界最大の生き物だと言われています。
據說鯨魚是世界上最大的生物。

0538 □ **さいてい【最低】** 名・な形・副 （程度、位置）最低；最壞，最差
衍 さいあく【最悪】最壞，最糟糕

例 前回のテストは、クラスで最低の点数をとってしまったので、今回こそがんばろうと思う。
上次考試考了全班最低的分數，所以這次我更要好好努力。

0539 □ **さいのう【才能】**

名 才能，才幹

例 彼の残した絵画から、彼には豊かな才能があったことが分かる。
從他遺留下來的繪畫，可以知道他有豐富的才能。

0540 □ **さいよう【採用】**

名・他Ⅲ 錄取；採用
反 ふさいよう【不採用】沒有錄取

例 あなたぐらい優秀な人なら、どんな企業に応募しても採用してもらえるよ！　像你這樣優秀的人，無論應徵哪家公司都會錄取的啦！

0541 □ **ざいりょう【材料】**

名 材料；素材 ➔ N4 單字
衍 げんりょう【原料】原料

例 姉は余った布を材料にしてブックカバーを作ってくれました。
姊姊用剩餘的布料幫我做了書套。

0542 □ **サイン【sign】**

名・自Ⅲ 簽名；信號

例 これで間違いがなければ、ここにサインしてもらってよろしいでしょうか。　如果沒有錯誤的話，可以請您在此簽名嗎？

0543 □ **さがる【下がる】**

自Ⅰ 下降；（程度）降低；後退
反 あがる【上がる】上升；上漲；（程度）提高

例 電車がまいります。黄色い線の内側までお下がりください。
電車即將進站，請後退至黃線內側。（月臺廣播）

出題重點

▸**文法　おＶ－ます＋ください　請～**
屬於敬語當中的尊敬語，比「Ｖてください」更有禮貌，經常出現在車站的告示或使用說明書裡。

0544 □ **さかん（な）【盛ん（な）】**

な形 繁榮的，盛行的；盛大的 ➔ N4 單字

例 台湾の南に位置する高雄は、工業が盛んな都市として知られている。

位於臺灣南部的高雄是以工業繁榮的城市而聞名。

0545 □ **～さき【～先】**

接尾 去處（地點）

衍 いきさき【行き先】目的地

例 どうやって留学先を決めればいいか分かりません。ぜひご意見を聞かせていただけないでしょうか。　我不知道該如何決定留學地點才好，可否讓我聽聽您的意見？（詢問師長的意見）

0546 □ **さきに【先に】**

副 先；先前 ➔ N4 單字

衍 まず 首先；總之；大概

例 先に郵便局に寄ってから、そちらへ向かいます。

我先繞去郵局，再到你那裡。

0547 □ **さく【咲く】**

自Ⅰ 開花，綻放

反 ちる【散る】凋謝

例 あの畑では、きれいに咲いたひまわりが見られるんだって。

聽說那塊田可以看到開得很漂亮的向日葵。

0548 □ **さくじつ【昨日】**

名・副 昨天（書面用語，也可用於演講、新聞）

類 きのう【昨日】昨天

例 昨日、日本武道館において専修大学の入学式が行われた。

昨天在日本武道館舉行了專修大學的新生入學典禮。

0549 □ **さくじょ【削除】**

名・他Ⅲ 刪除

衍 ほぞん【保存】儲存（電腦用語）

例 2行目を削除して、それから5行目を書き直してください。

刪除第2行，然後請重寫第5行。

0550 □ **さくねん【昨年】**

名·副 去年（書面用語，也可用於演講、新聞）
類 きょねん【去年】去年

例 このＳＦ映画は昨年から今年にかけてアメリカで大ヒットした。
這部科幻片自去年到今年在美國非常賣座。

0551 □ **さけぶ【叫ぶ】**

自Ⅰ 大叫，大喊；呼籲，大聲疾呼

例 彼はゴキブリを見ると、大声で叫びながら逃げていった。
他一看到蟑螂，就一邊大聲尖叫一邊逃跑。

0552 □ **さける【避ける】**

他Ⅱ 避免；躲避；閃避

例 どの国でも、格差の問題を避けるわけにはいかない。
無論在哪個國家，都不能避免貧富差距的問題。

> **出題重點**
>
> ▸**文法　Ｖわけにはいかない　不能～**
>
> 表示基於常識、道義或社會上的普遍想法而不可能那麼做。

0553 □ **ささえる【支える】**

他Ⅱ 支撐；維持；支持
衍 たすける【助ける】幫助；救助；救濟

例 どんなに辛い時でも私を支えてくれた家族には、感謝しきれません。
對再怎麼艱苦時都支持我的家人感激不盡。

0554 □ **さしだしにん【差出人】**

名 寄件者
衍 あてさき【宛先】收件地址（收件者姓名）

例 宛先を書き間違えた場合、小包は差出人に返送されることになっています。　寫錯收件地址的情況，包裏會被退回給寄件者。

0555 □ **さす【指す】**

他Ⅰ 指向；意指；指名

例 今、温度計はマイナス６度を指しています。思ったより寒いですね。
現在溫度計正指向零下６度，比想像中還冷呢。

0556 □ **さす【刺す】**
他Ⅰ 刺，扎；（蚊蟲）叮咬，螫

例 蚊に刺されて、手がものすごくかゆい。
被蚊子咬，手超癢。

0557 □ **ざせき【座席】**
名 座位，座椅
類 せき【席】座位，位子

例 事前にネットで座席を予約しておくのがおすすめです。
建議你事先在網路上預約好座位。

0558 □ **さそう【誘う】**
他Ⅰ 邀請，邀約；引誘；誘發，引起 ➔ N4 單字
衍 しょうたい【招待】邀請，招待

例 せっかくコンサートに誘ってもらったのに、残業で行けなくなってしまった。 難得受邀去看演唱會，卻因為要加班沒辦法去。

0559 □ **さっそく【早速】**
名・副 趕緊，立刻
衍 すぐ(に) 立刻

例 ネットショップでセールがはじまったらしいから、安い商品があるかどうか早速チェックしてみようよ。
網路商店似乎已經開始特價了，趕緊來確認有沒有便宜的商品吧。

例 みなさん、ご入寮おめでとうございます。早速ですが、これから寮のルールについて説明いたします。
恭喜大家來到宿舍，緊接著，接下來由我來說明宿舍的規定。

0560 □ 20 **さっと**
副 迅速地；忽然；（風雨）驟降

例 先生が教室に入ってきたとたん、学生たちはさっと何かを隠した。
老師進教室的一剎那，學生們迅速地把東西藏了起來。

0561 □ **ざっと**
副 大概，簡略地
衍 だいたい 大概，差不多

例 今朝、出かける前に、新聞にざっと目を通した。
今天早上出門前，大概看了一下報紙。

0562 □ **さっぱり**
副・自Ⅲ 完全，徹底；爽快
類 ぜんぜん【全然】完全

例 私はドイツ語なら少し話せますが、フランス語はさっぱりできません。
如果是德語我會說一些些，但法語就完全不會了。

0563 □ **さびる【錆びる】**
自Ⅱ 生鏽
衍 さび【錆】鏽

例 物置から1本の錆びた包丁が見つかった。これはおそらく祖母のものだろう。　從倉庫找到1把生鏽的菜刀，這應該是奶奶的東西吧。

0564 □ **ざぶとん【座布団】**
名 坐墊

例 ここには8人いますが、座布団は7枚しかありません。
這裡雖然有8個人，坐墊卻只有7個。

寢具

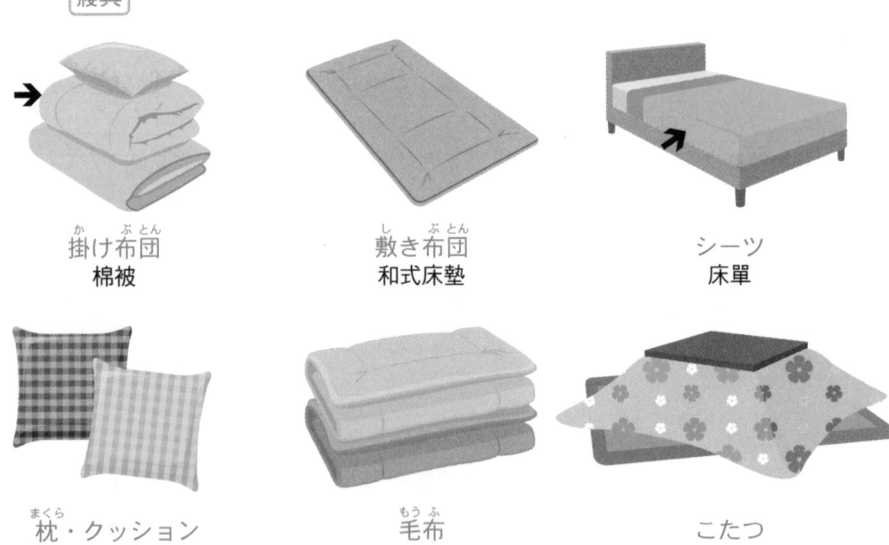

0565 □ **サボる**

他Ⅰ 翹課；曠職；偷懶

衍 やすむ【休む】休息；請假

例 授業（じゅぎょう）をサボってばかりいると、単位（たんい）を落（お）としますよ！

老是翹課的話會被當喔！

0566 □ **さまざま（な）【様々（な）】**

な形 各式各樣的，形形色色的

類 いろいろ（な）【色々（な）】各式各樣的

例 7月（しちがつ）から9月（くがつ）にかけて、日本各地（にほんかくち）で様々（さまざま）な祭（まつ）りが行（おこな）われる。

從7月到9月，日本各地舉行著各式各樣的祭典。

0567 □ **さます【覚ます】**

他Ⅰ 弄醒；使清醒

衍 おこす【起こす】叫醒

例 居眠（いねむ）りしていたとき、カラスの鳴（な）き声（ごえ）で目（め）を覚（さ）ましたことがある。

曾經在打瞌睡時被烏鴉的叫聲吵醒過。

0568 □ **さめる【冷める】**

自Ⅱ 涼，變涼；（情感）減退 → N4 單字

反 あたたまる【暖まる】暖和

例 スープが冷（さ）めないうちに飲（の）んでくださいね。

請趁湯還沒涼掉前趕快喝喔！

出題重點

▸**文法　V－ない＋うちに　趁還沒～之前**

表示趁某個變化發生之前趕快進行動作。

0569 □ **さめる【覚める】**

自Ⅱ 醒來；覺醒 → N4 單字

類 めざめる【目覚める】睡醒；覺醒

例 夜中（よなか）に目（め）が覚（さ）めたら、汗（あせ）をたくさんかいていた。覚（おぼ）えていないが、悪（わる）い夢（ゆめ）を見（み）ていたのだろう。

半夜裡醒來發現流了很多汗，雖然記不太清楚，但大概是做了惡夢吧。

0570 □ **サラリーマン**

名 上班族
衍 かいしゃいん【会社員】公司職員

例 以前は通勤中の電車内で読書するサラリーマンが多かったものだ。
以前有很多上班族通勤時會在電車上看書。

0571 □ **さわがしい【騒がしい】**

い形 吵雜的；不平穩的
衍 うるさい 吵鬧的

例 行列の前のほうが騒がしい。どうも誰かがケンカしているようだ。
隊伍前面很吵雜，似乎是有人在打架。

0572 □ **さわぐ【騒ぐ】**

自I 吵鬧，喧嘩；騷動 ➔ N4 單字
衍 ほえる【吠える・吼える】吼，吠，叫

例 生徒たちが廊下で騒いでいたので、先生に注意された。
學生們在走廊上吵鬧而被老師警告。

0573 □ **さわやか(な)【爽やか(な)】**

な形 清爽的，舒爽的

例 この辺りは空気も爽やかだし、緑も多いし、ここに引っ越しましょうよ！　這一帶空氣清爽，又綠意盎然。我們就搬到這裡吧！

0574 □ **さわる【触る】**

自他I 觸摸，碰 ➔ N4 單字
衍 タッチする 觸碰

例 作品には決して触らないでください。
請絕對不要觸摸作品。（在美術館）

0575 □ **〜さん【〜産】**

接尾 〜產
衍 こくさん【国産】國產

例 オーストラリア産の牛肉が必ずしも安いとは限らない。
澳洲產的牛肉不見得就便宜。

0576 □

さんか【参加】

名・自Ⅲ 参加
衍 しゅっせき【出席】出席（課程等）

例 高橋さんは来月の社員旅行に参加するつもりだったそうですが、キャンセルしました。

聽說高橋先生原本打算參加下個月的員工旅遊，卻取消了。

0577 □

さんこうしょ【参考書】

名 参考書
衍 きょうかしょ【教科書】教科書

例 化学の勉強におすすめの参考書があれば、ぜひ教えてください。

如果有推薦的化學學習參考書，請務必告訴我。

0578 □

サンプル【sample】

名 樣本，樣品
類 みほん【見本】樣品

例 お手数ですが、商品のサンプルを送っていただけますか。

麻煩您，請寄送商品的樣本好嗎？（商業書信）

し／シ

0579 □ 21

しあげる【仕上げる】

他Ⅱ 完成，做完
衍 しあがり【仕上がり】完成；結果

例 仕事を仕上げてからでないと、今日は帰れないと父が言っていた。

爸爸說不完成工作，今天就不能回家。

出題重點

▶**文法　V－てからでないと　不～就不能～**

表示如果不先做前項的動作，後項的動作就無法達成。也可以說「V－てからでなければ」。

0580 □

しあさって

名 大後天
衍 さきおととい【一昨昨日】大前天

例 しあさっての天気がどうなるか気になります。

我很在意大後天的天氣會變得如何。

0581 □

しあわせ（な）【幸せ（な）】

名・な形 幸福；幸福的 ➔ N4 單字

反 ふしあわせ（な）【不幸せ（な）】不幸；不幸的

例 絵馬（えま）に「家族（かぞく）が幸（しあわ）せでありますように」と願（ねが）いごとを書（か）いた。

在繪馬寫上願望：「希望家人都能夠幸福。」

文化補充

▸繪馬

在日本的神社、寺院裡常會看見「絵馬（えま）」，是一種祈願用的木板，一面印有圖案，另外一面則為空白，讓人寫上願望和姓名。繪馬多為五角形，也有部分神社是特別形狀，例如京都「伏見稲荷大社」的繪馬是狐狸臉、「河合神社」則是鏡子的形狀。

0582 □

シートベルト【seat belt】

名 安全帶

衍 ヘルメット【helmet】安全帽

例 飛行機（ひこうき）が止（と）まるまで、シートベルトを締（し）めたままにしてください。

在飛機停妥前，請保持繫好安全帶的狀態。（機上廣播）

0583 □

ジーンズ【jeans】

名 牛仔褲

例 ジーンズはアメリカ人（じん）によって発明（はつめい）されたという。

據說牛仔褲是由美國人所發明的。

0584 □

しいんと・シーンと

副・自Ⅲ 靜悄悄，寂靜

類 しんと 靜悄悄

例 ホールの中（なか）はシーンとしている。誰（だれ）もいないようだ。

禮堂裡靜悄悄的，似乎沒有任何人在。

0585 □

しおからい【塩からい】

い形 鹹的 ➔ N4 單字

類 しょっぱい 鹹的

例 台湾人（たいわんじん）にとって、日本（にほん）のラーメンは塩（しお）からいです。

對臺灣人來說，日本拉麵很鹹。

味覺

酸（す）っぱい
酸的

甘（あま）い
甜的

苦（にが）い
苦的

辛（から）い
辣的

塩（しお）からい
鹹的

0586 □

しかい【司会】

名 主持人；司儀
類 しかいしゃ【司会者】主持人；司儀

例 本日（ほんじつ）司会（しかい）を務（つと）めさせていただく、山本（やまもと）と申（もう）します。

敝姓山本，由我擔任今天的主持人。（宴會、婚禮上）

0587 □

しかく【資格】

名 資格

例 医師（いし）の資格（しかく）を取（と）るには、国家試験（こっかしけん）に合格（ごうかく）する必要（ひつよう）があります。

要取得醫師資格，必須通過國家考試。

0588 □

しかた（が）ない【仕方（が）ない】

い形 沒辦法；～得不得了，非常～

例 履歴書（りれきしょ）の自分（じぶん）の名前（なまえ）をうっかり間違（まちが）えてしまい、仕方（しかた）なく、もう一度（いちど）書（か）き直（なお）した。

不小心在履歷表上寫錯自己的名字，沒辦法，只好重寫一張。

0589 □

じかんわり【時間割】

名 時間表，課程表
類 じかんひょう【時間表】時間表

例 大学生（だいがくせい）は自分（じぶん）で授業（じゅぎょう）の時間割（じかんわり）を組（く）まなければいけない。

大學生必須自己安排上課的時間表。

出題重點

▶固定用法　時間割／スケジュールを組む　安排時間表／行程

0590 □

じきゅう【時給】

名 時薪 → N4 單字

衍 げっきゅう【月給】月薪

例 大阪府(おおさかふ)は、南部(なんぶ)に比(くら)べて、北部(ほくぶ)のほうが時給(じきゅう)が高(たか)い傾向(けいこう)がある。

在大阪府，相較於南部，北部的時薪往往比較多。

0591 □

しく【敷く】

他I 鋪；墊

衍 (ふとんを)かける 蓋（被子）

例 布団(ふとん)を敷(し)いているところに、猫(ねこ)が飛(と)び込(こ)んできた。

在鋪棉被的時候，貓咪突然跑了進來。

出題重點

▸**文法　V－ている／V－た＋ところに　正當～的時候**

表示在從事某種行為時，正好發生了其他事情。

0592 □

しげん【資源】

名 資源

衍 リサイクルする 回收

例 一人(ひとり)ひとりが資源(しげん)を大切(たいせつ)にしなければ、エネルギー問題(もんだい)は解決(かいけつ)しないだろう。　如果每一個人都不珍惜資源的話，就沒辦法解決能源問題吧。

0593 □

じけん【事件】

名 事件；案件

衍 げんば【現場】（事件）現場

例 警察(けいさつ)によると、この辺(へん)で事件(じけん)が起(お)こったそうだ。

據警方表示，這附近發生了刑事案件。

0594 □

じこく【時刻】

名 時刻，時間

類 じこくひょう【時刻表】時刻表

例 台風(たいふう)が近(ちか)づいているせいで出発(しゅっぱつ)の時刻(じこく)が変更(へんこう)されたんだって。

聽說因為颱風接近的影響，導致飛機的出發時間有所改變。

0595 □ しじ【指示】

名・他Ⅲ 指示；吩咐

例 お医者さんが毎日必ずこの薬を飲むように指示したのに、彼はその指示を守らなかった。

醫生指示務必每日服用此藥，但他並沒有遵守這個指示。

0596 □ じしゅう【自習】

名・自他Ⅲ 自習

衍 じしゅうしつ【自習室】自習室

例 期末試験が近づいているので、図書館で自習しようと思う。

期末考快到了，所以打算在圖書館自習。

0597 □ ししゅつ【支出】

名 支出

反 しゅうにゅう【収入】收入

例 毎月の支出を減らすには、娯楽費とか食費を節約しなければならない。

要減少每個月的支出，就必須節省娛樂花費或餐費。

0598 □ じじょう【事情】

名 原因，緣故；情況，狀況

例 彼女は経済的な理由で大学をやめたとのことですが、その辺の事情を聞かせていただけませんか。

聽說她大學休學是因為經濟上的理由，這方面的原因可以講給我聽嗎？

0599 □ じしん【自信】

名 自信

例 彼ってスポーツは得意じゃないけど、料理にはかなり自信があるみたい。

他雖然不太擅長運動，似乎卻對做菜手藝相當有自信。

0600 □ しずむ【沈む】

自Ⅰ 下沉，沉沒；（情緒）消沉

反 うく【浮く】浮，漂；浮出

例 早く助けに行かないと、船が海に沈むおそれがある。

再不快點去救援的話，船恐怕會沉入海裡。

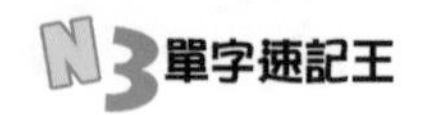

出題重點

▸**文法　Vおそれがある　恐怕、有～的危險**

本句型常見於新聞報導，表示有可能發生天災、人禍等等不好的事情。

0601 □

しせい
【姿勢】

名（身體）姿勢，姿態；態度
衍 たいど【態度】態度

例 姿勢をよくするために、8か月前にヨガを習い始めた。

為了讓姿勢變好，8個月前開始學習瑜珈。

0602 □

しぜん（な）
【自然（な）】

な形・名 自然的；自然而然
反 ふしぜん（な）【不自然（な）】不自然的

例 写真を撮られる時って、どうしても自然な笑顔が作れないよね。

被拍照的時候，怎麼也無法露出自然的笑容對吧。

0603 □

じそく
【時速】

名 時速
衍 びょうそく【秒速】秒速

例 高速道路では時速50キロ以上、100キロ以下で走らなければならないという決まりがある。

高速公路上規定需以時速50公里以上、100公里以下的速度行駛。

0604 □

した
【舌】

名 舌頭

例 お茶が熱すぎて、舌をやけどしてしまいました。

茶太熱了所以燙到舌頭。

0605 □

したがう
【従う】

自Ⅰ 按照；跟隨；隨著

例 観客はスタッフの指示にしたがって、建物の外に避難した。

觀眾按照工作人員的指示到建築物外避難。

0606 □ **したがき【下書き】**

名 草稿

例 履歴書（りれきしょ）を書（か）く時（とき）は、鉛筆（えんぴつ）で下書（したが）きをしといたほうがいいよ。

寫履歷表的時候，最好先用鉛筆打草稿。

0607 □ **したく【支度】**

名・自Ⅲ 準備

類 じゅんび【準備】準備／ようい【用意】準備

例 どうして私（わたし）が毎朝（まいあさ）、朝食（ちょうしょく）の支度（したく）をしなきゃいけないの？たまにはあなたがしてよ。　為什麼我每天早上都得準備早餐？偶爾你來做啦。

0608 □ **したしい【親しい】**

い形 親密的，親近的

類 なかがいい【仲がいい】感情好的

例 研修旅行（けんしゅうりょこう）を通（とお）して、同僚（どうりょう）とさらに親（した）しくなりました。

透過研修旅行和同事變得更加要好。

0609 □ 22 **しっかり**

副・自Ⅲ 好好地；緊緊地；牢固地；可靠

反 いいかげんに【いい加減に】敷衍，隨便

例 この部分（ぶぶん）は理解（りかい）しにくいので、きちんとメモして、うちでしっかり復習（ふくしゅう）してくださいね。

這個部分很難理解，所以要好好做筆記，在家好好複習喔。

0610 □ **じっけん【実験】**

名・自Ⅲ 實驗

衍 じっけんしつ【実験室】實驗室

例 この理論（りろん）は実験（じっけん）によって証明（しょうめい）されたはずだ。

這個理論應該已透過實驗被證明了。

0611 □ **しつこい**

い形 糾纏不清的，煩人的

例 いくら断（ことわ）っても、しつこく誘（さそ）ってくるので、無視（むし）することにしました。

無論拒絕多少次，還是糾纏不清拚命邀約，所以決定視而不見。

0612 □ **じっこう【実行】**

名・他Ⅲ 實行，執行

例 計画を実行に移すのは思ったより難しいです。

將計畫付諸行動比想像中還要困難。

0613 □ **じっさい（に）【実際（に）】**

名・副 實際

反 そうぞう【想像】想像

例 この世には、実際にやってみないと分からないことがたくさんある。

這世上有很多事情不實際做做看是不會知道的。

0614 □ **じっしゅう【実習】**

名・自Ⅲ 實習，見習

衍 けんしゅう【研修】研修，研習

例 同級生の話では、千葉さんは病院での実習のために地元に戻っているらしいよ。　聽同學說，千葉小姐為了到醫院實習，而回到家鄉。

0615 □ **じっと**

副・自Ⅲ 專注；定住，維持不動

例 あのオウムはじっと鏡を見ている。おそらく鏡に映る自分が気になっているのだろう。

那隻鸚鵡專注地盯著鏡子，可能很在意映在鏡子裡的自己吧。

0616 □ **しつない【室内】**

名 室內

反 しつがい【室外】室外

例 外は雨なので、子供たちを室内で遊ばせるしかない。

外面在下雨，所以只好讓孩子們在室內玩耍了。

0617 □ **じつは【実は】**

副 其實，老實說

➔ N4 單字

例 先週話したことは、実は嘘だったんです。すみません。

上星期跟你說的事其實是謊話，對不起！

0618 □ **しっぽ【尻尾】**

名 尾巴

例 うちの犬は私を見ると、いつもしっぽを振りながら吠える。

我家的狗狗一看到我，總是邊搖尾巴邊叫。

0619 □ **じつりょく【実力】**

名 實力

例 彼はけがのせいで、試合で実力を発揮できませんでした。

他因為受傷而無法在比賽中發揮實力。

0620 □ **しつれい（な）【失礼（な）】**

名・な形・自Ⅲ 失禮，沒禮貌；對不起

例 初対面の人に年収を聞くのは失礼なんじゃないかな。

向初次見面的人問年收入不是很失禮嗎？（溫柔地回答對方）

例 失礼ですが、お名前を伺ってもよろしいでしょうか。

不好意思，請問尊姓大名？

> **出題重點**
>
> ▶**搶分關鍵　失礼します**
>
> 例 失礼します。　打擾了。（進房間時）
>
> 例 そろそろ失礼します。　我差不多該告辭了。
>
> 例 お先に失礼します。　我先走了。
>
> 例 それでは失礼いたします。
>
> 那麼我先走了。（告別時）／再見。（掛電話時）

0621 □ **していせき【指定席】**

名 對號座

反 じゆうせき【自由席】自由座

例 私は小野さんに新幹線の指定席を取ってくれるように頼んだ。

我拜託小野先生幫我預訂新幹線的對號座。

> **出題重點**
>
> ▶**固定用法　席を取る　預約訂位**
>
> 這裡的動詞「取る」有預約之意。

0622 □ **してつ【私鉄】**

名 民營鐵路，私鐵
衍 ジェーアール【JR】日本旅客鐵道

例 関西空港に行くなら、南海電鉄って私鉄に乗るのも便利ですよ。
要去關西機場的話，搭乘叫做南海電鐵的民營鐵路也很方便喔！

0623 □ **してん【支店】**

名 分店，分公司
反 ほんてん【本店】本店

例 兄は来年、同僚と一緒に海外の支店に転勤することになりました。
哥哥明年要跟同事一起調職到國外的分公司。

0624 □ **しどうしゃ【指導者】**

名 領袖，領導人；指導者（教練或老師）
類 リーダー【leader】領袖，領導人

例 いい指導者がいたからこそ、このチームは優勝できたのだ。
正因為有好的指導教練，這支隊伍才能獲得優勝。

0625 □ **しなもの【品物】**

名 商品，物品　➔ N4 單字
衍 しなぎれ【品切れ】缺貨，無庫存

例 この店の品物は安いわりにセンスがよくて丈夫だ。
這家店的商品雖然便宜，不過很有質感且耐用。

出題重點

▸**文法　わりに　雖然～但是～**
和一般基準或認知做比較，表示發生與設想相反的結果，或是事實與假想不同。

0626 □ **しはつ【始発】**

名 首班車
反 しゅうでん【終電】末班車

例 今朝は始発に乗るために、朝4時半に起きた。
今天早上為了搭首班車，清晨4點半就起床了。

0627 □	しはらい 【支払い】	名 支付，付款 衍 かいけい【会計】結帳

例 携帯料金の支払いはすでに済ませたはずだけど、請求書がまた届いたのはどうしてだろう？

我應該已經繳清了手機費用，為什麼又寄帳單來呢？

0628 □	しはらう 【支払う】	他I 繳，支付 類 はらう【払う】付，支付

例 コンビニで公共料金を支払えば、手数料はかかりません。

在便利商店繳公用事業費用不會產生手續費。

0629 □	しばらく 【暫く】	副 暫時；好一段時間，許久

例 お子さん、しばらく見ないうちに大きくなりましたね。4年ぶりでしたっけ？　好一段時間不見，您的孩子長大了呢。有4年之久了？

0630 □	しばる 【縛る】	他I 束縛，拘束；捆，綁

例 時間に縛られたくないので、フリーランスとして働こうと思う。

不想被時間束縛，所以想以自由業的身分工作。

出題重點

▶**詞意辨析　フリーランス VS フリーター**

「フリーランス」指的是不隸屬於特定公司的自由業、自由工作者，「フリーター」則是從事派遣或兼職的人，中文又譯「飛特族」。

0631 □	しびれる	自II 發麻，麻痺

例 料理は辛ければ辛いほど好きです。舌がしびれるほど辛い料理がいいですね。　料理越辣我越喜歡，辣得舌頭發麻的料理很棒呢。

出題重點

▶**文法　～ほど　～得**

以具體的例子或比喻的方式，來表示某件事的程度。

0632 □ **しぼる【絞る】**

他I 擰，扭；縮小（範圍等）

例 雑巾（ぞうきん）を洗（あら）ったり絞（しぼ）ったりしているうちに、手（て）が痛（いた）くなってしまいました。

又洗又擰抹布，做著做著手就變很痛。

出題重點

▶**文法　～たり～たりする**

除了用來列舉動作之外（N5 文法），還可以描述不斷重複某行為，像上述例句就表示洗和擰這兩個動作不斷反覆。

0633 □ **しまい【姉妹】**

名 姊妹

衍 きょうだい【兄弟・姉妹】兄弟姊妹

例 私（わたし）は4人姉妹（よにんしまい）の長女（ちょうじょ）ですが、よく「末（すえ）っ子（こ）っぽい」と言（い）われます。

我雖然是 4 姊妹的長女，卻常被說「像老么」。

0634 □ **しまう**

他I 收拾，放　➔ N4 單字

衍 かたづける【片付ける】整理，收拾

例 どこかにしまっておいたチケットが見（み）つからなくて、また買（か）い直（なお）さなければならなかった。　找不到票收到哪裡去了，必須重買。

0635 □ **じまん【自慢】**

名・他III 炫耀，自豪

反 けんそん【謙遜】謙遜，謙虛

例 そんなに年収（ねんしゅう）を自慢（じまん）することはないだろう。人（ひと）の価値（かち）は年収（ねんしゅう）に関係ないのだから。

不用如此炫耀年收入吧，因為人本身的價值和年收入沒有關係。

出題重點

▶**文法　V ことはない　不用、用不著**

常用在鼓勵、安慰或是規勸他人的時候，表示不必怎樣、沒有必要的意思。

0636 □

しみ

名 汗漬

衍 よごれ【汚れ】汗垢，髒汙

例 ねぇ、あそこの壁(かべ)のしみ、なんか人(ひと)の顔(かお)に見(み)えない？

哎，那牆上的汙漬，看起來是不是像個人臉？

0637 □

じみ（な）
【地味（な）】

な形 樸素的；不起眼的

反 はで（な）【派手（な）】華麗的，花俏的

例 いろいろな機能(きのう)が付(つ)いた時計(とけい)より、地味(じみ)なデザインの時計(とけい)のほうが飽(あ)きないと思(おも)いますよ。

我覺得比起附帶各種功能的時鐘，設計樸素的時鐘比較耐看喔。

0638 □

じむ
【事務】

名 文書事務，辦公事務

衍 じむしょ【事務所】事務所，辦事處

例 事務(じむ)の仕事(しごと)は地味(じみ)だけど、みんなの役(やく)に立(た)っていると信(しん)じてがんばっています。

文書事務的工作雖然很不起眼，但我相信能幫助大家而努力。

0639 □ 23

しめい
【氏名】

名 姓名

衍 みょうじ【名字】姓氏／なまえ【名前】名字

例 お申(もう)し込(こ)みには、住所(じゅうしょ)、氏名(しめい)、年齢(ねんれい)のご記入(きにゅう)が必要(ひつよう)です。

申請必須填寫住址、姓名以及年齡。

0640 □

しめきる
【締め切る】

他Ⅰ 截止；緊閉（門窗）

衍 しめきり【締め切り】截止日，截止期限

例 申(もう)し訳(わけ)ありませんが、定員(ていいん)に達(たっ)しましたので、申(もう)し込(こ)みは締(し)め切(き)りました。　非常抱歉，由於人數已滿，報名已截止。（告示）

0641 □

しめる
【湿る】

自Ⅰ 潮溼

衍 ぬれる【濡れる】溼，淋溼

例 このタオル、湿(しめ)ってるから、ハンガーに干(ほ)しといてくれない？

因為這條毛巾很潮溼，可以幫我拿去衣架上曬嗎？

0642 □ **しめる【締める】**

他Ⅱ 繫，束緊

例 A：ちょっと浴衣の帯を締めてもらえませんか。

可以幫我繫浴衣的腰帶嗎？

B：すみません。私はやったことがないので、他の人に頼んでもらってもいいですか。

不好意思，因為我沒有綁過，可以請你拜託別人嗎？

0643 □ **しゃかいじん【社会人】**

名 社會人士

反 がくせい【学生】學生

例 A：社会人になってどのぐらい？社会人って大変？

你出社會多久了？社會人士很辛苦吧？

B：3年かな。忙しいことは忙しいけど、楽しいよ。

3年了吧？忙雖忙，但是很開心喔。

0644 □ **じゃぐち【蛇口】**

名 水龍頭

衍 すいどう【水道】自來水；自來水管

例 蛇口から水が漏れている。自分で修理してみようかな？

水龍頭在漏水，我來自己修理看看好了。

浴室

蛇口
水龍頭

洗面器
洗臉盆

シャワー
蓮蓬頭

湯船・浴槽
浴缸

0645 □ **しゃしょう【車掌】**

名 列車長，車掌

衍 うんてんしゅ【運転手】司機

例 車掌の役割は乗客の安全を守ることです。

列車長的職務是守護乘客的安全。

0646 □ **しゃっきん【借金】**
名・自Ⅲ 負債，借款

例 彼は借金だらけで苦しい生活を送っている。
他滿身負債，過著很窮困的生活。

出題重點
▸**文法　Nだらけ　滿是～**
表示充滿的樣子，而且多帶有負面語氣。常用的還有「傷だらけ」（渾身是傷）、「間違いだらけ」（滿是錯誤）等說法。

0647 □ **しゃっくり**
名・自Ⅲ 打嗝
衍 くしゃみ 噴嚏／せき【咳】咳嗽

例 試験の最中に何度もしゃっくりが出て、恥ずかしくてたまらなかった。
考試期間不斷打嗝，感到非常難為情。

0648 □ **しゃべる【喋る】**
自他Ⅰ 說話，聊天；多嘴
衍 おしゃべり【お喋り】閒聊，聊天；多話

例 久しぶりに会う友達と喫茶店でしゃべっている間に終電が出てしまった。　跟好久不見的朋友在咖啡廳聊天的時候，末班車就跑了。

0649 □ **しゃもじ【杓文字】**
名 飯勺

例 ごはんが炊けたら、しゃもじでよく混ぜてから、よそってください。
飯煮好的話，請用飯勺好好攪拌之後盛起來。

0650 □ **しゅうごう【集合】**
名・自Ⅲ 集合
反 かいさん【解散】解散；散會

例 明日の旅行は朝6時半に台北駅の前に集合することになっている。
明天的旅行訂於早上6點半在臺北車站前集合。

0651 □ しゅうしょく【就職】

名・自Ⅲ 就業，就職

衍 しゅうしょくかつどう【就職活動】找工作

例 ＩＴ企業にエンジニアとして就職するには、どのような資格が必要ですか。

要以工程師的身分就業於 IT 企業，必須具備怎麼樣的資格呢？

0652 □ じゆうせき【自由席】

名 自由座

反 していせき【指定席】對號座

例 残念ですが、この切符では自由席しかご利用になれません。

很抱歉，這張車票只能搭自由座。

出題重點

▸文法　お／ご＋Ｖ－ます＋になる

屬於敬語當中的尊敬語，藉由抬高動作行為者的地位以表示敬意。比同樣表示尊敬的「Ｖ－(ら)れる」用法更為禮貌。「お」後面放的是和語動詞「ます形」去掉語尾的「ます」，「ご」後面則是漢語動詞的名詞型態。

例 部長はお帰りになりました。　部長已經回去了。

例 部長は午後の会議にご出席になります。　部長會出席下午的會議。

▸文法　動詞可能形

看似有點複雜，不過「ご利用になれません」是來自「ご利用になります」的可能形「ご利用になれます」的否定變化。

0653 □ じゅうたい【渋滞】

名・自Ⅲ 塞車；堵塞，停滞

衍 こうつうじゅうたい【交通渋滞】交通堵塞

例 お盆期間中は、帰省による高速道路の渋滞があちこちで発生する。

盂蘭盆節期間，高速公路到處都發生返鄉造成的塞車。

出題重點

▸文法　Ｎによって／による　由於

接在名詞之後，用來表示原因，後接影響的結果

0654 □

じゅうだい（な）【重大（な）】

な形 重大的

例 ネットの ニュースによると、あの会社（かいしゃ）は１２時（じゅうにじ）に重大な（じゅうだい）発表（はっぴょう）をするらしい。 根據網路新聞，那間公司好像要在12點發表重大消息。

0655 □

じゅうたん【絨毯】

名（高級）地毯

衍 カーペット【carpet】地毯（多為化學纖維製）

例 高級（こうきゅう）なホテルでは、ロビーや廊下（ろうか）にじゅうたんが敷（し）いてある。

高級飯店的大廳和走廊鋪著地毯。

0656 □

しゅうてん【終点】

名 終點站；終點

反 しはつえき【始発駅】起始站，起站

例 ゆうべ特急（とっきゅう）で終点（しゅうてん）まで寝過（ねす）ごしてしまい、家族（かぞく）に笑（わら）われてしまった。

昨晚搭特快車睡過頭坐到了終點站，被家人嘲笑一番。

0657 □

しゅうでん【終電】

名 末班車 ➔ N4 單字

類 さいしゅうでんしゃ【最終電車】末班車

例 おしゃべりに夢中（むちゅう）になって終電（しゅうでん）に間（ま）に合（あ）わなかったので、タクシーで帰（かえ）るしかなかった。

因為沉浸於聊天而趕不上末班車，只好搭計程車回家。

0658 □

じゅうでん【充電】

名・他Ⅲ 充電

衍 バッテリー【battery】電池

例 台北（たいぺい）メトロの駅（えき）では、スマホが無料（むりょう）で充電（じゅうでん）できるようになっている。

在臺北捷運的車站可以免費充電智慧型手機。

0659 □

しゅうにゅう【収入】

名 收入

反 ししゅつ【支出】支出

例 収入（しゅうにゅう）が増（ふ）えれば増（ふ）えるほど、支払（しはら）わなければならない税金（ぜいきん）も増（ふ）えるわけだ。 收入增加越多，應繳的稅金當然就會增加。

出題重點

▸**文法　～わけだ　當然**

表示前項理由必然導出的結論。「わけだ」前面是動詞或い形容詞時可以直接相接，名詞要以「N＋な＋わけだ」、な形容詞要使用「な形－な＋わけだ」的方式。

0660 □ **じゅうよう（な）【重要（な）】**

な形 重要的

類 たいせつ（な）【大切（な）】重要的

例 これは重要（じゅうよう）な資料（しりょう）ですから、決（けっ）してなくさないでください。

這是重要的資料，所以請絕對不要弄丟。

0661 □ **しゅうり【修理】**

名・他Ⅲ 修理，修繕

衍 しゅうりだい【修理代】修理費

例 この時計（とけい）を修理（しゅうり）に出（だ）しといてほしいんですが、お願（ねが）いしていいでしょうか。　我想把這個時鐘送去修理，可以拜託你嗎？

0662 □ **じゅぎょうりょう【授業料】**

名 學費

類 がくひ【学費】學費

例 友人（ゆうじん）の話（はなし）では、ドイツの大学（だいがく）では、外国人（がいこくじん）でも授業料（じゅぎょうりょう）が無料（むりょう）だったそうだ。　朋友說德國的大學即使是外國人也不用繳學費。

0663 □ **しゅくじつ【祝日】**

名 節日（特指國定假日）

衍 きゅうじつ【休日】假日

例 定休日（ていきゅうび）が祝日（しゅくじつ）の場合（ばあい）、定休日（ていきゅうび）でも営業（えいぎょう）いたします。代（か）わりに、その翌日（よくじつ）は休（やす）ませていただきます。　公休日是國定假日的情況下，即使是公休日也會營業，但國定假日的隔日則會休息一天。（公告）

0664 □ **しゅくはく【宿泊】**

名・自Ⅲ 住宿，下榻

類 とまる【泊まる】住宿

例 ビジネスホテルに宿泊（しゅくはく）する際（さい）のマナーについて紹介（しょうかい）します。

我來介紹關於下榻商務旅館時的規矩。

0665 □
じゅけん【受験】
名・他Ⅲ 應試，報考
衍 じゅけんせい【受験生】考生

例 来年は東京の大学を受験するつもりです。
我打算明年報考東京的大學。

0666 □
しゅじゅつ【手術】
名・他Ⅲ 手術，開刀
衍 しゅじゅつしつ【手術室】手術室，開刀房

例 おじは目の手術を受けるかどうか悩んでいます。
伯伯正在煩惱是否要接受眼科手術。

0667 □
しゅだん【手段】
名 手段，辦法
類 ほうほう【方法】方法，辦法

例 どんな手段を使っても、金持ちになりたいと言っていた彼は、とうとう逮捕されてしまった。
說過想要不擇手段成為有錢人的他，終究還是被逮捕了。

0668 □
しゅちょう【主張】
名・自他Ⅲ 主張

例 この文章で筆者が主張していることは、努力を続けることの大切さである。　在這篇文章裡作者所主張的是持續努力的重要。

0669 □ 24
しゅっきん【出勤】
名・自Ⅲ 上班
反 たいしゃ【退社】下班

例 すべての社員は朝８時までに出勤すること。
所有員工必須在早上８點之前上班。（契約內容）

0670 □
しゅっしん【出身】
名 出身（哪裡人、學經歷等）
衍 しゅっしんち【出身地】出身地

例 A：鈴木さんはどこの出身ですか。
鈴木先生是來自哪裡呢？
B：愛知県です。大学に入るまでは名古屋に住んでいました。
我來自愛知縣，上大學前都住在名古屋。

0671 □ しゅっせき【出席】

名・自Ⅲ 出席 → N4 單字

反 けっせき【欠席】缺席，缺課

例 父に代わって、親戚の結婚式に出席することになりました。

由我代替父親出席親戚的婚禮。

出題重點

▸文法　Nに代わって　代替

表示代替某人進行動作。「Nに代わって」的書面用法則是「Nに代わり」。

0672 □ しゅと【首都】

名 首都

反 ちほう【地方】（相對於中央）地方

例 京都だけでなく、奈良や滋賀も昔、日本の首都だった。

不只京都，奈良和滋賀以前也曾是日本的首都。

0673 □ しゅふ【主婦】

名 家庭主婦

例 近年、子育てをしながらパートに出る主婦がますます増えている。

最近這幾年一邊養小孩一邊兼差的家庭主婦正逐漸增加。

0674 □ しゅるい【種類】

名 種類

例 日本のパスポートは有効期限によって色が違い、赤と紺の２種類がある。

日本護照依有效期限而有不同顏色，有紅色和深藍色２個種類。

0675 □ じゅんちょう（な）【順調（な）】

な形 順利的

例 先輩のおかげで、仕事が順調に進んでいます。ありがとうございます。

多虧了前輩，工作順利進行中，謝謝您。

0676 □ じゅんばん【順番】

名 順序，輪流

類 ばん【番】順序，輪班

例 これから面接をさせていただきます。順番に二人ずつこちらの部屋へお入りください。

接下來將進行面試，請按照順序１次２個人進來這邊的房間。

0677 □ **しよう【使用】** 名・他Ⅲ 使用 → N4 單字
類 りよう【利用】利用

例 館内での携帯電話のご使用はご遠慮ください。
請勿在館內使用手機。

出題重點

▸**文法辨析　お VS ご　接頭語**
接頭語的「お」和「ご」都有讓詞語聽起來更有禮貌的作用，因此又稱為「美化語」。使用上的差別在於，「お」後面通常接日文固有字彙（和語），「ご」後面則接漢語，不過有一些例外得特別注意。
例 お花、お茶、お電話（例外）、お食事（例外）
例 ご住所、ご注文、ご説明、ご案内
另外，也有接「お」或「ご」都可以的字彙：
例 ご返事・お返事

0678 □ **しょうがくきん【奨学金】** 名 獎學金

例 成績によっては奨学金がもらえるので、多くの学生はこの学校に入りたがっている。
根據成績可以獲得獎學金，所以很多學生都想進入這間學校。

出題重點

▸**文法辨析 によって VS によっては**
當用來表示情況時，「によって」指依據狀況而有所不同，所以後面的句子常常會出現「違う」、「変わる」等字眼。而「によっては」則是從多種狀況下舉出其中一種，像上方例句的意思為根據成績會有許多不同狀況，其中一種狀況是好成績可以獲得獎學金。

0679 □ じょうぎ【定規】

名 尺；標準

類 ものさし【物差し】尺；標準

例 忘れたんなら、私の定規を貸してあげるけど、後で返してね。

如果忘記帶的話，我的尺可以借你，但之後要還我喔。

0680 □ しょうぎょう【商業】

名 商業

衍 こうぎょう【工業】工業

例 北海道の小樽は近代以降、商業の町として発展してきた。

北海道的小樽自近代之後，以商業城鎮之姿發展至今。

0681 □ しょうきょくてき（な）【消極的（な）】

な形 消極的

反 せっきょくてき（な）【積極的（な）】積極的

例 大統領はエネルギー問題に対して消極的な態度をとり続けている。

總統對於能源問題持續採取消極的態度。

0682 □ じょうけん【条件】

名 條件

例 この仕事に応募できる条件は２つです。１つ目は日本語が話せること。２つ目は３０歳未満であることです。 能夠應徵這份工作的條件有2個，第1個是要會說日語，第2個是未滿30歲。

0683 □ じょうし【上司】

名 上司，主管

衍 ぶか【部下】部下，下屬

例 明日、急に上司と一緒に仙台へ出張することになりました。

明天臨時要和主管一起去仙台出差。

0684 □ しょうじき（な）【正直（な）】

な形・副 老實的；老實說，說實話

衍 うそつき【嘘つき】騙子；撒謊

例 正直に言うと、たとえ残業しても、今日中にこの仕事を片付けるのは不可能です。

老實說，即使加班，要在今天之內完成這項工作是不可能的。

0685 □ **じょうしゃ【乗車】**

名・自Ⅲ 上車，搭車

衍 じょうしゃけん【乗車券】乗車券

例 後ろのドアから乗車して、前のドアから降りていただきますようお願いします。　麻煩請由後門上車，前門下車。（搭乘公車時）

文化補充

▶**乗車券　乗車券**

日本的電車票分成許多種類，「乘車券」指的是基本車資，有了這張車票，即可搭乘普通車或其他速度沒那麼快的車種。但如果想坐某些鐵路的特快車，或是對號座、商務車廂，就需要加購其他種類的車票，例如「特急券」、「指定席券」等。

0686 □ **じょうじゅん【上旬】**

名 上旬

衍 げじゅん【下旬】下旬

例 次号は、５月上旬に発行される予定です。

下一期（雜誌）預定在５月上旬發行。

0687 □ **しょうじょ【少女】**

名 少女（書面用語）

類 おんなのこ【女の子】女孩子

例 あの少女は台湾に来てはじめて、小籠包のおいしさを知った。

那名少女自從來到臺灣之後，第一次知道小籠包的美味。

0688 □ **しょうしょう【少々】**

副 稍微，些許；少許，一點點

類 ちょっと 稍微，一些

例 申し訳ございません。ただいま担当の者が参ります。少々お待ちください。　不好意思，現在負責人馬上來，請稍等一下。

0689 □ **しょうじょう【症状】**

名 病情，症狀

衍 じょうたい【状態】狀態，情況

例 風邪の症状には、熱や咳、鼻水などがある。

感冒的症狀有發燒、咳嗽、流鼻水等等。

疾病症狀

0690 □

しょうすう【少数】	名 少數 反 たすう【多数】多數

例 政治家は多数の意見だけでなく、少数の意見も聞くべきだ。

政治家不只應該傾聽大多數的意見，也要顧及少數的意見。

出題重點

▶**文法　N1 だけでなく N2 も／V1 だけでなく V2 ことも　不只～也～**

表示不僅有前項的事物、動作或狀態，還包含了後項。

0691 □

じょうたい【状態】	名 狀態，情況 類 じょうきょう【状況】狀況，情況

例 経済の状態が悪いままだと、失業者がさらに増えるだろう。

經濟狀態要是持續惡化，會增加更多的失業者吧。

0692 □ **じょうだん【冗談】**

名 玩笑，笑話 → N4 單字

例 彼(かれ)はいつも冗談(じょうだん)を言(い)ってばかりいますが、正直(しょうじき)、全然(ぜんぜん)おもしろくないです。　他總是一直在開玩笑，但老實說一點都不有趣。

0693 □ **しょうち【承知】**

他Ⅲ 知道，了解；答應 → N4 單字

例 A：会議室(かいぎしつ)を予約(よやく)しておいてください。　麻煩你先預約會議室。

B：はい、承知(しょうち)しました。　是，我知道了。（在公司）

出題重點

▸**搶分關鍵　承知しました**

「承知しました」屬於謙讓語，比「わかりました」和「了解しました」更為正式、有禮貌，多用在面對上司或客戶的時候。不過對老師說「承知しました」則太過禮貌，因此不需要對老師這麼說。

0694 □ **しょうてんがい【商店街】**

名 商店街

例 ここはパリの商店街(しょうてんがい)をモデルにして作(つく)られたそうです。

這裡聽說是以巴黎的商店街為原型所建。

0695 □ **しょうねん【少年】**

名 少年（書面用語）

衍 しょうじょ【少女】少女

例 私(わたし)は海外(かいがい)の映画(えいが)だけでなく、少年(しょうねん)向(む)けアニメも好(す)きです。

我不僅喜歡外國電影，也很喜歡少年動畫。

出題重點

▸**文法　N＋向け　針對**

以前接名詞為對象，意思為專為該對象做某事。

0696 □ **しょうばい【商売】**

名・自Ⅲ 商業，（做）生意；職業
類 ビジネス【business】事業，工作；商業，商務

例 商売を始めるには、どのくらいの資金を用意しておけばいいのでしょうか。　開始做生意要先準備多少資金才好呢？

0697 □ **しょうひ【消費】**

名・他Ⅲ 消費
衍 しょうひぜい【消費税】消費稅

例 アンケート調査によると、現在の若者は無駄な消費をしない傾向があるそうだ。　根據問卷調查，現在的年輕人傾向不做多餘的消費。

0698 □ **しょうひん【商品】**

名 商品
類 しなもの【品物】商品，物品

例 ご注文の商品をお送りしたのですが、住所が間違っていて、戻ってきてしまいました。　您訂購的商品已寄送，但因住址錯誤而退回。

0699 □ 25 **じょうひん(な)【上品(な)】**

な形 高雅的，文雅的
反 げひん(な)【下品(な)】下流的，粗俗的

例 祖母は誰に対しても上品な言葉遣いをする。
奶奶不管對誰用字遣詞都很文雅。

0700 □ **じょうほう【情報】**

名 消息，資訊　➔ N4 單字
衍 じじょう【事情】情況，狀況

例 ベトナムの観光地についての情報を集めているのですが、どこかいいところ知りませんか。
我正在收集關於越南觀光景點的資訊，你知不知道什麼好地方？

0701 □ **しょうめい【証明】**

名・他Ⅲ 證明
衍 しょうめいしょ【証明書】證明書，證書

例 今度の試合で私の実力を証明してみせます。
我會在下次比賽證明我的實力給你看。

0702 □ しょうめん【正面】
名 正面；正對面；面對面
衍 ましょうめん【真正面】正對面

例 ここに座って。正面に座るより、横に座ったほうが話しやすいでしょ。
坐這邊！比起坐在對面，坐旁邊比較好說話吧？

0703 □ しょうらい【将来】
名・副 將來 ➔ N4 單字
衍 みらい【未来】未來

例 この間、自分の将来を真剣に考えたほうがいいと担任の先生に言われました。 前一陣子，被導師說「最好認真考慮自己的將來」。

0704 □ しょうりゃく【省略】
名・他Ⅲ 省略
類 カットする 刪除

例 日本語は主語がよく省略される。そこが学習者にとって分かりにくい点である。
日語常常會省略主詞，這對學習者而言，是很難理解的地方。

出題重點
▶文法　Nにとって　對～而言、對～來說
表示站在該名詞的角度或立場，對事物進行評斷。

0705 □ しょくば【職場】
名 職場，工作單位
類 つとめさき【勤め先】工作單位，工作地點

例 私は毎日、職場にお弁当を持っていくことにしている。
我每天都帶便當去公司。

0706 □ しょくひ【食費】
名 伙食費
衍 ひよう【費用】費用

例 できるかどうか分かりませんが、今月の食費を1万円までにしたいと思います。
雖然不知道做不做得到，但我想將這個月的伙食費維持在1萬日圓以內。

0707 □

しょくひん【食品】

名 食品

衍 れいとうしょくひん【冷凍食品】冷凍食品

例 腐りやすい食品は早めに冷蔵庫または冷凍庫に入れてください。

容易腐壞的食品請盡早放進冰箱冷藏室或冷凍庫。

0708 □

しょくよく【食欲】

名 食慾，胃口

例 今日は食欲がないんじゃない？いつもはあんなに食べるくせに、今日はおかずを残してる。

你今天是不是沒胃口？明明總是那麼會吃，今天卻剩了菜。

0709 □

しょっき【食器】

名 餐具

衍 しょっきだな【食器棚】餐櫥櫃

例 使った食器を洗ったついでに、台所も掃除しておいた。

洗完用過的餐具後順便也打掃了廚房。

出題重點

▸**文法　V ついでに　順便**

表示動作主體在從事某種行為的同時，順便做了其他事情。

0710 □

しょるい【書類】

名 文件，資料　➔ N4 單字

衍 しりょう【資料】資料

例 書留で必要な書類を送っていただきますようお願いいたします。

麻煩請以掛號的方式寄送必要的文件。

出題重點

▸**詞意辨析　書類 VS 資料**

「書類」指的是公司或政府機關記錄事務用的文件資料，「資料」則是指寫報告或研究、參考用的材料。

0711 □ しらが【白髮】

名 白頭髮
衍 そめる【染める】染

例 父は白髪が目立ってきたから、黒く染めようと思っているんだって。
聽說爸爸因為白頭髮很明顯，所以想把頭髮染黑。

出題重點

▶搶分關鍵　白的讀音

日文漢字的「白」有三種常見讀音，分別為「しろ」、「しら」和「はく」，其中「しろ」和「しら」為訓讀，「はく」為音讀，不同單字唸法不同，請多加注意。

真っ白（純白）／白髪（白頭髮）／紅白（紅色與白色）

0712 □ しりあう【知り合う】

自I 認識，相識 ➔ N4 單字
衍 しりあい【知り合い】認識的人；相識

例 妻とはインターネットのあるサイトで知り合いました。
我和太太是在網路上的某網站認識的。

0713 □ しりつ【私立】

名 私立
反 こうりつ【公立】公立

例 私立の大学は学費が高いというイメージがあるけど、本当かな？
私立大學給人學費很貴的印象，真的嗎？

0714 □ しりょう【資料】

名 資料
衍 さんこうしりょう【参考資料】參考資料

例 大学生向けの資料を用意いたしましたので、よろしければご活用ください。　我們準備了針對大學生的資料，可以的話請多加利用。

0715 □ しるし【印】

名 記號；象徵
類 マーク【mark】記號，標記

例 どうしても覚えられない単語には蛍光ペンで印をつけとくといいよ。
可以用螢光筆在怎麼樣也背不起來的單字上做記號喔。

0716 □ **しわ**

名（布、紙類）皺褶；皺紋

例 母にアイロンなしでズボンのしわを伸ばす方法を教わった。

媽媽教我不用熨斗也能燙平褲子皺褶的方法。

出題重點

▶**固定用法　しわを伸ばす　燙平皺褶**

0717 □ **しんがく【進学】**

名・自Ⅲ 升學

衍 しんろ【進路】出路

例 彼は来年、フランスの大学院に進学するつもりだそうです。

他好像打算明年繼續攻讀法國的研究所。

0718 □ **しんきさくせい【新規作成】**

名・他Ⅲ 新建（帳號、檔案）

例 アカウントの新規作成についての説明は何ページに書いてあるの？

有關新建帳號的說明寫在第幾頁呢？

0719 □ **しんけん（な）【真剣（な）】**

な形 認真的

例 患者は真剣に医者の説明を聞きながらメモを取っていた。

病患認真地一邊聽醫生說明一邊抄筆記。

0720 □ **しんさつ【診察】**

名・他Ⅲ 看病；診斷

衍 しんさつじかん【診察時間】看診時間

例 大した病気じゃないと思ったが、一応病院に行って診察を受けた。

雖然覺得不是大病，還是先去了醫院看病。

0721 □ **しんじる【信じる】**

他Ⅱ 相信；信賴；信教　➔ N4 單字

衍 しんよう【信用】信用，信賴；相信，信任

例 A：宇宙人の存在を信じていますか。　你相信外星人的存在嗎？

B：いえ、全く信じていません。　不，我完全不相信。

0722 □ **しんせき【親戚】**
名 親戚
類 しんるい【親類】親戚，親屬

例 20年も会っていない親戚にお金を借りに来られて困っています。
20年沒見的親戚跑來借錢，讓我很困擾。

0723 □ **しんせん（な）【新鮮（な）】**
な形 新鮮的

例 この店の果物は新鮮なことは新鮮だが、小さくておいしくなさそうだ。
這間店的水果新鮮是新鮮，但是很小，看起來不好吃。

出題重點
▶**文法　～ことは～が　是～但～**
承認某件事的同時加上但書，表現出遺憾或不滿等語氣。「ことは」的前後必須接相同的い形容詞、な形容詞或動詞。

0724 □ **しんぞう【心臓】**
名 心臟

例 舞台に立つたびに、自分の心臓の音が聞こえるほど緊張する。
每當站到舞臺上，都緊張到可以聽到自己的心跳聲。

0725 □ **しんちょう【身長】**
名 身高
衍 たいじゅう【体重】體重

例 身長が伸びるように毎日牛乳を飲んでいますが、あまり効果がありません。　為了長高每天都喝牛奶，卻沒什麼效果。

出題重點
▶**固定用法　身長が伸びる　長高**

0726 □ **しんにゅうしゃいん【新入社員】**
名 新進員工，新人

例 今年の新入社員はアメリカに7年間留学していたので、英語が上手なはずだ。　今年的新進員工在美國留學7年，所以英語應該很流利。

0727 □ しんぽ【進步】

名・自Ⅲ 進步
衍 じょうたつ【上達】進步

例 医学(いがく)が進歩(しんぽ)するにしたがって、長生(ながい)きする人(ひと)が増(ふ)えていく。

伴隨醫學進步，長壽的人也增加了。

出題重點

▸**文法　Vにしたがって　伴隨～**

表示隨著前項的進展，發生了後項的變化。

0728 □ しんゆう【親友】

名 好友，摯友
衍 したしい【親しい】親密的，親近的

例 知(し)り合(あ)いとか友達(ともだち)は、いないことはないけど、親友(しんゆう)と呼(よ)べる人(ひと)は1人(ひとり)もいないんだ。

雖然不是沒有認識的人或朋友，卻沒有任何1位可稱為摯友的人。

0729 □ しんよう【信用】

名・他Ⅲ 信用，信賴；相信，信任
衍 しんじる【信じる】相信；信賴；信教

例 彼女(かのじょ)はミスが多(おお)くて信用(しんよう)できませんから、やはり他(ほか)の人(ひと)に頼(たの)みましょうか。　她很常犯錯、沒辦法信任，因此還是拜託其他人吧？

す／ス

0730 □ 26 スイッチ【switch】

名（電源）開關　➔ N4 單字
衍 オン／オフ にする 開／關（電源）

例 安全(あんぜん)のため、ご使用後(しようご)は必(かなら)ずスイッチを切(き)ってください。

為了安全，使用後請務必關閉電源開關。（使用說明）

出題重點

▸**固定用法　スイッチを入れる／切る　開／關電源**

只要牽涉到「電」都得特別注意，無論開或關都不能直接用中文思考。

0731 □ **すいはんき【炊飯器】**

名 電鍋　→ N4 單字

衍 なべ【鍋】鍋子

例 この料理は炊飯器だけで作れるよ。ちょっと作ってみようか。

這道菜只用電鍋就做得出來喔，要不要試著做做看？

0732 □ **ずいぶん**

副 相當，非常　→ N4 單字

例 １０年ぶりに地元に帰ったら、駅とその周辺が昔とずいぶん変わっていた。　睽違10年回到家鄉，車站和其周邊跟以前相比改變非常多。

0733 □ **すいみん【睡眠】**

名 睡眠；休眠

衍 すいみんぶそく【睡眠不足】睡眠不足

例 ゆうべは２時間しか睡眠をとっていないのに、少しも眠くない。

昨晚只睡了２小時，卻一點也不想睡。

出題重點

▸**固定用法　睡眠をとる　睡覺**

0734 □ **ずうずうしい【図々しい】**

い形 不要臉的，厚臉皮的

衍 はずかしい【恥ずかしい】不好意思的

例 誘われていないのに飲み会に来るなんて、本当に図々しいやつだな。

沒受邀卻來酒會，真是不要臉的傢伙！

0735 □ **すえっこ【末っ子】**

名 老么

例 末っ子は親に一番かわいがられると言われている。

大家都說老么最受父母親疼愛。

0736 □ **スカーフ【scarf】**

名 領巾

衍 マフラー【muffler】圍巾

例 このスカーフはシルクでできているので、首に巻くと、暖かいんです。

這條領巾是絲綢做的，所以圍在脖子上會很溫暖。

0737 □

すがた【姿】

名 身影；模樣；面貌
衍 かっこう【格好】打扮；外型；姿勢

例 友人（ゆうじん）の姿（すがた）が見（み）えなくなるまで手（て）を振（ふ）って見送（みおく）った。

直到看不見友人的身影為止不斷揮手送行。

0738 □

すかれる【好かれる】

自Ⅱ 受歡迎，討人喜歡
反 きらわれる【嫌われる】被討厭

例 誰（だれ）にでも好（す）かれる人（ひと）はどんな特徴（とくちょう）があるんでしょうか。

受任何人歡迎的人有哪些特徵呢？

0739 □

すく【空く】

自Ⅰ 空蕩蕩；餓

例 ラッシュの時間（じかん）なのに、電車（でんしゃ）が空（す）いているのはどうしてだろう。あっ！今日（きょう）は祝日（しゅくじつ）だった。

明明是尖峰時間，為什麼電車卻空蕩蕩的？啊！今天是假日。

0740 □

すくう【救う】

他Ⅰ 救，拯救；解救
類 たすける【助ける】幫助；救助；救濟

例 赤（あか）ちゃんの命（いのち）を救（すく）ってくれたのは、うちで飼（か）っていた犬（いぬ）だった。

救了小嬰兒一命的是家裡養的狗狗。

0741 □

すぐれる【優れる】

自Ⅱ 出色，優秀
衍 ゆうしゅう（な）【優秀（な）】優秀的

例 A社（エーしゃ）のパソコンは、性能（せいのう）の点（てん）ではふつうだが、価格（かかく）の点（てん）で他社（たしゃ）の製品（せいひん）より優（すぐ）れている。　A公司的電腦在性能方面上很普通，在價格上卻比其他公司的產品還出色。

出題重點

▶**固定用法　～の点で優れている　在～方面上很出色**

「点で」表示在某方面上或在某點上，因此整句的意思為在某方面上很出色、優秀。

0742 □ **スケジュール【schedule】**

名 行程，計畫 → N4 單字

類 にってい【日程】日程，計畫

例 まだ正月(しょうがつ)なのに、6月(ろくがつ)までスケジュールがいっぱいです。

明明才過新年，到6月為止的行程已經很滿了。

0743 □ **すごい【凄い】**

い形 非常；厲害的；可怕的 → N4 單字

類 ものすごい 非常；可怕的；驚人的

例 このゲームは日本国内(にほんこくない)だけでなく、海外(かいがい)でもすごい人気(にんき)です。

這款遊戲不僅在日本國內，就連在國外都非常受歡迎。

0744 □ **すこしも【少しも】**

副 一點也（不）

類 ちっとも 一點也（不）

例 朝(あさ)から掃除(そうじ)しているのに、部屋(へや)は少し(すこ)もきれいにならない。

明明從早開始打掃，房間卻一點也沒變乾淨。

出題重點

▶**文法　少しも～ない　一點也不～**

後接否定形，用來加強否定的語氣。

0745 □ **すごす【過ごす】**

他Ⅰ 度過（時光）；生活

衍 くらす【暮らす】生活

例 今年(ことし)の冬休(ふゆやす)みはどんなふうに過(す)ごすんですか。

你打算如何度過今年寒假呢？

0746 □ **すすめる【進める】**

他Ⅱ 進行；使前進；促進；撥快（時鐘）

衍 すすむ【進む】進展；前進；發展；快

例 歓迎会(かんげいかい)の準備(じゅんび)を進(すす)めている最中(さいちゅう)に、上司(じょうし)から連絡(れんらく)があり、中止(ちゅうし)するよう指示(しじ)された。

正在進行歡迎會的準備時，上司來了聯絡，指示要停辦。

0747 □

すすめる【薦める・勧める】	他II 推薦；勸 衍 おすすめ 推薦

例 A：もし、国の友達が日本に遊びに来るとしたら、どこを薦めますか。

如果你家鄉的朋友來日本玩的話，會推薦他去哪裡呢？

B：観光地じゃなくて、近所の商店街とか、小さなお寺とかに連れていきたいですね。

我想帶他去附近的商店街或小寺院，而非觀光景點。

出題重點

▸**文法　N1 とか（N2 とか）　或**

用來列舉類似事物，屬於口語用法。

0748 □

ずつう【頭痛】	名 頭痛 衍 ふくつう【腹痛】腹痛

例 すみません。頭痛がひどいので、帰らせていただけませんか。

不好意思，因為頭很痛，可以讓我先回去嗎？

常見病症說法

頭痛がする
頭痛

胃が痛い
胃痛

骨折（を）する
骨折

吐き気がする
嘔吐

下痢（を）する
腹瀉

0750 □ **すっきり（と）する**

自Ⅲ 舒暢；清爽；俐落

衍 さっぱり 爽快；完全，徹底

例 きれいな景色（けしき）を見（み）て気分（きぶん）がすっきりした。ここに来（き）てよかった！

看見美麗的景色令人心情舒暢，有來這裡真是太好了！

0751 □ **ずっと**

副 ～得多，更～；一直 ➔ N4 單字

衍 もっと 更，更加

例 新幹線（しんかんせん）より、夜行（やこう）バスのほうがずっと安（やす）いです。

比起新幹線，夜間巴士便宜得多了。

出題重點

▶**文法　AよりBのほうがずっと～　比起A，B～得多**

用來比較兩事物，表示B的程度比A更高。

0752 □ **すっぱい【酸っぱい】**

い形 酸的

衍 しおからい【塩からい】鹹的

例 日本（にほん）ですっぱい食（た）べ物（もの）といえば、梅干（うめぼ）しでしょう。

在日本，說到很酸的食物就是酸梅了吧。

0753 □ **ストレス【stress】**

名 壓力 ➔ N4 單字

類 プレッシャー【pressure】壓力

例 私（わたし）は周（まわ）りの人（ひと）のことが気（き）になる性格（せいかく）なので、ストレスがたまりやすいんです。　我的個性屬於在意身邊人的事情，所以容易累積壓力。

0754 □ **すなお（な）【素直（な）】**

な形 率直的，順從的

衍 しょうじき（な）【正直（な）】老實的

例 家族（かぞく）の前（まえ）ではどうしても素直（すなお）に喜（よろこ）んだり、怒（おこ）ったりできない。

在家人面前怎麼樣也無法坦率地高興和生氣。

0755 □ **スピーチ【speech】**

名・自Ⅲ 演講，致詞 ➔ N4 單字
衍 こうえん【講演】演說

例 理学部(りがくぶ)の卒業生代表(そつぎょうせいだいひょう)としてスピーチをしたのはいい思(おも)い出(で)です。
以理學院畢業生代表的身分進行演講是個美好的回憶。

0756 □ **スピード【speed】**

名 速度
衍 スピードいはん【スピード違反】超速

例 車(くるま)のスピードを上(あ)げれば上(あ)げるほど、事故(じこ)を起(お)こしやすくなる。
車速越快，越容易引發車禍。

0757 □ **すべて【全て】**

名・副 全部，一切
類 ぜんぶ【全部】全部，一切

例 久(ひさ)しぶりに実家(じっか)に帰(かえ)ったら、古(ふる)い服(ふく)をすべて捨(す)てられていた。
久久回老家一趟，才發現舊衣服全都被丟了。

0758 □ **スマート（な）【smart】**

な形 苗條的；俐落的；瀟灑的

例 支払(しはら)いの時(とき)、割(わ)り勘(かん)するのはスマートじゃないと彼(かれ)は考(かんが)えているようだ。　他似乎認為付款時平均分攤不俐落。

文化補充

▸**割り勘　平均分攤**
在日本，跟同事或朋友聚餐時，經常是大家一起均攤餐費。也因此，有些餐廳的帳單上會直接列出每個人均攤的費用是多少。不過例句的情況是「他」覺得結帳時，與其大家各自掏零錢出來，不如由一個人付清比較俐落、乾脆。

0759 □ **すまい【住まい】**

名 居住；住所
衍 しゅっしん【出身】出身

例 A：お住(す)まいはどちらですか。　請問您住在哪裡呢？
B：福岡(ふくおか)の博多(はかた)です。　我住在福岡的博多。

出題重點

▸搶分關鍵　お住まいは？

一般被問到「お住まいは？」時，多半會回答比較狹小的範圍，例如東京人的話就可能回答他住在品川或新宿。如果是被問「ご出身は？」時，則會回答都道府縣名。

例 A：お住（す）まいは？　您住哪裡？

B：世田谷（せたがや）です。　我住在世田谷。

例 A：ご出身（しゅっしん）は？　您是哪裡人？／您來自哪裡？

B：東京（とうきょう）です。　我是東京人。

0760 □

すませる【済ませる】

他Ⅱ 做完；充當，應付

類 すます【済ます】做完

例 私（わたし）も映画（えいが）を見（み）に行（い）きたいなぁ。宿題（しゅくだい）をさっさと済（す）ませておけばよかった。　我也好想去看電影啊，早知道趕快寫完作業就好了。

0761 □

すむ【済む】

自Ⅰ 結束，完成；解決　➔ N4 單字

衍 かたづける【片付ける】解決，處理（事情）

例 食事（しょくじ）はもう済（す）んだし、そろそろ帰（かえ）りましょうか。

已經吃完飯了，差不多該回去了吧！

0762 □

ずらす

他Ⅰ 挪動；錯開

衍 ずれる 偏離

例 恐（おそ）れ入（い）りますが、ミーティングの時間（じかん）を午後（ごご）1時半（いちじはん）にずらしていただけないでしょうか。

非常抱歉，請問能否將開會時間挪到下午 1 點半呢？（在公司）

0763 □

すらすら

副 流暢，流利

衍 ペラペラ（外語）流利

例 どんなに難（むずか）しい質問（しつもん）をしても、彼（かれ）はすらすら答（こた）えてしまう。

無論多麼困難的問題，他都能流暢回答。

0764 □ **する**

自Ⅲ （物品）要價；（時間）經過

例 ２０万円(にじゅうまんえん)もするコートを汚(よご)してしまった。

弄髒了要價高達 20 萬日圓的大衣。

例 もう少(すこ)ししたら、ご飯(はん)ですよ。

再過一會兒就要吃飯了喔！

0765 □ **ずるい**

い形 狡猾的（日常對話中也有不公平之意）

例 お姉(ねえ)ちゃんだけディズニーランドに連(つ)れてくなんてずるいよ。

只帶姊姊去迪士尼樂園玩太不公平了！

0766 □ **するどい【鋭い】**

い形 銳利的；敏銳的；嚴厲的
反 にぶい【鈍い】鈍的；遲鈍的

例 市長(しちょう)は議員(ぎいん)から鋭(するど)い質問(しつもん)をされて困(こま)っているようだった。

市長被議員進行了嚴厲的質詢，似乎很困擾。

せ／セ

0767 □ 27 **せいかい【正解】**

名 正確答案；明智決定
反 ふせいかい【不正解】錯誤答案

例 急(きゅう)にひどい雨(あめ)になったなぁ。カッパを持(も)ってきて正解(せいかい)だった。

突然下起了大雨啊。有帶雨衣真是明智決定。

0768 □ **せいかく【性格】**

名 性格，個性
類 せいしつ【性質】性格，性情

例 元彼女(もとかのじょ)とは性格(せいかく)が合(あ)わなかったので、すぐに別(わか)れてしまった。

和前女友個性不合，所以一下就分手了。

0769 □ **せいかつひ【生活費】**

名 生活費
衍 こうねつひ【光熱費】電費瓦斯費

例 彼(かれ)はお金(かね)に困(こま)っていて、今月(こんげつ)は生活費(せいかつひ)さえ払(はら)えないと言(い)っていた。

他表示為錢所困，這個月連生活費都無法支付。

出題重點

▶**文法　Nさえ(も)　連、甚至**

用來表示連理所當然的事項都不行了，就更不用說其他事情。

0770 □

～せいき【～世紀】

接尾 世紀

例 18世紀に入ると、江戸は日本で一番人口が多い都市となった。

進入18世紀之後，江戶成為日本人口最多的城市。

0771 □

せいきゅうしょ【請求書】

名 帳單，繳費單 ➔ N4 單字

反 りょうしゅうしょ【領収書】收據

例 A：先月分の水道代とガス代の請求書が届いてるよ。

上個月份的水費和瓦斯費帳單寄來了喔。

B：たっか～！こんなにたくさん使ったっけ？

好貴呀！我們有用這麼多嗎？

0772 □

ぜいきん【税金】

名 稅金

衍 しょうひぜい【消費稅】消費稅

例 年収によって払う税金が変わります。

要繳納的稅金會依據年收有所改變。

0773 □

せいけつ(な)【清潔(な)】

な形 乾淨的；（人品）高潔的

反 ふけつ(な)【不潔(な)】不乾淨的

例 A：どのような部屋をお探しですか。

您在尋找怎麼樣的房子呢？

B：私にとって大切な条件は、清潔さと家賃の安さなんですが。

對我來說重要的條件是清潔度和房租便宜。

出題重點

▶**文法　形容詞＋さ　形容詞名詞化**

把い形容詞的「い」去掉加上「さ」，或是な形容詞後加「さ」，就可以將形容詞轉換成名詞，並表示程度。常見的用法還有「高さ」（高度）、「強さ」（強度）和「寒さ」（寒冷）等等。

0774 □ **せいこう【成功】**

名・自Ⅲ 成功 → N4 單字

反 しっぱい【失敗】失敗

例 今回が最後の文化祭だ！やるからには必ず成功させよう。

這次是最後的文化祭了！既然要辦就一定要讓它成功！

出題重點

▶**文法　Vからには　既然**

表示既然到了該情況，就要堅持到底。後面常接說話者的決心、意志或命令等等。

0775 □ **せいさん【生産】**

名・他Ⅲ 生產

衍 せいさんち【生産地】生產地

例 気温が低かったせいで、トマトの生産は昨年に比べて3割減ってしまった。

由於氣溫低，導致番茄的生產比去年少了3成。

0776 □ **せいさん【精算】**

名・他Ⅲ 補交；精算，細算

衍 せいさんき【精算機】補票機

例 ＩＣカードのチャージが不足している場合は、この機械で精算してください。

電子票券的儲值金額不足時，請利用這臺機器補繳差額。（在車站）

車站

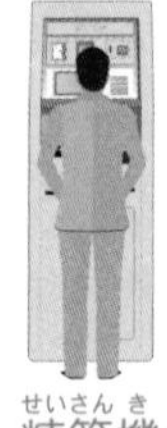

精算機
補票機

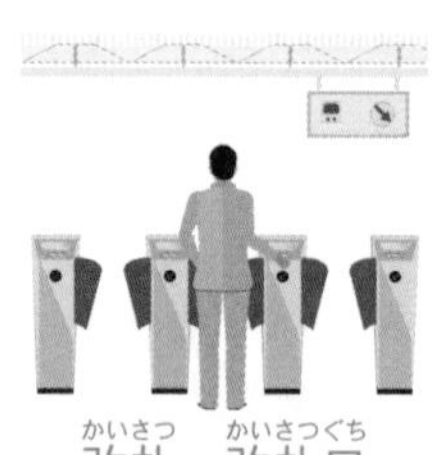

改札・改札口
剪票口

ホーム
月臺

0777 □ **せいせき【成績】**

名 成績 ➔ N4 單字

衍 せいせきひょう【成績表】成績單

例 先生の期待どおり、彼女は優秀な成績で大学を卒業しました。

如同老師所期待，她以優秀的成績從大學畢業。

0778 □ **ぜいたく(な)【贅沢(な)】**

名・な形・自Ⅲ 奢侈，浪費；過分的

例 お金持ちがみんな贅沢な暮らしをしているわけではない。

並非所有的有錢人都過著奢侈的生活。

出題重點

▸**文法　～わけではない　並非**

用來否定前面的敘述內容。

0779 □ **せいちょう【成長】**

名・自Ⅲ 成長；發展

衍 しんぽ【進歩】進步

例 おばは毎日ブログを書いて、子供の成長の記録を残しています。

阿姨每天寫部落格，留下孩子們的成長紀錄。

0780 □ **せいねん【青年】**

名 青年，年輕人

衍 わかもの【若者】年輕人

例 社長は優秀なことは優秀だが、まだ２５歳の青年である。経験が足りない。　總經理優秀是優秀，不過還是25歲的青年，經驗不足。

0781 □ **せいひん【製品】**

名 產品

衍 しんせいひん【新製品】新產品

例 プラスチックでできた製品は軽くて丈夫な反面、熱に弱い。

塑膠製的產品輕且堅固，另一方面卻不耐熱。

出題重點

▸**文法　な形－な／である＋反面　另一方面**

用來表示同一事物的正反兩面。除了な形容詞之外，還可以「Ｖ＋反面」、「Ｎである＋反面」或「い形＋い反面」的方式連接其他詞性。

0782 □ せいふ【政府】
名 政府

例 政府のために国民がいるのではなく、国民のために政府があるのである。
國民不是為了政府存在，而是政府為了國民存在。

0783 □ せいり【整理】
名・他Ⅲ 整理；清理 ➔ N4 單字
衍 せいりけん【整理券】號碼牌

例 冷蔵庫の中を整理して、いらないものは全部捨てなさい。
清理一下冰箱裡面，把不要的東西全丟掉。

0784 □ せき【咳】
名 咳嗽 ➔ N4 單字
衍 くしゃみ 噴嚏

例 咳が出て、のどが痛いから、病院に行こうと思うんだけど、どこかいいところ知らない？
因為咳嗽、喉嚨痛想去醫院，你知不知道哪邊好？

0785 □ せきにん【責任】
名 責任
衍 ぎむ【義務】義務

例 彼は会社の経営に失敗した責任をとって社長を辞めた。
他負起公司經營失敗的責任，辭去總經理一職。

出題重點

▶**搶分關鍵　負責的說法**

例 責任をとって辞める。　負起責任辭職。
例 確認する責任がある。　有確認的責任。
例 責任を持って最後まで仕事をする。　負起責任把工作做到最後。

0786 □ せっかく【折角】
副・名 難得；（用心白費）特地
衍 わざわざ 特地，特意；故意

例 せっかく誘っていただいたのですが、その日は都合が悪くて。すみません。　難得你邀請了我，但那天不方便，不好意思。

0787 □ せっきょくてき（な）【積極的（な）】

な形 積極的
反 しょうきょくてき（な）【消極的（な）】消極的

例 中村さんは授業中、積極的に質問をしたり、冗談を言ったりして、クラスを盛り上げてくれる。

中村同學在上課時積極發問，又說玩笑，炒熱班上氣氛。

0788 □ セット【set】

名・他Ⅲ 設定；套組；（頭髮）做造型

例 携帯のアラームをセットしても、気づかずにいつも寝坊してしまう。

即使設定了手機鬧鈴，卻總是沒注意而睡過頭。

0789 □ せつやく【節約】

名・他Ⅲ 節約，節省

例 だんだん貯金が減ってきたので、これからは節約するよりほかない。

儲蓄漸漸減少，今後只能節省了。

出題重點

▸**文法 Vよりほか（に／は）ない 只能**

表示沒有其他辦法，和「しかない」意思相同。

0790 □ ぜひ【是非】

副 務必，一定 ➔ N4 單字
類 ぜひとも 務必，無論如何

例 いつもそちらにお邪魔してすみません。今度はぜひうちにもいらしてくださいね。 抱歉總是到府上打擾，下次請務必也來我家玩。

0791 □ ゼミ・ゼミナール【(德)seminar】

名（大學）專題討論課
類 えんしゅう【演習】討論課

例 松田くんはゼミに入るかどうか迷っています。

松田同學正在猶豫要不要上專題討論課。

0792 □

セミナー【seminar】

名 講座

衍 せつめいかい【説明会】說明會

例 10日に新宿キャンパスで就職セミナーが行われます。ぜひお越しください。　10號在新宿校區將舉行就職講座，請務必前來。

0793 □

～ぜんご【～前後】

接尾 （時間、年齡、數量）上下，左右

例 今回のイベントは２０歳前後の人が対象だということです。這次活動聽說是以20歲左右的人為對象。

0794 □

せんこう【専攻】

名・他Ⅲ 專攻，攻讀

衍 せんもん【専門】專業，主修

例 姉は大学院で経済学を専攻しようと思っているらしい。姊姊似乎想在研究所攻讀經濟學。

0795 □

せんじつ【先日】

副・名 前些日子，前幾天

類 このあいだ【この間】前些日子

例 先日は大変お世話になりました。ありがとうございました。前些日子承蒙您照顧，非常謝謝您。

0796 □

ぜんじつ【前日】

名 前一天

類 まえのひ【前の日】前一天

例 ランチは予約制となっております。前日までにご予約ください。午餐採預約制，請在前一天前預約。

0797 □

せんせんしゅう【先々週】

副・名 上上星期

衍 せんせんげつ【先々月】上上個月

例 レポートの締め切りは明後日だって、先々週、先生が言ってたじゃない！覚えてないの！？　聽說報告的繳交期限是後天，老師上上星期不是說過了嗎！你不記得了嗎！？

0798 □ **ぜんたい【全体】**

名 整體，全體
衍 ぜんぶ【全部】全部

例 そこから建物(たてもの)の全体(ぜんたい)が見(み)えるので、いい写真(しゃしん)が撮(と)れるはずです。

從那邊可以看到建築物的整體，所以應該可以拍出好照片。

0799 □ **せんたくもの【洗濯物】**

名 待洗衣物；洗好的衣服
衍 せんたくき【洗濯機】洗衣機

例 待(ま)ち合(あ)わせまでに時間(じかん)があるなら、今(いま)のうちに洗濯物(せんたくもの)をベランダに干(ほ)しときなさい。　要是距離碰面還有時間，趁現在把洗好的衣物拿去陽臺曬。（家人之間的對話）

0800 □ **せんでん【宣伝】**

名・他Ⅲ 宣傳
類 シーエム【CM】廣告

例 そのお菓子(かし)、新製品(しんせいひん)だよね？テレビの宣伝(せんでん)で見(み)たことある。

那種零食是新產品對吧？我在電視宣傳看過。

0801 □ **せんぱい【先輩】**

名 前輩；學長姊 ➔ N4 單字
反 こうはい【後輩】後輩；學弟妹

例 私(わたし)も先輩(せんぱい)のような立派(りっぱ)な人(ひと)になりたいです。

我也想成為像前輩一樣出色的人。

0802 □ **せんろ【線路】**

名 鐵軌；電路
衍 レール【rail】鐵軌

例 電車(でんしゃ)にひかれるおそれがあります。決(けっ)して線路(せんろ)に入(はい)らないこと。

有被電車撞到的危險，請絕對不要進入鐵軌。（告示）

出題重點

▸**文法　Vこと　命令**

用於句尾，且多用於書面，表示對不特定多數人所發出的命令或指示，例如標語和規則的說明。

そ／ソ

0803 □ 28

そうか・そっか

感嘆 對了（自言自語）；這樣啊（同意對方的說明，多用「そうですか」的形式）

例 どうしてみんなチョコを持っているんだろう。そうか！今日はバレンタインデーか。　為什麼大家都拿著巧克力呢？對了！今天是情人節啊。

例 A：悪いけど、明日もバイトに入ってもらえないかな。橋本さんが急に病気になっちゃって。

抱歉，你明天也可以來打工嗎？因為橋本先生突然生病了。

B：そうですか。わかりました。

這樣啊，我知道了。

0804 □

ぞうか【増加】

名・自Ⅲ 増加

反 げんしょう【減少】減少

例 人口が増加するにつれて、町はにぎやかになってきた。

隨著人口增加，城鎮變得熱鬧起來。

0805 □

そうきん【送金】

名・自Ⅲ 匯款，寄錢

例 台湾から日本への送金は、一度にいくらまでできますか。

從臺灣匯款到日本時，一次最多可以匯多少錢呢？

0806 □

ぞうきん【雑巾】

名 抹布

例 晩ご飯を食べた後、雑巾でテーブルの下を拭くことにしている。

吃完晚餐後，習慣用抹布擦桌子的底下。

文化補充

▸打掃用的抹布種類

在日本，打掃用的抹布可以分為三種，一種為擦拭剛洗好的碗盤，稱作「ふきん」；一種為擦餐桌的「台ぶきん（だいぶきん）」或「ダスター」；最後一種則是用來擦地板的「雑巾」。

0807 □

そうじき【掃除機】

名 吸塵器
衍 ほうき【箒・帚】掃把

例 5日ごとに掃除機をかけることにしているんだ。そうしないと、部屋がほこりだらけになるので。
我都每5天使用1次吸塵器。因為不這麼做的話，房間就會滿是灰塵。

0808 □

そうしん【送信】

名・他Ⅲ 發送
反 じゅしん【受信】接收

例 メールを送信する前に、もう一度内容をチェックしたほうがいいんじゃない？　發送電子郵件前，最好再檢查一下內容？

0809 □

そうぞう【想像】

名・他Ⅲ 想像
衍 そうぞうりょく【想像力】想像力

例 私にはインターネットのない世界なんて想像できません。
我根本無法想像沒有網路的世界。

0810 □

そうですねぇ…

感嘆 嗯（用於思考接下來該說什麼時）

例 A：日本で一番好きな場所はどこですか。
你最喜歡日本的哪個地方呢？
B：そうですねぇ…。どこも魅力的なので、答えられませんよ。
嗯……，哪裡都很有魅力，回答不出來啦。

0811 □

そうにゅう【挿入】

名・他Ⅲ 插入
衍 いれる【入れる】放入

例 レポートの6ページ目に表を挿入したいんですが、できますか。
我想在報告的第6頁插入表格，辦得到嗎？

0812 □

そうりょう【送料】

名 運費

例 商品の代金が合計1万円を超えれば、送料が無料になります。
商品貨款合計超過1萬日圓的話就免運費。（購物說明）

0813 □

そくたつ【速達】	名 限時郵件 衍 かきとめ【書留】掛號

例 速達で送ったら、いつ届きますか。来週の月曜の朝までに届いてほしいんですが。

寄限時郵件的話，什麼時候會送達呢？想在下星期一早上前送到。

0814 □

そくど【速度】	名 速度 類 スピード【speed】速度

例 動物園の人の話では、オオカミの走る速度はライオンより速いということです。　動物園的人說，狼跑起來的速度比獅子還快。

0815 □

そこ【底】	名 底部；深處 衍 おく【奧】深處，裡面

例 これから荷物をまとめようと思うんだけど、まず段ボールの底に新聞紙を敷いて。　接下來要打包行李，首先在紙箱的底部鋪上報紙。

0816 □

そこで	接續 於是 衍 それで 於是

例 今使っているカバンはひもが切れかけている。そこで、新しいのを買うことにした。　現在用的包包揹帶快斷了，於是決定買一個新的。

出題重點

▸**文法辨析　それで VS そこで**

雖然這兩個接續詞有通用的時候，不過在意思上有些微的不同。「そこで」為根據前項內容而提出某個解決辦法，或是利用該機會，因此後面要接意志性動詞，且通常為過去式。「それで」則表示自然發生的因果關係。

0817 □

そそぐ【注ぐ】	他I 倒，灌，澆 衍 つぐ【注ぐ】倒，倒入

例 兄はコップに冷たいお茶を注いでくれた。

哥哥幫我在杯子裡倒入冰涼的茶。

0818 □ **そそっかしい**

い形 粗心的，冒失的
衍 あわてる【慌てる】慌張；匆忙

例 そそっかしい妻はまたドアの鍵を閉め忘れている。まったく、もう！
粗心的妻子又忘記鎖門了，真是的！

0819 □ **そだつ【育つ】**

自I 長大，成長
衍 そだち【育ち】成長

例 彼女は台湾で生まれたが、アメリカで育った。それで母語が全く書けないのだ。
她雖出生於臺灣，卻成長於美國，因此完全不會書寫母語。

0820 □ **そだてる【育てる】**

他II 養育，扶養；培養 ➔ N4 單字
衍 こそだて【子育て】養育孩童，育兒

例 一人で4人の子供を育ててきたなんて、きっと大変だったでしょうね。
獨自扶養4個孩子，一定很辛苦吧！（慰勞對方）

0821 □ **そちら・そっち**

名 你那裡；你
衍 こちら・こっち 這裡；我，我們

例 A：竹内さんは今、カナダにいますよね。そちらはもう夜ですか。
竹內小姐現在正在加拿大對吧。你那裡已經晚上了嗎？
B：はい、あと5分で夜7時です。そろそろご飯を食べに行こうと思います。　是的，再5分鐘就晚上7點了。我想差不多該去吃飯了。

0822 □ **そつぎょうしき【卒業式】**

名 畢業典禮
衍 にゅうがくしき【入学式】入學典禮

例 日本では卒業式にスーツや着物、袴を着る女性が多い。
在日本，很多女性會在畢業典禮上穿套裝或和服、袴。

0823 □ **そっくり（な）**

な形 一模一樣
衍 にる【似る】相似

例 あの姉妹は顔や姿もよく似ているし、声までそっくりですね。
那對姊妹不僅臉跟外型長得很像，連聲音都一模一樣呢。

出題重點

▸**文法　Nまで　連～都**

這裡的「まで」用來強調程度超乎想像。

0824 □ **そっと**

副 輕輕地，悄悄地；偷偷地

例 寝(ね)ている赤(あか)ちゃんを起(お)こさないように、そっとドアを閉(し)めた。

為了不吵醒正在睡覺的小嬰兒而輕輕關上了門。

0825 □ **そで【袖】**

名 袖子

例 小学生(しょうがくせい)の頃(ころ)は、祖父(そふ)が袖(そで)をまくって書道(しょどう)をしているのをよく見(み)たものだ。　小學的時候，常常看爺爺捲起袖子寫書法。

袖長

長袖(ながそで)
長袖

半袖(はんそで)
短袖

ノースリーブ
無袖

0826 □ **そとがわ【外側】**

名 外側

反 うちがわ【内側】內側

例 このドアは外側(そとがわ)からしか鍵(かぎ)がかけられないようになっている。

這扇門只能由外側上鎖。

0827 □ **そめる【染める】**

他II 染成；染色

衍 そまる【染まる】染上（顏色）

例 紅葉(もみじ)が谷(たに)を赤(あか)く染(そ)めていて、まるで赤(あか)い絨毯(じゅうたん)のようだ。

楓葉將山谷染成一片紅，彷彿就像紅色的地毯一般。

出題重點

▸文法　まるで　彷彿、簡直就像

後面會搭配「ようだ」或「みたいだ」，表示比喻的用法。

0828 □ **それから**

接續 還有；然後；之後

例 留学ビザの申し込みに必要となるものは、身分証明書、パスポート、申込書、それから在留資格認定証明書です。　申請留學簽證需要的東西有身分證、護照、申請書，還有在留資格認定證明書。

0829 □ **それぞれ**

名・副 各自

例 兄弟はみんな大学を卒業して、それぞれ自分の専門を生かした就職をした。　我的兄弟們都從大學畢業，各自找到發揮自己專業的工作。

0830 □ **それで**

接續 因此，所以；那麼　➔ N4 單字

例 急に大雨が降ってきた。それで、ベランダの洗濯物をすぐに取り込まなければならなかった。

突然下起了大雨，因此必須立刻把陽臺上的衣物收進來。

0831 □ **それに**

接續 而且　➔ N4 單字

例 あそこは景色もきれいだし、それに治安もいいから一度行ってみたい。

那裡景色又美，而且治安也很好，所以真想去一次看看。

0832 □ **それほど**

副 那麼，那樣（比「そんなに」更有禮貌）

類 そんなに 那麼，那樣

例 A：学校の前においしい中華屋さんができたんですって。

聽說學校前面開了一間好吃的中餐廳。

B：昨日食べに行きましたよ。でもどの料理も、それほどおいしくなかったです。　我昨天去吃了，但是不管哪道菜都沒那麼好吃。

0833 □ **そろう【揃う】**

自I 到齊；一致；齊全

例 A：そろそろ店に移動するけど、みんな揃った？

差不多該往店裡移動了，大家到齊了嗎？

B：まだ２人来てないよ。

還有２個人還沒來。

0834 □ **そろえる【揃える】**

他II 整齊；使一致；齊全

例 玄関で靴をきちんとそろえてから部屋に入ること。

請在玄關把鞋子擺整齊之後再進房間。（告示）

0835 □ **そろそろ**

副 差不多該，快要 ➔ N4 單字

例 もう１１時半だ。そろそろ寝ようかな。

已經 11 點半，差不多該睡了。

0836 □ **そん【損】**

名・な形・自III 損失，賠；吃虧

反 とく【得】獲利，賺；划算

例 三浦さんは性格が優しすぎるので、いつも損をしているらしい。

三浦先生好像因為個性太過溫柔而老是吃虧。

0837 □ **そんけい【尊敬】**

名・他III 尊敬 ➔ N4 單字

例 彼のような優秀な政治家が、国民から尊敬されないわけがない。

像他這樣優秀的政治家，不可能不受到國民的尊敬。

た／タ

0838 □ 29

たいいく【体育】

名 體育；體育課

衍 たいいくさい【体育祭】（國高中大學）運動會

例 足にけがをしてしまったので、明日の体育は見学させてください。

因為腳受傷了，明天的體育課請讓我在旁邊看。

0839 □

だいがくいん【大学院】

名 研究所

衍 いんせい【院生】研究生

例 山口さんは大学院で地震と火山の関係について研究してきました。

山口小姐在研究所從事地震與火山之關係的研究。（現在依然在研究）

0840 □

だいきん【代金】

名 貨款

衍 りょうきん【料金】費用

例 もしも、お買い上げいただいた商品が気に入らなかった場合は、代金をお返しします。

如果您不喜歡購買的商品，我們會退還貨款。

0841 □

たいくつ（な）【退屈（な）】

名・な形・自Ⅲ 無聊的；厭倦

類 つまらない 無聊的

例 あぁ、退屈だなぁ。何かおもしろいことが起こらないかなぁ。

啊，真是無聊，沒什麼有趣的事發生嗎？

0842 □

たいざい【滞在】

名・自Ⅲ 停留，逗留

例 出張でシンガポールに1か月間滞在する予定です。

我因為出差，預計會在新加坡停留 1 個月。

0843 □

だいじ（な）【大事（な）】

な形 重要的；珍惜的 ➔ N4 單字

類 たいせつ（な）【大切（な）】重要的

例 彼女にとって、一番大事なのは仕事ではなく、健康だ。

對她來說最重要的不是工作，而是健康。

0844 □ **たいした【大した】**

連體 沒什麼，不是什麼（後接否定）；非常

例 大した怪我じゃなくてよかったです。安心しました。

不是什麼重傷就好，我放心了。

0845 □ **たいして【大して】**

副 沒有很～，並不太～（後接否定）

類 それほど 那麼（後接否定），那樣

例 この香水はヨーロッパで売っているのと、値段が大して変わらない。

這種香水跟在歐洲賣的相比，價錢沒有很大的不同。

0846 □ **たいじゅう【体重】**

名 體重

衍 しんちょう【身長】身高

例 もう少し痩せたいなぁ。あと 3 キロ、体重が減ってくれればなぁ。

好想再瘦一些啊，如果能再減 3 公斤的體重就好了啊。

0847 □ **たいそう【体操】**

名 體操

衍 うんどう【運動】運動

例 軽い体操をすることで、体の疲れがよくとれるらしい。

聽說藉由做簡單的體操，可以好好消除身體的疲勞。

0848 □ **たいてい**

名‧副 大部分，大多；大概，差不多

衍 だいたい【大体】大概，差不多

例 父はたいてい夜 8 時に散歩に出かけるので、今は留守のはずです。

爸爸大概都在晚上 8 點時出門散步，所以現在應該不在家。

出題重點

▸**詞意辨析　たいてい VS だいたい**

「たいてい」多用在描述「頻率、次數」，「だいたい」則是「比例」的意思較強烈，例如「たいてい正解」可以表示 5 次裡頭有 4 次是答對的，「だいたい正解」的話則可表示考卷當中 70 ～ 80％是答對的，不過兩者有時也有相同意思可互換。

0849 □ **たいど【態度】**

名 態度
衍 しせい【姿勢】姿勢，姿態；態度

例 いくら上司(じょうし)に叱(しか)られても、彼(かれ)の失礼(しつれい)な**態度**(たいど)は変(か)わりそうもない。
無論怎麼被上司斥責，也改變不了他那沒禮貌的態度。

0850 □ **だいひょう【代表】**

名・他Ⅲ 代表
衍 だいひょうてき(な)【代表的(な)】代表的

例 明日(あした)、留学生(りゅうがくせい)の**代表**(だいひょう)として歓迎会(かんげいかい)で5分(ごふん)ほど、挨拶(あいさつ)をすることになっている。　明天將以留學生代表的身分，在歡迎會上致詞5分鐘左右。

0851 □ **たいへん(な)【大変(な)】**

な形・副 辛苦的；嚴重的；非常，很　➔ N4 單字
類 とても 非常，很

例 お忙(いそが)しいところ、**大変**(たいへん)申(もう)し訳(わけ)ございません。
百忙之中打擾您，非常抱歉。（寫信給長輩）

0852 □ **だいめい【題名】**

名 標題，題名
類 タイトル【title】標題

例 レポートの**題名**(だいめい)は詳(くわ)しければ、詳(くわ)しいほどいいです。
報告的標題越詳細越好。

0853 □ **タイヤ【tire】**

名 輪胎
衍 パンクする 爆胎

例 **タイヤ**の表面(ひょうめん)がツルツルになっているので、取(と)り替(か)えないと、危(あぶ)ないですよ。　輪胎的表面已經變得光滑，如果不更換會很危險喔。（加油站員工所說的話）

汽車

ハンドル
方向盤

シフトレバー
排檔桿

バックミラー
後照鏡

タイヤ
輪胎

0854 □ たいよう【太陽】

名 太陽

衍 つき【月】月亮／ほし【星】星星

例 「初日の出」というのは、元旦に昇ってくる太陽のことです。

所謂的「新年第一個日出」就是指元旦升起的太陽。

出題重點

▸**文法　というのは　所謂的～就是**

表示對特定詞語進行解釋或說明，句尾會搭配「のことだ」一起使用。

0855 □ たいりょう【大量】

名·副 大量

例 父はいつもトイレットペーパーを大量に買ってきて困ります。

爸爸總是買大量的衛生紙回來，令人困擾。

0856 □ たいりょく【体力】

名 體力

例 サービス業は長時間立ちっぱなしなので、体力のある人がこの仕事に向いている。

服務業要長時間一直久站，所以有體力的人適合這個工作。

0857 □ たおす【倒す】

他I 擊敗，打倒；弄倒，推倒 → N4 單字

衍 やぶる【破る】打敗

例 去年のチャンピオンを倒すために一生懸命練習したが、勝てなかった。

為了擊敗去年的冠軍而拚命練習，但還是沒有贏。

0858 □ たおれる【倒れる】

自II 倒，倒塌；病倒 → N4 單字

例 彼は休みなしで働いたせいで、とうとう倒れてしまった。

他因為沒有休息、工作過度，終究病倒了。

0859 □
たく【炊く】
他I 煮（飯或粥）
衍 にる【煮る】煮／ゆでる【茹でる】水煮

例 電子レンジでもご飯を炊くことができるって知っていますか。
你知道用微波爐也能煮飯嗎？

0860 □
だく【抱く】
他I 抱，摟
衍 だっこする【抱っこする】抱抱

例 わあ、かわいい赤ちゃん。ちょっと抱いてもいいですか。
哇，好可愛的小嬰兒，我可以抱一下嗎？

0861 □
たしか【確か】
副 大概（推測語氣）
➔ N4 單字

例 A：清水さんの誕生日っていつでしたっけ？
清水先生的生日是什麼時候啊？
B：ええと、たしか来週だったと思いますよ。
嗯，我想大概是下星期喔。

0862 □
たしか(な)【確か(な)】
な形 確實的，確切的；可靠的
反 いいかげん(な)【いい加減(な)】隨便的

例 たしかにこの論文は欠点だらけだ。しかし、考え方がとてもユニークでおもしろい。
這篇論文確實充滿了缺點，不過思考方式卻非常獨特且有趣。
例 先日の強盗事件について、警察はやっと確かな情報を手に入れた。
關於前幾天的搶案，警方終於獲得可靠的情報了。

0863 □
たしかめる【確かめる】
他II 確認
類 かくにん【確認】確認

例 お荷物がご自分のものかどうか、よくお確かめください。
請好好確認行李是不是自己的。

0864 □ **たしざん【足し算】**

名 加法
衍 ひきざん【引き算】減法

例 トランプを使って、足し算の練習をしましょう。
用撲克牌來練習加法吧。

0865 □ **たしょう【多少】**

名·副（數量）多少，多寡；（程度）多少，稍微
類 すこし【少し】一些，稍微

例 台湾語は多少わかりますが、会話はできません。
雖然我多少懂些臺語，但沒辦法對話。

0866 □ **たすかる【助かる】**

自Ⅰ 得救，脫險；幫上忙
衍 たすける【助ける】幫助；救助；救濟

例 A：資料の準備を手伝いましょうか。
我來幫忙準備資料吧！
B：ありがとうございます。助かります。
謝謝您，真是幫了大忙。（在公司）

0867 □ **ただ**

名 免費；普通
類 むりょう【無料】免費

例 ただでもらったものは大切に使わず、すぐに捨ててしまうことが多い。
免費得到的東西多是沒被好好使用就立刻被丟棄。

0868 □ 30 **ただ**

副 只是，只不過

例 私はこの部屋がとても気に入っている。ただ、駅から遠いのがちょっと。
我非常喜歡這間房間，只是離車站遠就有點……。

0869 □ **たたく【叩く】**

他Ⅰ 打；拍；敲
衍 なぐる【殴る】揍，毆打

例 私は今まで一度も親に叩かれたことがありません。
我至今為止一次都沒被父母親打過。

0870 □ **たたむ【畳む】**

他Ⅰ 折，摺；闔起（傘或扇子）

衍 しく【敷く】鋪

例 自分の布団くらい自分で畳みなさい。

至少自己的棉被要自己折。

0871 □ **たちあがる【立ち上がる】**

自Ⅰ 站起來

例 ちょうど社長が結論を言おうとした時、山崎さんが突然立ち上がった。

正當社長要說出結論的時候，山崎先生突然站了起來。

0872 □ **たちどまる【立ち止まる】**

自Ⅰ 停下，站住

反 とおりすぎる【通り過ぎる】走過，路過

例 彼女が急に立ち止まったのは、梅の花が咲いているのに気づいたからだった。 她會突然停下來，是因為發現了盛開的梅花。

0873 □ **たちば【立場】**

名 立場；處境

例 相手の立場に立って考えてみたらどうでしょうか。

你就試著站在對方的立場想想看吧。

出題重點

▸**文法　Vたらどう（でしょう）か　～吧、～如何呢？**

用來委婉表示建議，也可以用於邀約對方做某事。

0874 □ **たつ【経つ】**

自Ⅰ （時間）經過

類 すぎる【過ぎる】（時間）經過

例 お酒を飲みながらドラマを見ていたら、いつの間にか3時間も経ってしまった。 一邊喝酒一邊看電視劇，不知不覺竟過了3個小時。

0875 □ **たつ【建つ】**

自Ⅰ 蓋，建 ➔ N4 單字

衍 たてる【建てる】蓋，建造

例 高いビルの間に小さな家が1軒建っていた。

高樓之間蓋了1間小房子。

0876 □ だっこ【抱っこ】

名・他Ⅲ 抱抱
衍 おんぶ 背

例 娘は小学校に入ってから、「抱っこして！」と言わなくなった。
我女兒上小學之後就不再說要抱抱了。

0877 □ たった

副 僅，只
衍 ただ 僅，只

例 毎日たった３０分の運動だけで６キロ痩せたんだ。すごいと思わない？
僅靠著每天運動30分鐘就瘦了6公斤。不覺得很厲害嗎？

出題重點

▸**詞意辨析　たった VS ただ**
兩者的意思相近，多可互換使用，差別在於「たった」可以跟數字一起使用，「ただ」卻不行，不過也有以下的例外：
（○）ただ／たった一度　只有一次
（○）ただ／たった一人　只有一個人

0878 □ たっぷり

名・副 充滿，充裕
類 たくさん【沢山】許多

例 まだ時間はたっぷりあるから、そんなに急がなくてもいいよ。
時間還很充裕，所以不用那麼著急。

0879 □ たて【縦】

名 縱，縱向；長
反 よこ【横】橫，橫向；寬

例 この箱の縦、横、高さはそれぞれ５０センチぐらいです。
這個箱子的長、寬、高大約各是50公分。

0880 □ たてる【立てる】

他Ⅱ 立起，豎起；訂立；揚起（浪或聲音）
衍 たつ【立つ】站，立；冒出

例 たとえ完璧に勉強の計画を立てても、やる気がないと、続かないよ。
即使訂立了完美讀書計畫，沒有幹勁的話是持續不了的。

0881 □ **たとえ** | 副 即使，縱然

例 たとえ雪(ゆき)でも試合(しあい)は行(おこな)われるだろう。

即使下雪，比賽也會舉行吧。

出題重點

▶**文法　たとえ～　就算～**

屬於假設語氣的一種，表示即使某種事情發生，也會做後項的動作。常搭配「ても／でも」或「としても」一起使用。另外，請注意不要寫成漢字的「例え～」。

0882 □ **たね【種】** | 名 種子，籽

例 赤(あか)ちゃんにメロンの種(たね)を食(た)べさせちゃった。お腹(なか)を壊(こわ)さないかどうか心配(しんぱい)。　不小心讓小嬰兒吃到了哈密瓜的籽，擔心會不會吃壞肚子。（與朋友的對話）

0883 □ **たのむ【頼む】** | 他I 拜託；請求；叫（餐點）

例 来週(らいしゅう)は東京(とうきょう)に出張(しゅっちょう)するので、親(おや)に日本製(にほんせい)のサプリメントを買(か)ってくるよう頼(たの)まれた。

下星期要去東京出差，所以被父母親拜託買日本製的保健食品回來。

0884 □ **たび【旅】** | 名 旅行，旅遊
衍 ツアー【tour】旅行團

例 彼(かれ)は絵(え)を描(か)きながら旅(たび)をするのが好(す)きだ。しかも、これまで２０か国以上(にじゅっこくいじょう)も旅行(りょこう)しているのだ。

他喜歡一邊畫圖一邊旅遊，而且至今已經旅行過 20 個以上的國家。

出題重點

▸**詞意辨析　旅 VS 旅行**

雖然在字典裡這兩個詞彙多互相解釋，中文也都可翻譯成旅行，不過在實際使用卻有語感上的差異。「旅」給人自由、浪漫的印象，「旅行」則是為了特定目的而前往某地旅遊。

0885 □ **たまたま**

副 碰巧，恰巧；偶爾

類 ぐうぜん【偶然】偶然

例 駅(えき)の階段(かいだん)で派手(はで)に転(ころ)んだところをたまたま上司(じょうし)に見(み)られてしまった。

在車站樓梯摔了一大跤時恰巧被上司看到。

出題重點

▸**文法　ところを　正當～時**

在某動作的時間點或場景上發生了意外的結果，後面經常會接「見る」、「発見する」、「見つける」等動詞，表示發現某個場面。

0886 □ **たまに**

副 偶爾　➔ N4 單字

衍 ときどき【時々】有時

例 週末(しゅうまつ)は家(いえ)で寝(ね)てばかりいないで、たまには公園(こうえん)で友達(ともだち)と遊(あそ)んできなさい。　週末別老是在家裡睡覺，偶爾也跟朋友去公園玩吧。

0887 □ **たまる【溜まる】**

自I 積，累積；積壓

例 疲(つか)れが溜(た)まってくると、病気(びょうき)にかかりやすくなります。

疲勞一旦累積起來，就變得很容易生病。

出題重點

▸**固定用法　病気にかかる　生病**

除此之外，也可以說「病気になる」。

0888 □

たまる【貯まる】	自Ⅰ 存（錢） 衍 ためる【貯める】存，儲蓄

例 買い物をしたお釣りをずっと貯めておいたら、いつのまにか 100 万円も貯まっていた。

一直把買東西的找零存起來，不知不覺就存了 100 萬日圓之多。

0889 □

だまる【黙る】	自Ⅰ 沉默，不說話；坐視不管 反 しゃべる【喋る】說話，聊天；多嘴

例 迷子の男の子は緊張していて、何を聞いても、黙ったままだった。

迷路的男孩很緊張，不管問他什麼都保持沉默。

0890 □

ためいき【ため息】	名 嘆氣，嘆息

例 人が話している時にため息をつくのは、相手に対して失礼でしょう？

在別人說話的時候嘆氣，對對方很失禮吧？

出題重點

▶**固定用法　ため息をつく　嘆氣**

搭配的動詞為「つく」，一般不寫漢字「吐く」，而是直接寫平假名。

0891 □

ためす【試す】	他Ⅰ 試，測試

例 開発中のシステムを試して、問題がないかどうかチェックするのが彼女の仕事だ。　測試研發中的系統，確認有沒有問題是她的工作。

0892 □

ためる【溜める】	他Ⅱ 儲存，累積

例 台風の時は、お風呂に水を溜めとくといいですよ。水道が止まるかもしれませんから。

颱風的時候，最好在浴缸裡儲存水，因為或許會停水。

0893 □ **ためる【貯める】**

他II 存，儲蓄
類 ちょきんする【貯金する】存錢，儲蓄

例 おじはアフリカに旅行に行くために、何十万円も貯めたんだって。
聽說叔叔為了去非洲旅行，存了好幾十萬日圓。

0894 □ **たりる【足りる】**

自II 足夠，充足 ➔ N4 單字
衍 まにあう【間に合う】夠用；來得及

例 店に人が足りないので、朝から晩まで忙しいです。
因為店裡人手不足，從早到晚都很忙碌。

0895 □ **たんい【単位】**

名 單位；學分
衍 せいせき【成績】成績

例 ちゃんと勉強しないと、今学期も単位を落とすかもしれないよ。
再不好好讀書的話，你這學期可能也會被當掉喔。

出題重點

▸**固定用法　単位を落とす　當掉**

「単位を落とす」指的是沒得到學分，也就是被當掉的意思。相反地，取得學分的動詞則用「取る（とる）」，日常生活使用通常不寫漢字。

例 あと6単位とれば、卒業できます。　再拿6學分就可以畢業。

0896 □ **たんき（な）【短気（な）】**

な形 性急的，急躁的
類 おこりっぽい【怒りっぽい】易怒的

例 短気な人は損をしやすいとよく言われる。
大家常說性急的人容易吃虧。

0897 □ **たんご【単語】**

名 單字，詞彙
衍 たんごちょう【単語帳】單字本，單字書

例 昔はカードを使って単語を覚える生徒が多かったが、最近はアプリで暗記する生徒が増えてきた。　以前有很多學生使用字卡來記憶單字，但最近用手機APP背誦的學生則不斷增加。

0898 □ **たんす**

名 衣櫃，五斗櫃
衍 おしいれ【押入れ】日式壁櫥

例 買ってきた服をタンスにしまう前に、古い服を整理しておいた。

把買回來的衣服收進衣櫃前，先整理了舊衣服。

家具

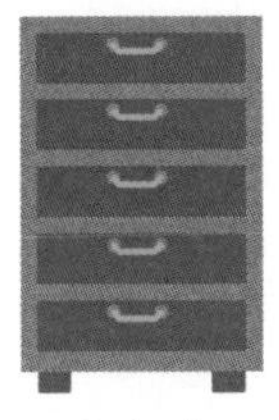
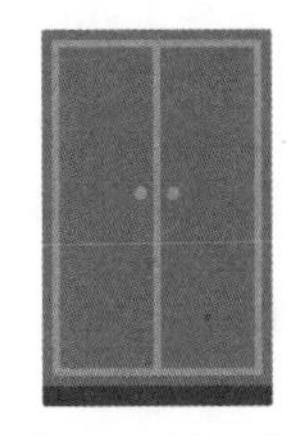

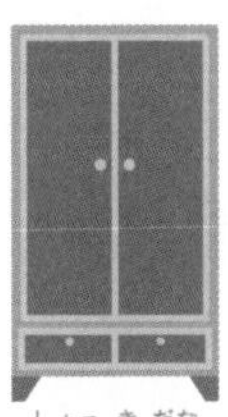

たんす 衣櫃 / クローゼット 衣櫥 / 本棚 書櫃 / 食器棚 餐櫥櫃 / テレビ台 電視櫃

0899 □ **だんたい【団体】**

名 團體
反 こじん【個人】個人

例 20名以上の団体のお客様のご利用には、事前のご予約が必要です。

20人以上的團體客使用必須事先預約。

0900 □ **たんとう【担当】**

名・他Ⅲ 負責，擔任
衍 たんにん【担任】擔任

例 山田と申します。ソフトウェア部門で開発を担当しております。

我叫山田，在軟體部門負責開發。

ち／チ

0901 □ 31 **チーム【team】**

名 隊伍，團隊
衍 グループ【group】團體，小組

例 一生懸命練習して、20歳までにプロのチームに入りたいと思っています。　拚命練習，想在20歲以前進入職業隊伍。

0902 □ **ちがい【違い】**

名 差異，差距；錯誤

衍 ちがう【違う】不一樣；錯，不對

例 この2つの単語は意味の点では違いがありませんが、使う場面が違います。　這2個單字在意思上沒有差異，不過使用場合不同。

0903 □ **ちかづく【近付く】**

自Ⅰ 靠近，接近；（時間）迫近

類 ちかよる【近寄る】靠近，接近

例 だめだよ。お父さんが台風の日には海に近づくなって言ってたのを忘れたの？　不可以喔！你忘了爸爸說颱風天不要靠近海嗎？

0904 □ **ちかみち【近道】**

名・自Ⅲ 近路，捷徑；抄近路

例 交通事故に遭うなんて思わなかった。あの時、近道しなければよかった。

我根本沒想過會遇到交通事故，那時如果不抄近路就好了。

0905 □ **ちきゅう【地球】**

名 地球

衍 たいよう【太陽】太陽

例 もし、月に行けるとしたら、月から地球を見てみたいなぁ。

如果可以去月球的話，好想從月球看地球呀。

0906 □ **ちしき【知識】**

名 知識

衍 じょうしき【常識】常識

例 一般人でも、法律の知識は持っておいたほうがいい。

即使是一般人，最好還是要有法律的知識。

0907 □ **ちちおや【父親】**

名 父親

類 ちち【父】（向他人稱自己的）父親

例 血は繋がっていないけど、大野さんはまるで私の本当の父親のようだ。

雖然沒有血緣關係，大野先生卻彷彿就像我真正的父親一樣。

0908 □ **ちぢむ【縮む】**

自I 縮小，縮水；（時間）縮短
反 のびる【伸びる】伸長

例 カーディガンやセーターを洗濯機で普通に洗うと、縮んじゃうよ。
針織衫和毛衣如果用洗衣機一般正常流程去洗會縮水喔。

0909 □ **ちぢめる【縮める】**

他II 縮短，縮小；蜷縮
反 ひろげる【広げる】擴大，拓寬

例 新入生たちとの距離を縮めるために、歓迎会でゲームをすることになった。　為了縮短與新生們之間的距離，決定在迎新會上玩遊戲。

0910 □ **ちほう【地方】**

名 地區，區域；（相對於中央）地方
反 ちゅうおう【中央】中央；首都

例 寒さに弱いから、たぶんこの地方には住めないと思う。
因為我怕冷，我想大概沒辦法住在這個地區。

0911 □ **チャンス【chance】**

名 機會，時機
類 きかい【機会】機會

例 なぜ結婚しないかという質問に対して、「出会うチャンスがないから」という答えが最も多かった。　對於為什麼沒結婚這個問題，最多的回答是「因為沒有邂逅的機會」。（問卷調查結果）

出題重點

▶**詞意辨析　チャンス VS 機会**

兩者中文都譯作「機會」，很多時候可以互換使用，但兩者在語感上其實略有不同。「チャンス」語帶難得、幸運的心情，因此像以下的情境就不能替換成「機会」：

（○）チャンスが来た！　機會來了！
（×）機会が来た！
（○）今がチャンスだ！　現在就是機會！
（×）今が機会だ！

0912 □ **ちゅうおう【中央】**

名 中央；首都

反 まわり【周り】周圍；周邊

例 部屋の中央には大きなテーブルと椅子が置かれていた。

房間的中央擺放著大張的桌子和椅子。

0913 □ **ちゅうかん【中間】**

名 中間；期中，途中

例 私の泊まるホテルは心斎橋と難波の中間にあり、買い物に便利です。

我下榻的飯店在心齋橋和難波的中間，買東西很方便。

例 来週は中間テストだから、今日は午後から夜まで図書館で勉強するつもりだ。

下星期要期中考了，我打算今天下午在圖書館唸書唸到晚上。

0914 □ **ちゅうしゃいはん【駐車違反】**

名 違規停車

衍 ルールいはん【ルール違反】違規

例 駐車違反の罰金は違反の種類によって金額が変わる。

違規停車的罰金會依據違反的種類改變金額。

0915 □ **ちゅうじゅん【中旬】**

名 中旬

衍 げじゅん【下旬】下旬

例 彼の誕生日は８月の中旬だったっけ？たしか夏休みにお祝いをした気がするんだけど。

他的生日是不是在８月中旬？感覺我們都在暑假期間慶祝。

0916 □ **ちゅうしょく【昼食】**

名 午餐

衍 ちょうしょく【朝食】早餐

例 今日は忙しくて、昼食をとる時間さえない。

今天忙到連吃午餐的時間都沒有。

出題重點

▶**文法　～さえ　連～**

用極端的例子來表示連理所當然的事情都不行了，就更不用說其他事。

例 ひらがなさえ読めない。　連平假名也看不懂。

例 小学生でさえ分かる。　連小學生都知道。

0917 □

ちゅうしん【中心】

名 中心；核心

衍 まんなか【真ん中】正中間

例 この小説は高校生を中心に読まれています。

這本小說的讀者以高中生為中心。

出題重點

▶**文法　～を中心に　以～為中心**

表示以某個人事物為中心或重點。

0918 □

ちゅうもく【注目】

名・自Ⅲ 矚目，關注；注視

例 この研究はこれからも世界中の注目を集めていくでしょう。

這項研究接下來也會受到全世界的矚目吧。

出題重點

▶**固定用法　注目を集める　受矚目**

0919 □

ちょうさ【調査】

名・他Ⅲ 調査

類 しらべる【調べる】調查；查閱

例 ニュースによれば、警察はこれから被害者の友人を中心に調査を進めるそうだ。

根據新聞報導，警方接下來會以被害者的朋友為重點進行調查。

出題重點

▶**詞意辨析　調查する VS 調べる**

兩者都可譯作「調查」，不過「調べる」包含的意思更廣，還有查閱、檢查等等意思，這個時候就不能用「調查する」替換。

例 辞書で意味を調べる。　用字典查意思。

例 在庫があるかどうか調べてみます。　查看看有沒有庫存。

0920 □ **ちょうし【調子】**

名 身體狀況；機器運作狀態；（運動選手）表現

類 ぐあい【具合】身體狀況；（事物）狀態

例 調子のいい日は１日２５キロ走れます。それに対して、調子の悪い日はたった１５キロです。　身體狀況好的日子1天可以跑25公里。相對的，狀況不好的日子就只有15公里。

0921 □ **ちょうしょ【長所】**

名 優點

反 たんしょ【短所】缺點

例 自分の長所を生かせる仕事は何かといつも考えています。

我總是在思考可以發揮自己優點的工作是什麼。

0922 □ **ちょうじょ【長女】**

名 長女，大女兒

衍 じじょ【次女】次女，二女兒

例 長女はちゃんと就職できたので、心配ないのですが、次女の方は…。

大女兒順利找到工作了所以不用擔心，但二女兒就……。

0923 □ **ちょうせい【調整】**

名・他Ⅲ 調整

例 日程を少し調整すれば、午後３時のミーティングに参加できるはずです。　稍微調整一下日程安排的話，應該能夠參加下午3點的會議。

0924 □ **ちょうなん【長男】**

名 長男，大兒子

衍 じなん【次男】次男，二兒子

例 隣の小林家のご長男は仙台に引っ越しするそうですよ。

聽說隔壁小林家的大兒子要搬去仙台住喔。

0925 □ **ちょうみりょう【調味料】**

名 調味料

例 最後に調味料を入れるかどうかでおいしさが全然違いますよ。
最後加不加調味料，美味程度會完全不同喔。

調味料

しょう油	味噌	マヨネーズ	ケチャップ	胡椒
醬油	味噌	美乃滋	番茄醬	胡椒

0926 □ **ちょきん【貯金】**

名・自他Ⅲ 存錢，儲蓄
衍 ためる【貯める】存，儲蓄

例 独身の間にできるだけ貯金しとかなきゃダメだよ。結婚すると、いろいろお金がかかるんだから。　單身的時候得儘量多存錢才行，因為一旦結婚就要花錢在各種事物上。（來自年長者的建議）

0927 □ **ちょくせつ【直接】**

名・副 直接
反 かんせつてきに【間接的に】間接

例 その件について部長に直接聞いてみたらどうですか。
那件事你試著直接去問部長如何呢？

0928 □ **ちらかる【散らかる】**

自Ⅰ 凌亂，散亂
衍 ちらかす【散らかす】使凌亂

例 散らかった部屋を友達に見せたくないから、片付けを手伝ってくれる？
因為不想讓朋友看到我凌亂的房間，可以幫忙我整理嗎？

0929 □ **ちりとり**

名 畚斗，畚箕
衍 ほうき【箒・帚】掃把

例 割(わ)ったコップは、ほうきとちりとりできれいにしときなさい！
用掃把和畚斗把碎掉的玻璃杯清掃乾淨！（打工時遭受責備）

0930 □ **ちる【散る】**

自Ⅰ 凋謝；四散
反 さく【咲く】開花，綻放

例 A：土曜日(どようび)に公園(こうえん)で花見(はなみ)をしようよ。
星期六去公園賞花啦。
B：いいね。でも、あと2・3日(にさんにち)で全部(ぜんぶ)散(ち)ってしまいそうだよ。明日(あした)にしない？
好啊，不過再過2、3天好像就會全部謝了，要不要明天就去？

つ／ツ

0931 □ **ツアー【tour】**

名 旅行團
類 パッケージツアー【package tour】旅行團

32

例 自分(じぶん)で一(いち)から旅行(りょこう)の計画(けいかく)を立(た)てるより、ツアーに参加(さんか)するほうが楽(らく)でいいよ。　比起自己從頭訂立旅行計畫，參加旅行團更輕鬆喔。

0932 □ **つい**

副 不自覺地，不由自主地

例 レポートの締(し)め切(き)りは明日(あした)だと分(わ)かっているけれど、ついネットをしてしまう。　雖然知道明天就是報告的截止日期，不過還是不由自主地上網。（知道得寫報告，卻因各種事物耽擱而遲遲無法動工的情況）

0933 □ **ついか【追加】**

名・他Ⅲ 追加

例 100円(ひゃくえん)追加(ついか)することで、ランチセットにサラダがつけられる。
再多付100日圓，午餐套餐就會附沙拉。

0934 □

ついでに	副 順便

例 郵便局に行ったついでに、スーパーに寄って買い物もしてきた。

跑一趟郵局，順便去超市買了東西回來。

出題重點

▸**文法　V ついでに　順便**

表示在從事某種行為的同時，順便做了其他事情。前面如果接的是名詞，要使用「N のついでに」的方式。

例 お見舞いのついでに、本屋に寄って雑誌を買いました。

探病的同時，順便去了書店買雜誌。

0935 □

ついに	副（經歷長時間）終於 類 とうとう【到頭】終於，終究

例 何度も書き直して、ついにレポートが完成した。

不斷地重寫，終於完成報告了。

0936 □

つうか 【通過】	名・自Ⅲ 經過，通過 衍 とおる【通る】通過

例 台風１２号は今晩西日本を通過し、北日本へ向かうでしょう。

第 12 號颱風今晚會經過西日本，向北日本而去。（氣象預報）

0937 □

つうがく 【通学】	名・自Ⅲ 上學 衍 かよう【通う】往返（上課或去醫院等）

例 毎日バスで通学するのは大変なので、寮に入ることにした。

每天搭公車上學很累，所以決定住宿舍。

0938 □

つうきん 【通勤】	名・自Ⅲ 通勤，上下班 衍 つうきんラッシュ【通勤ラッシュ】通勤尖峰

例 うちは会社から遠いといっても、自転車で通勤できる距離です。

我家雖說離公司很遠，不過是可騎腳踏車通勤的距離。

0939 □

つうこうどめ【通行止め】

名 禁止通行

衍 いっぽうつうこう【一方通行】單行道

例 事故（じこ）のせいで、国道（こくどう）1号線（いちごうせん）が一時（いちじ）通行止（つうこうど）めになってたんだって。

聽說因為事故的關係，國道 1 號暫時禁止通行。

0940 □

つうじる【通じる】

自Ⅱ 通往；通（電話）；懂，理解

衍 つながる【繫がる】連接，相連；牽連

例 メールの返信（へんしん）がずっと来（こ）ないし、電話（でんわ）も通（つう）じない。いったいどうしたらいいの？

一直沒收到電子郵件的回信，電話又打不通，到底該怎麼辦才好？

例 日本人（にほんじん）に私（わたし）の日本語（にほんご）が全然（ぜんぜん）通（つう）じなくて、泣（な）きたいほど困（こま）っています。

日本人完全不懂我說的日語，讓我困擾到想流淚。

0941 □

つうやく【通訳】

名・他Ⅲ 翻譯，口譯；口譯員

衍 ほんやく【翻訳】翻譯；筆譯

例 この方（かた）はポルトガル語（ご）しか話（はな）せないので、通訳（つうやく）してもらえませんか。

這位只會說葡萄牙語，因此能否請你翻譯呢？

0942 □

つうろ【通路】

名 走道，通道

衍 つうろがわ【通路側】靠走道

例 A：地下鉄（ちかてつ）に乗（の）り換（か）えるにはどうしたらいいですか。

要如何轉乘地鐵呢？

B：この通路（つうろ）をまっすぐ行（い）って、右（みぎ）に曲（ま）がると地下鉄連絡口（ちかてつれんらくぐち）がありますよ。　沿著這條走道直走右轉，就會看到地鐵連通口喔。

0943 □

つかまる【捕まる】

自Ⅰ 被捕，被抓　→ N4 單字

衍 つかまえる【捕まえる】逮捕；抓住

例 そんなことして大丈夫（だいじょうぶ）？警察（けいさつ）に捕（つか）まっても知（し）らないよ。

做那種事不要緊嗎？被警察抓走我也不管喔。

0944 □
つかむ【掴む】
他I 抓，抓住
衍 にぎる【握る】握住；掌握

例 腕が痛いですから、そんなに強く掴まないでください。
手腕很痛，請別抓得那麼緊。

0945 □
つかれ【疲れ】
名 疲勞，疲倦

例 台湾では疲れをとるために、マッサージに通う人が少なくない。
在臺灣，有不少人為了消除疲勞，經常去按摩。

出題重點

▶**搶分關鍵　疲れ的相關用法**
例 疲れが出る。　感到疲勞。
例 疲れがたまる。　累積疲勞。
例 疲れがとれる。　消除疲勞（自動詞）。

0946 □
つきあい【付き合い】
名 來往，交往；陪同，作陪
衍 こうさい【交際】交往，交際

例 彼女とは付き合いが長いので、お互いに考えていることがよく分かる。一緒にいて楽な友達だ。　我和她來往很久了，所以非常了解彼此的想法。是在一起很輕鬆舒服的朋友。

0947 □
つきあう【付き合う】
自I 來往，交往；陪同，作陪

例 学生時代に彼と付き合ったことはありますが、今はただの友達です。
學生時代曾和他交往過，但現在只是朋友。
例 帽子を買うんだけど、ちょっと買い物に付き合ってくれない？似合うかどうか見てほしいんだ。
我要買帽子，你能陪我去購物嗎？想請你幫忙看看適不適合。

0948 □

つきあたり【突き当たり】

名（道路）盡頭

例 使わなくなった机をしばらく廊下の突き当たりに置いておいてもいいでしょうか。　請問可以把用不到的桌子暫時移到走廊的盡頭嗎？

0949 □

つぎつぎに【次々に】

副 一個接著一個，接連不斷

例 この街に大学ができたことから、学生向けのマンションが次々に建てられた。

這條街因為蓋了大學，所以針對學生族群的大廈一個接著一個興建。

0950 □

つぐ【注ぐ】

他Ⅰ 倒，倒入

衍 そそぐ【注ぐ】倒，灌，澆

例 お茶がまだ余っているなら、私のコップにも注いでくれる？

茶還有剩的話，可以也倒進我的杯子裡嗎？

0951 □

つける【付ける】

他Ⅱ 塗上；加上；記上；戴；打分數；取名

衍 くっつける 黏上，貼上

例 履歴書の写真は、裏にちゃんとのりを付けて貼らないと、すぐに取れちゃうよ。

履歷的照片背面不好好塗上膠水黏貼的話，很快就會掉了喔。

例 自分で作った料理に点数を付けるとしたら、何点ですか。

如果要為自己煮的菜打個分數，你會打幾分呢？

出題重點

▸**文法　Vとしたら　要是～**

假設前項若能實現的話，屬於假設語氣的一種，因此常跟「もし」一起使用，後半則多接說話者的意志或判斷。如果前面接的是名詞或な形容詞，則要使用「N／な形＋だとしたら」之句型。

0952 □ **つける【浸ける】**

他II 泡，浸泡

例 米を炊く前に数時間水に浸けておくと、おいしく炊けますよ。

煮米之前先浸泡在水裡數小時，可以把米煮得好吃。

0953 □ **つごう【都合】**

名 關係，情況；方便 ➔ N4 單字

例 仕事の都合で沖縄に引っ越しすることになりました。

由於工作的關係，要搬到沖繩。

例 日曜日のパーティーですが、都合が悪くなって行けなくなってしまったんです。　星期日的派對，我臨時不方便沒辦法去了。

0954 □ **つたわる【伝わる】**

自I 傳播；流傳；傳來

衍 つたえる【伝える】傳達；傳授；傳來

例 日本のちまきは中国から伝わったものだと言われています。

一般都說日本的粽子是從中國傳來的。

0955 □ **つち【土】**

名 土壤；土地

衍 どろ【泥】泥土，泥巴

例 トマトは薄く切って、土に埋めると１～２週間で芽が出てくるらしい。

把番茄切薄片埋進土壤裡，過１～２個星期好像就會冒出芽。

0956 □ **つづき【続き】**

名 後續，下文；接續

衍 つづく【続く】連續；繼～後

例 このドラマの続きを見たくてしかたがない。

我非常想看這部電視劇的下一集。

0957 □ **つつむ【包む】**

他I 包，裹；籠罩 ➔ N4 單字

例 １９世紀には船で茶碗を輸出する時、浮世絵で包むこともあったという。

據說在 19 世紀以船隻外銷茶碗時，有時也會用浮世繪來包裝。

（註：當時的浮世繪很常見且廉價，所以會被拿來當瓷器的包材）

0958 □

つとめる【勤める】

自II 工作，任職

類 はたらく【働く】工作

例 彼は４０年間、香港の銀行に勤めていました。つまり、人生の半分以上を香港で過ごしたということです。　他在香港的銀行工作了40年。也就是說，人生有一半以上是在香港度過的。

出題重點

▶**詞意辨析　勤める VS 働く**

「勤める」指在某場所工作、任職於某地方，因此前面要加上工作地點，且搭配的助詞為「に」。「働く」則單純指工作或體力勞動，如果前面要接工作地點，搭配的助詞為「で」。

例 私はゲーム会社に勤めている。　我任職於遊戲公司。

例 私はゲーム会社で働いている。　我在遊戲公司工作。

0959 □

つながる【繋がる】

自I 連接，相連；牽連

例 この通路は隣のビルにつながっているので、わざわざ1階まで降りることはないですよ。

這條走道就連接著旁邊的大樓，所以不用特地下到1樓。

0960 □

つなぐ【繋ぐ】

他I 繫住，拴住；牽，連

例 大学内でのインターネットへのつなぎ方が分からないんですが、教えていただけませんか。

我不知道在大學裡連接網路的方法，可以教我嗎？

0961 □

つぶす【潰す】

他I 搗碎；毀壞；打發（時間）

例 潰しておいたピーナッツをサラダに入れます。

將已經搗碎的花生加入沙拉中。

例 加藤さんは週末にいつもジムで時間を潰すって聞いたよ。

聽說加藤小姐週末時總是到健身房打發時間喔。

出題重點

▶**慣用　暇つぶし　打發時間**

例 暇つぶしに料理をした。　為了打發時間而做菜。

例 本を読んで暇つぶしをする。　看書打發時間。

0962 □ **つぶれる【潰れる】**

自Ⅱ 壓壞；倒場；倒閉

例 台風で庭の大きな木が倒れて、家がつぶれてしまった。

因為颱風把庭院的大樹吹倒，房子就壓壞了。

例 大好きな店がつぶれたのに、妹はなぜかちっとも残念がっていない。

明明最喜歡的店家倒閉了，妹妹卻不知為何一點也不覺得可惜。

0963 □ **つまり**

副 也就是說，換而言之

例 A：息子とは血がつながってないの。

我跟兒子沒有血緣關係。

B：つまり子供のいる人と結婚したってこと？

也就是說你跟有小孩的人結婚？

0964 □ **つむ【積む】**

他Ⅰ 堆，疊；裝載；累積；積蓄

衍 かさねる【重ねる】重疊；反覆

例 みんなで荷物をバスのトランクに積みましょうか。

大家一起把行李堆到巴士的行李放置空間吧。

例 若いうちにいろいろな経験を積んどいたほうがいいよ。社会人になったらできないから。

最好趁年輕的時候先累積各式各樣的經驗，因為出社會之後就辦不到了。

出題重點

▸文法　～うちに　趁～的時候

表示在某段時間內做某動作。前面如果接い形容詞，可以直接和「うちに」相接，な形容詞要以「な形－な＋うちに」，名詞則以「Nのうちに」的方式連接。

▸固定用法　経験を積む　累積經驗

「積む」除了指堆疊實體的東西之外，也可以用在抽象事物，例如經驗或練習，表示反覆做動作，引申為累積之意。

0965 □ つめ【爪】

名 指甲；爪子
衍 ゆび【指】手指

例 爪（つめ）の状態（じょうたい）から体（からだ）の調子（ちょうし）がいいかどうかが分（わ）かるという。
聽說從指甲的狀態可以知道身體狀況好不好。

0966 □ つめる【詰める】

自他II 塞，填；擠，靠緊
衍 つまる【詰まる】塞滿；堵塞

例 ソーセージというのは動物（どうぶつ）の腸（ちょう）に肉（にく）を詰（つ）めた食（た）べ物（もの）のことです。
所謂的香腸，指的是將肉塞進動物的腸子裡的一種食物。

例 車両（しゃりょう）の中（なか）のほうがまだ空（あ）いているので、もう少（すこ）し奥（おく）に詰（つ）めてもらえませんか。　車廂中間還空著，可以麻煩再往裡面擠一些嗎？

0967 □ つゆ【梅雨】

名 梅雨，梅雨季
衍 つゆいり【梅雨入り】進入梅雨季

例 「雷（かみなり）が鳴（な）ると梅雨（つゆ）が明（あ）ける」と言（い）われていますが、本当（ほんとう）でしょうか。
一般都說「雷聲一響，梅雨季就結束了」，真的嗎？

0968 □	
つらい 【辛い】	い形 難受的，艱苦的 衍 くるしい【苦しい】痛苦的；悲痛的

例 辛い思い出は、どんなに忘れたくても、忘れられません。

難受的回憶無論多麼想忘掉都忘不了。

0969 □	
つれていく 【連れていく】	他I 帶（人）去 ➔ N4 單字 衍 つれてくる【連れてくる】帶（人）來

例 今回の出張には阿部さんも連れていくつもりです。

這次出差我打算帶著阿部小姐一起去。

出題重點

▸**詞意辨析　連れていく VS 持っていく**

兩者皆有「帶著～去某處」的意思，差別在於「連れていく」帶的是人或動物，「持っていく」帶的則是物品。

例 犬を公園に連れていく。　帶狗去公園。

例 カメラを結婚式に持っていく。　帶相機去婚禮。

0970 □

つれる【連れる】

他II 帶著

例 最近、小さい子供を連れた母親に優しい店が話題を集めている。

最近，對帶著幼兒的媽媽友善的店家引發了話題。

出題重點

▶**固定用法　話題を集める　引發話題**

和「注目を集める」相同，都是引起關注、引發話題的意思。

て／テ

0971 □ 33

であう【出会う】

自I 相遇，遇見

衍 であい【出会い】相遇，邂逅

例 妻と出会ったのは、近所の書店で立ち読みをしているときだった。

我和妻子（第一次）相遇是在附近書店站著看書的時候。

0972 □

ていきけん【定期券】

名 定期票（月票或季票等）

類 ていき【定期】定期票

例 定期券を買う際には、通学証明書と学生証が必要です。

購買定期票時，必須有通學證明書和學生證。（購票說明）

0973 □

ていきゅうび【定休日】

名 公休日

反 えいぎょうび【営業日】營業日

例 1か月で最も客が少なかったのが水曜日だったことから、定休日を水曜に変更した。

由於1個月當中客人最少的是星期三，所以將公休日變更為星期三。

出題重點

▶**文法　～ことから　由於～**

表示從某個事實，或是因為某些理由，而有後面的結果、判斷。

0974 □

ていしゃ【停車】

名・自Ⅲ 停車
反 はっしゃ【発車】發車

例 このバスは、停留所にお客様がいらっしゃらない場合でも、停車しております。　這臺公車即使站牌沒有乘客仍會停車。

0975 □

ていしゅつ【提出】

名・他Ⅲ 提出，提交
反 うけとる【受け取る】收，接，領

例 転入届を提出するなら、はんこを持っていくのを忘れないでね。
提交遷入登記的話，別忘了要帶印章喔。

0976 □

ていでん【停電】

名・自Ⅲ 停電

例 このソフトは5分に1回バックアップをとるので、停電が起こっても安心だ。　這個軟體每5分鐘就會備份1次，所以即使停電了也可放心。

0977 □

テーマ【(德)Thema】

名 主題；題目
衍 だいめい【題名】標題，題名

例 最近の学生は政治をテーマにしてレポートを書かせると、何も書けないんですよ。
如果讓最近的學生以政治為主題寫報告，他們什麼都寫不出來的。
（註：現今許多日本年輕人對政治冷感，師長因而感嘆）

0978 □

できあがり【出来上がり】

名 完成，做完；成果
類 かんせい【完成】完成

例 最後にお好みでドレッシングをかけて、出来上がりです。
最後隨自己的喜好淋上調味醬，就完成了。

0979 □

できあがる【出来上がる】

自Ⅰ 完成，做完
類 しあがる【仕上がる】完成

例 書類はもうできあがっているが、理由があって提出しないままにしてある。　文件資料雖然已經完成了，卻因為有理由而一直沒提交。

0980 □ できごと【出来事】

名 事情，事件
衍 じけん【事件】事件

例 彼は高校から大学にかけて、毎日ブログに日常の出来事を書いていた。
他從高中到大學，每天在部落格上寫日常生活中發生的事情。

0981 □ てきとう（な）【適当（な）】

な形 適當的；適度的；隨便的 ➔ N4 單字
衍 いいかげん（な）【いい加減（な）】適當的

例 味が薄ければ、適当に塩をいれて味を調整してください。
味道淡的話，請適度加入鹽巴調整味道。

例 遅刻しそうだったから、適当にパンとかを食べて急いで家を出た。
好像快遲到了，所以就隨便吃個麵包之類的急忙從家裡出門。

0982 □ デザート【dessert】

名 （飯後）甜點
類 スイーツ【sweets】甜點

例 お腹いっぱいだけど、デザートならいくらでも食べられるよ。
肚子好飽，但如果是甜點的話，不管多少都吃得下喔。

0983 □ デスクトップ【desktop】

名 桌上型電腦；（電腦）桌面
衍 パソコン【personal computer】個人電腦

例 ノートパソコンの性能が上がったので、昔に比べてデスクトップは使われなくなってきた。
由於筆記型電腦的性能提升，和以前相比，桌上型電腦逐漸不被使用。

電子產品

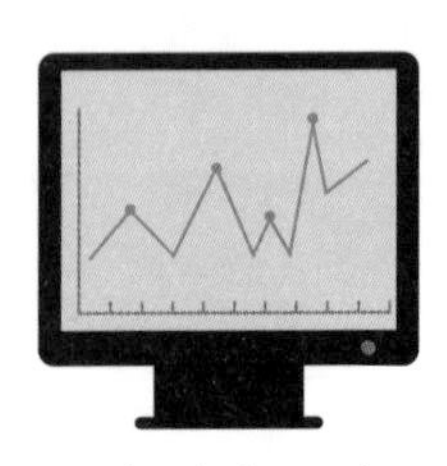
デスクトップ
桌上型電腦

タブレット
平板電腦

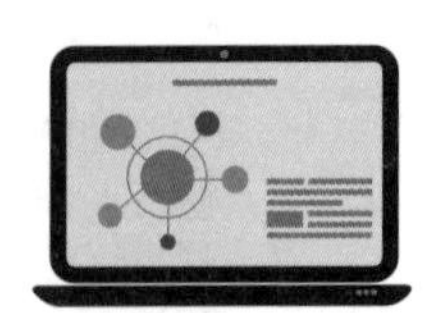
ノートパソコン
筆記型電腦

スマートフォン・スマホ
智慧型手機

0984 □ **てつづき【手続き】**

名 手續

例 留学（りゅうがく）のために書類（しょるい）を書（か）いたり、代金（だいきん）を振（ふ）り込（こ）んだり、いろいろな手続（てつづ）きをしなければならなかった。

為了留學必須寫文件資料、匯款，進行各式各樣的手續。

0985 □ **てつや【徹夜】**

名・自Ⅲ 熬夜，通宵
衍 よふかし【夜更かし】晚睡

例 徹夜（てつや）で勉強（べんきょう）する人（ひと）が高（たか）い点数（てんすう）を取（と）るとは限（かぎ）らない。

熬夜讀書的人未必就會得高分。

出題重點

▸**文法　～とは限らない　未必～**

表示普遍被認為正確的事情並非絕對，有時也會出現例外。

0986 □ **てにはいる【手に入る】**

自Ⅰ 到手，擁有
衍 てにいれる【手に入れる】得到

例 古（ふる）い本（ほん）だけど、古本屋（ふるほんや）を10軒（じゅっけん）ぐらい回（まわ）ったら、手（て）に入（はい）るかもよ。

雖然是舊書，如果逛個10家左右的舊書店說不定就能到手喔。

0987 □ **てまえ【手前】**

名 自己的面前；靠近自己這邊
反 おく【奥】裡面，深處

例 A：この辺（へん）に駅（えき）はありますか。　這附近有車站嗎？

B：あそこに高（たか）いビルが2つ（ふた）見（み）えますよね？手前（てまえ）のビルが駅（えき）ですよ。

看得到那邊有2棟高樓吧？靠近我們這邊的大樓就是車站喔。

0988 □ **でむかえる【出迎える】**

他Ⅱ 迎接
反 みおくる【見送る】送行；目送

例 家族（かぞく）を空港（くうこう）で出迎（でむか）えることになっているので、明日（あした）の授業（じゅぎょう）は休（やす）ませていただけませんか。

因為我要去機場迎接家人，明天的課可否讓我請假？（向老師取得許可）

0989 □ てん【点】

名 點；方面；分數
類 めん【面】方面

例 他の製品と比べてデザインや性能の点では差がないが、価格の点で大きな差がある。　和其他產品相比，雖然在設計和性能方面上沒有差，但在價格方面上就有很大的差距。

0990 □ でんきせいひん【電気製品】

名 電器用品

例 秋葉原は昔は電気製品の街だったが、今は趣味の街になっている。
秋葉原以前是電器用品街，現在則變成御宅族聚集的商圈。
（註：指秋葉原聚集許多喜歡動畫、電玩等流行文化的人）

0991 □ でんげん【電源】

名 電源
衍 スイッチ【switch】（電源）開關

例 最後にプリンターを使った人が電源を切ること！
最後使用印表機的人要關閉電源。（公告）

0992 □ てんじょう【天井】

名 天花板
反 ゆか【床】地板

例 さっき、天井まで本が積んである部屋があったでしょ？あれが長女の部屋です。
剛才有間書都疊到天花板高的房間對吧？那是我大女兒的房間。

出題重點

▸文法　Nまで　都～
表示程度超越普遍認知的範圍，語帶驚奇。

0993 □ でんしレンジ【電子レンジ】

名 微波爐

例 高校時代には電子レンジさえ使えなかった彼女が、今はシェフをしているなんて…。
高中時期連用微波爐都不會用的她，現在竟然在當主廚……。

0994 □

てんすう【点数】

名 分數

衍 せいせき【成績】成績

例 点数があと2点高ければ、合格できたのに…。

分數要是再高2分的話就會及格了……。

0995 □

てんちょう【店長】

名 店長

衍 てんいん【店員】店員

例 バイトを辞めるかどうかは店長と話し合ってから決めたいと思います。

我想跟店長討論後，再決定要不要辭掉打工。

0996 □

でんとう【電灯】

名 電燈，燈泡

衍 かいちゅうでんとう【懐中電灯】手電筒

例 A：電気が切れたからちょっと買ってくる。

燈不亮了，我出去買一下。

B：え！電灯を買ってくるってこと？

咦？你的意思是要去買燈泡回來？

（註：日文裡「電気」也可指燈泡，但對話中B一時反應不過來）

0997 □

てんぷ【添付】

名・他Ⅲ 附上，附加

衍 てんぷファイル【添付ファイル】附加檔案

例 イベントに関する資料はメールに添付してあります。

活動的相關資料附加在電子郵件中。

と／ト

0998 □ 34

とい【問い】

名 問題；提問

衍 しつもん【質問】問題

例 次の記事を見て、下の問いに答えなさい。

看過下則報導後，回答下面的問題。

0999 □

といあわせる【問い合わせる】

他II 詢問，洽詢

衍 といあわせ【問い合わせ】詢問，洽詢

例 ご不明(ふめい)な点(てん)がございましたら、お気軽(きがる)にお問(と)い合(あ)わせください。

若有不清楚的地方，請儘管洽詢。

1000 □

どうか

副 懇請；設法

衍 どうかしましたか 怎麼了嗎？

例 とんでもないことをしてしまいました。どうか許(ゆる)してください。

我犯下了極為荒唐的事，懇請您原諒。

1001 □

どうしても

副 無論如何；（展現決心）不管怎樣

衍 ぜったいに【絶対に】一定

例 いろいろなダイエットを試(ため)してみたが、どうしてもやせられない。

嘗試了各式各樣的減肥方式，但無論如何都瘦不下來。

例 どうしても見学(けんがく)に行(い)きたくないなら、自分(じぶん)で先生(せんせい)に説明(せつめい)してね。

不管怎樣都不想去參觀的話，要自己跟老師解釋喔。

1002 □

とうぜん【当然】

名・副 當然

類 もちろん【勿論】當然／あたりまえ 理所當然

例 加害者(かがいしゃ)が被害者(ひがいしゃ)に謝(あやま)るのは当然(とうぜん)のことではないだろうか。

加害者向被害者道歉不是當然的事嗎？

1003 □

とうとう

副 終於，終究 ➔ N4 單字

衍 ようやく【漸く】終於

例 途中(とちゅう)で眠(ねむ)くなったせいで、レポートはとうとうでき上(あ)がらなかった。

因為中途變得很睏，所以我終究還是沒完成報告。

1004 □

どうよう【同様】

名 同樣

例 怪(あや)しい男(おとこ)にお金(かね)をとられるという事件(じけん)がうちの大学(だいがく)で起(お)こった。同様(どうよう)の事件(じけん)が他大学(ただいがく)でも起(お)こっているらしい。

我們學校發生了怪異男子偷錢事件，同樣的事件好像也在其他大學發生。

1005 □

どうりょう【同僚】

名 同事

衍 じょうし【上司】上司／ぶか【部下】下屬

例 プライベートで同僚と遊ぶ人もいれば、同僚と仕事以外の付き合いがない人もいる。

有人私底下會跟同事去玩，也有人跟同事沒有工作以外的來往。

1006 □

どうろ【道路】

名 道路，馬路 ➔ N4 單字

類 みち【道】道路

例 道路の突き当りの家を買う人は、いないことはありませんが、少ないです。

蓋在馬路盡頭（路沖）的房子未必沒有人買，但是會買的人還是不多。

出題重點

▶**文法　V－ない＋ことはない　不會不～、未必不～**

本句型有兩種意思，第一種是完全否定某件事，中文可譯為「不會不～」。第二種指一件事在大部分時間或許是某種情況，但並非完全沒有例外，中文譯為「未必不～」。第二種意思的句子可和「V－ない＋こともない」互換。

例 彼は意見を言わないことはない。　他不會不說意見的。

1007 □

とうろく【登録】

名・他Ⅲ 註冊，登記

衍 かもくとうろく【科目登録】登記選課

例 4月10日以前に当店のサイトに登録されたお客様には、割引券を差し上げます。

我們將贈送折價券給在4月10日之前於本店網站註冊的客人。

出題重點

▶**搶分關鍵　差し上げる　給**

「差し上げる」為「あげる」的謙讓語。謙讓語屬於敬語的一種，說話者藉由降低動作行為者（也就是店家自己）的地位，以表示對行為接受者（客人）的尊重。

1008 □ **とおす【通す】**

他I 穿過；透過；過，通過；連續
衍 とおる【通る】通過；暢通

例 すみません。降(お)りま～す！ちょっと通(とお)してください。
不好意思，我要下車！抱歉讓我過一下。（塞滿人的公車上）

例 研究室(けんきゅうしつ)の先輩(せんぱい)を通(とお)して、やっと松田先生(まつだせんせい)と連絡(れんらく)が取(と)れました。
透過實驗室的學長，終於連絡到了松田老師。

出題重點
▸**文法　Nを通して　透過～**
表示透過某個人事物，以此為手段，達成後面的結果。

1009 □ **とおまわり【遠回り】**

名・自Ⅲ・な形 繞遠路；迂迴的
衍 ちかみち【近道】近路，捷徑；抄近路

例 そこの工事(こうじ)はもう終(お)わったので、遠回(とおまわ)りする必要(ひつよう)はない。
那邊的施工已經結束了，所以不需要繞遠路。

1010 □ **とおりすぎる【通り過ぎる】**

自Ⅱ 走過，路過
反 たちどまる【立ち止まる】停下，站住

例 探(さが)している店(みせ)に気(き)づかず、店(みせ)の前(まえ)を何度(なんど)も通(とお)り過(す)ぎてしまった。
沒注意到正在尋找的店家，而路過店門口好幾次。

1011 □ **とかす【溶かす】**

他I 使溶解，使融化
衍 とける【溶ける】溶解，融化

例 白菜(はくさい)を柔(やわ)らかくするために、用意(ようい)した塩(しお)を水(みず)に溶(と)かしてかけます。
為了軟化白菜，將準備的鹽巴用水溶解並淋上去。（食譜）

1012 □ **どきどきする**

自Ⅲ 心臟撲通撲通地跳，忐忑不安
衍 わくわくする 興奮，雀躍

例 怖(こわ)い犬(いぬ)のいる家(いえ)の前(まえ)を通(とお)ってきたんですが、まだ心臓(しんぞう)がドキドキしています。　剛經過了有惡犬的房子前面，心臟還在撲通撲通地跳。

1013 □

とく【解く】

他Ⅰ 解開；解除；解答；化解

衍 かいけつ【解決】解決

例 急いでいる時は、つい紐を解かずに靴を脱いでしまう。

趕時間的時候，也就不鬆鞋帶直接脫了鞋。

例 最後の問題を解かないと、賞金がもらえないかもしれない。

不解出最後的問題，可能就沒辦法拿到獎金。

1014 □

とく【得】

自Ⅲ・な形 獲利，賺；划算

反 そん【損】損失，賠；吃虧

例 同じ値段なら、8個入りより10個入りのほうが得なんじゃない？

價錢一樣的話，10個裝不是比8個裝來得划算嗎？

1015 □

どく【退く】

自Ⅰ 讓開，走開

衍 どかす【退かす】挪開，移開

例 A：邪魔だからちょっと退いて。　你妨礙到我了，讓開！

B：そんな言い方ないだろう？失礼な！　沒人這樣說話吧？真沒禮貌！

1016 □

とくい（な）【得意（な）】

名・な形 擅長，拿手的；得意的　➔ N4 單字

反 にがて（な）【苦手（な）】不擅長；棘手的

例 山田さんは英語ばかりでなく、韓国語を話すのも得意です。

山田先生不僅擅長英語，也很擅長講韓語。

出題重點

▸**文法　～ばかりでなく　不僅～**

表示「不僅前者～連後者也～」，後面常搭配「も」、「まで」或「さえ」。

1017 □

どくしょ【読書】

名・自Ⅲ 閱讀，看書

例 休日はリビングに音楽を流して、ソファーで寝たり、読書したりするのが好きです。

假日時我喜歡在客廳放音樂，在沙發上睡覺、看書。

1018 □ **とくちょう【特徴】**

名 特徴，特色

類 とくしょく【特色】特色，特點

例 彼女の歌の最大の特徴は、かなしい歌詞と、聞く人の心を落ち着かせる声だ。

她的歌曲最大的特徵是悲傷的歌詞，以及讓聽眾的心靈沉靜下來的歌聲。

1019 □ **とくに【特に】**

副 特別 ➔ N4 單字

類 べつに～ない【別に～ない】沒什麼特別

例 A：先生、どこか悪いところはなかったでしょうか。

醫生，有什麼地方有問題嗎？

B：大丈夫ですよ、特に異常はありませんでした。

沒問題喔，沒有特別的異常。

1020 □ **どける【退ける】**

他II 挪開，移開

類 どかす【退かす】挪開，移開

例 車椅子も通れるように、スタッフは通路の荷物をどけてくれた。

為了讓輪椅也能通過，工作人員幫我們把通道上的行李挪開了。

1021 □ **どこか**

名・副 某處；總覺得

衍 なにか【何か】總覺得，哪裡

例 泣かないで。ネックレスはきっと部屋のどこかにあるから。

別哭，項鍊一定就在房間某處。

例 理由は分からないけど、あの人どこか変な気がする。

不知道為什麼，但總覺得那個人怪怪的。

1022 □ **どこでも**

連語 哪裡都

衍 いつでも 隨時；總是

例 このネットをテーブルに付ければ、どこでも卓球ができます。

只要把這個網子加在桌上，在哪裡都可以打桌球。

1023 □ **ところどころ【所々】**

名·副 到處，四處

類 あちこち 到處

例 桜が街の所々に咲いていて、まるで絵本の世界の中にいるみたい！

櫻花在街道四處綻放，就像在繪本裡的世界一樣。

1024 □ **とざん【登山】**

名 登山

類 やまのぼり【山登り】登山

例 A：趣味は登山なんだ。　我的興趣是登山。

B：登山って山に登るってこと？　所謂登山指的是爬山嗎？

出題重點

▶文法　って　是～

日常對話裡用來提起某事物成為話題，並解釋或描述其意義。

▶搶分關鍵　登山（とざん）

日語詞彙有分口語和書面用語，像「登山（とざん）」一詞對日本人來說稍微文言，所以在一般對話時，乍聽之下可能反應不過來。

登山用具

ロープ・縄
縄子

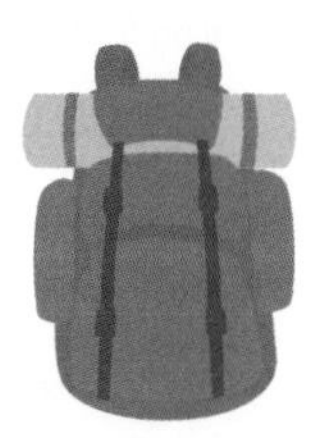

リュック
後背包

テント
帳棚

1025 □ **とし【都市】**

名 城市，都市

類 まち【街】市街；街頭

例 京都には、他の都市にはない特徴がある。1つは高いビルがないこと。2つ目は200年以上続く古い店が多いことである。

京都有著其他城市沒有的特徵，第1點是沒有高樓，第2點是有很多經營了200年以上的老店。

1026 □ **とじる【閉じる】**

他II 關閉；關上
衍 しめる【閉める】關上

例 ファイルを閉じようとした時、「保存しない」をうっかりクリックしてしまった。　要關閉檔案的時候，不小心點到了「不要儲存」。

1027 □ **とち【土地】**

名 土地，陸地；土壤
衍 じめん【地面】地面

例 この辺は土地が値上がりしすぎて、若い人が家を買えなくなってしまいました。　這一帶土地的價格上漲太多，年輕人都變得買不起房子了。

1028 □ **とつぜん【突然】**

35

副・名 突然
類 きゅう(に)【急(に)】忽然

例 突然お邪魔してすみません。今日中にどうしても伝えなければならないことがありまして。
很抱歉突然打擾，有件事非得在今天內告訴您才行。

1029 □ **とどく【届く】**

自I 送達；達到 ➔ N4 單字
衍 とどける【届ける】送到

例 A：1週間も経つのに、商品がまだ届かないんだ。
明明都過 1 個星期了，商品卻還沒送達。
B：電話とかしてみたらどう？
要不要試著打個電話之類的？

1030 □ **とにかく**

副 總之，無論如何；暫且不提
衍 とりあえず 首先

例 字数が足りなくてもいいので、とにかく締め切りまでにレポートを提出してください。　字數不夠也沒關係，總之請在期限截止前繳交報告。

1031 □ **とびこむ【飛び込む】**

自I 跳入；衝進，闖進
衍 とびおりる【飛び降りる】跳下

例 プールに飛び込んだところを先生に見られてしまい、きつく叱られた。
跳進泳池時被老師看到，而被狠狠罵了一頓。

1032 □ とびだす【飛び出す】

自Ⅰ 跑出來；跳出；突然出現

例 公園のまわりでは、よく子供が道路に飛び出してくるので、スピードを落とすようにしてください。

公園周圍常常會有小孩突然跑出來，所以請減速慢行。

1033 □ とぶ【跳ぶ】

自Ⅰ 跳，跳躍

例 体育の授業で子供たちは楽しそうに走ったり、跳んだりしていた。

體育課上孩子們開心地又跑又跳。

1034 □ ドライブ【drive】

名・自Ⅲ 兜風

衍 うんてん【運転】駕駛，操作

例 一緒にドライブに行けば綺麗な夕焼けが見られるのに。

如果一起去兜風，就能看到美麗的夕陽。

出題重點

▸**文法　～ば～のに　如果～就～**

用來感嘆現況或表示與事實相反，且語帶遺憾。

1035 □ ドライヤー【dryer】

名 吹風機

例 濡れたノートはドライヤーで乾かすしかなかった。

只好用吹風機把溼掉的筆記吹乾了。

1036 □ トラック【truck】

名 卡車

例 バイクに乗ってトラックの隣を走っていると、ぶつからないかドキドキする。　騎機車並行在卡車旁邊，總是擔心會不會撞上而忐忑不安。

出題重點

▶**詞意辨析　トラック VS トラック**

日文裡的卡車（truck）和跑道（track）皆為片假名「トラック」，可根據上下文進行判斷。

例 トラックを運転（うんてん）する。　開卡車。

例 トラックを5周（ごしゅう）する。　跑操場跑道5圈。

1037 □ **トランク【trunk】**
名 後車箱；（巴士下層）行李放置空間；行李箱

例 タクシーのトランクに荷物（にもつ）を入（い）れる場合（ばあい）は追加（ついか）料金（りょうきん）がかかります。
在計程車的後車箱放行李的話要加收費用。

1038 □ **とりかえる【取り替える】**
他II 更換；交換　➔ N4 單字
類 こうかんする【交換する】交換，互換

例 部品（ぶひん）をたった1つ（ひと）取（と）り替（か）えただけで、車（くるま）の性能（せいのう）がかなり上（あ）がった。
只是更換1個零件而已，車子的性能就提升許多。

1039 □ **とりけす【取り消す】**
他I 取消
類 キャンセル【cancel】取消

例 来週（らいしゅう）までに代金（だいきん）を払（はら）わない場合（ばあい）、注文（ちゅうもん）が自動的（じどうてき）に取（と）り消（け）されます。
下星期之前沒有支付貨款的話，訂單會自動取消。

1040 □ **とりこむ【取り込む】**
他I 拿進來；採用；匯入（電腦）

例 悪（わる）いけど、洗濯物（せんたくもの）が乾（かわ）いてたら、とりこんどいて。夕方（ゆうがた）から雨（あめ）らしいから。
抱歉，洗過的衣物乾了的話就拿進來，因為傍晚開始好像要下雨了。

1041 □ **とりだす【取り出す】**
他I 取出；挑出

例 弟（おとうと）が目（め）を閉（と）じている間（あいだ）に、サプライズのケーキを冷蔵庫（れいぞうこ）から取（と）り出（だ）した。　趁著弟弟閉上眼睛的時候，從冰箱拿出給他驚喜的蛋糕。

出題重點

▸**文法　V－ている／V－る＋間　～的時候**

表示在持續某動作或狀態的期間，同時進行另一個動作或維持某狀態。

1042 □ **どりょく【努力】**

名・自Ⅲ 努力

衍 どりょくか【努力家】認真努力的人

例 選手たちはプロを目指して毎日努力している。

選手們以當職業運動員為目標，每天努力不懈。

1043 □ **とる【取る・撮る・摂る・採る・盗る】**

他Ⅰ 拿；占；捕；採；承擔；取得；登記；拍攝；攝取；採用；偷

例 次の授業、ちょっと遅れるから、席、とっといて。

下堂課我會晚點到，所以你先占個位置。

例 この公園で魚をとったり、果物をとったりすることは禁止されています。　這座公園禁止捕魚和採水果。

例 失敗したら責任をとりますので、この仕事は私に担当させてください。

失敗的話我會承擔責任的，所以請讓我擔綱這份工作。

例 授業をとっても、一度も授業に出ないで単位を落としてしまう学生が多い。　有很多學生即使登記選課，卻一次都沒來上課而被當。

1044 □ **トレーニング【training】**

名・自Ⅲ 訓練，鍛鍊

衍 ジム【gym】健身房；體育館

例 田中選手は右足の怪我のため、すべてのトレーニングをしばらく休んでいる。　田中選手因為右腳的傷，暫時休止所有的訓練。

1045 □ **とれる【取れる】**

自Ⅱ 脫落，掉下；消解；獲取

衍 ぬける【抜ける】掉，脫落；遺漏

例 風が強くて、門の表札までとれてしまった。

風實在太大，連門上的門牌都被吹掉了。

例 薬を飲んだが、痛みは少しもとれない。

雖然吃了藥，卻絲毫沒有消解疼痛感。

1046 □ **とんでもない**

感嘆・い形 哪裡的話（否定）；出乎意料的；荒唐的

例 A：日本人みたいに日本語が上手ですね。

你的日語講得就像日本人一樣好。

B：いえ、とんでもないです！

不，哪裡的話！

例 この試験はとんでもなく難しいので、どんなに努力しても私には無理だろう。　這考試出乎意料的難，無論再怎麼努力對我來說都沒辦法吧。

1047 □ **どんどん**

副 不斷地，連續不斷　➔ N4 單字

衍 だんだん 漸漸地

例 高校に入ってから、誠くんは背がどんどん伸びていますね。

上了高中之後，小誠的身高不斷在抽高呢。（父母親微微稱讚小孩的情況）

1048 □ **どんなに**

副 無論多麼，無論怎樣；多麼

類 どれほど 多麼

例 明日は大事な会議があるから、どんなに調子が悪くても、会社を休むわけにはいかないよ。

明天因為有重要的會議，無論身體狀況多麼差，也都不能請假不上班的。

なノナ

1049 □ 36

ないしょ【内緒】

名 祕密
類 ひみつ【秘密】祕密

例 このことは内緒だと伝えてあるから、彼女は人に言わないはずだ。
已經告知這件事是祕密了，所以她應該不會跟別人說。

1050 □

ないよう【内容】

名 內容
類 なかみ【中身】內容

例 もし内容に問題がなければ、こちらにサインをお願いします。
如果內容沒有問題的話，麻煩您在這裡簽名。

出題重點

▶**詞意辨析　內容 VS 中身**

這兩個字翻成中文都是內容的意思，「中身」可指物體裡面裝的東西，或指事物的本質而非外表，「內容」多指事物包含的意義。兩者有時可替換，有時則不可替換，如以下的例子：

（×）その箱／袋の内容は何ですか。
（○）その箱／袋の中身は何ですか。
這個箱子／袋子裡裝了什麼？
（×）このレポート／小説の中身はすばらしいです。
（○）このレポート／小説の内容はすばらしいです。
這份報告／這本小說的內容很棒。

1051 □

なか【仲】

名 關係，交情
衍 かんけい【関係】關係

例 あの二人は仲が悪いように見えるけど、実は子供の頃からの親友だよ。
雖然那兩人看似關係不好，但其實從小就是好朋友喔。

出題重點

▶**固定用法　仲がいい／悪い　關係好／不好**

1052 □ **ながいき【長生き】**

名・自Ⅲ 長壽
衍 じゅみょう【寿命】壽命

例 どこの国（くに）でも女性（じょせい）は男性（だんせい）より長生（ながい）きする気（き）がしませんか。
不覺得無論哪個國家都是女性比男性長壽嗎？

1053 □ **ながす【流す】**

他Ⅰ 沖；流；播放（音樂）
衍 ながれる【流れる】流動；流逝；（音樂）播放

例 トイレはご使用後（しようご）に必（かなら）ず水（みず）を流（なが）してください。いつもきれいに使（つか）っていただき、ありがとうございます。
如廁後請一定要沖水。謝謝您總是乾淨地使用廁所。（廁所裡的告示）

1054 □ **なかなおり【仲直り】**

名・自Ⅲ 和好
反 けんか【喧嘩】吵架，打架

例 喧嘩（けんか）した友達（ともだち）となかなか仲直（なかなお）りできなくてつらいです。
怎麼也無法與吵過架的朋友和好，心裡很難受。

1055 □ **なかま【仲間】**

名 夥伴（臭味相投的好朋友）

例 仲間（なかま）がいたからこそ、卒業（そつぎょう）まで部活（ぶかつ）を続（つづ）けられたんです。
正是因為有夥伴在，我才能持續社團活動到畢業。

出題重點

▶**文法　～からこそ　正是因為～**
用來強調主觀的理由、原因，句尾多搭配「のだ」（書面語）或「んだ」（口語）一起使用。動詞和い形容詞之後可以直接加「からこそ」，名詞或な形容詞則要使用「だからこそ」。

1056 □ **なかよし【仲良し】**

名 要好，友好；好朋友

例 ちょうどいい距離感（きょりかん）を保（たも）つことこそ、仲良（なかよ）しでいられるコツです。
保持剛剛好的距離感正是維持友好關係的訣竅。

1057 □ **ながれ【流れ】**
名 流程；流動；潮流
衍 じゅんばん【順番】次序；輪流

例 先輩がプレゼンテーションにおける分かりやすい説明の流れを教えてくれた。　前輩教我如何在發表時淺顯易懂地說明流程。

1058 □ **ながれる【流れる】**
自II （音樂）播放；流動；流逝
衍 ながす【流す】沖；流；播放（音樂）

例 買い物していた店では９０年代の懐かしいヒット曲が流れていた。
購物的店裡播放著90年代令人懷念的暢銷曲。

1059 □ **なぐさめる【慰める】**
他II 安慰

例 状況がわからないので、彼を慰めたくても慰められないんです。
因為不了解情況，即使我想安慰他也無從安慰起。

1060 □ **なくす【無くす】**
他I 弄丟，遺失；喪失；消滅　➔ N4 單字
類 おとす【落とす】弄丟

例 いくら探しても見つからないので、なくしたチケットを買い直すしかない。　怎麼找都找不到，只好重買弄丟的票。

1061 □ **なくす【亡くす】**
他I 死，喪（失去）
衍 なくなる【亡くなる】死亡，去世

例 青木さんがご家族を亡くした火事について何か知っていますか。
關於青木先生失去家人的那場火災，你知道些什麼嗎？

1062 □ **なげる【投げる】**
他II 丟，扔，投　➔ N4 單字
反 キャッチ【catch】接（球）；捕捉

例 彼は何も言わずに、壁にボールを投げて一人で練習しています。
他不發一語，一個人對牆壁練習丟球。

1063 □ なぜなら【何故なら】

接續 因為（書面用語）

類 なぜかいうと 因為

例 彼は絶対にカラオケに行かない。なぜなら歌が下手だからだ。

他絕對不去卡拉 OK，因為歌唱得很不好。

1064 □ なつかしい【懐かしい】

い形 令人懷念的

例 このお菓子には懐かしい思い出がある。幼い頃、祖母によく買ってもらったのだ。

這種點心有令人懷念的回憶，是小時候奶奶常買給我的。

1065 □ なっとく【納得】

名・自Ⅲ 理解，同意，接受

例 課長のやり方に納得できないことがある。

我有時候無法理解課長的做法。

出題重點

▶**固定用法　納得がいかない　想不通／無法理解**

除了上述例句的「納得できない」之外，也可以說「納得がいかない」。反之，若是可以理解則說「納得がいく」。

例 なぜこんなに税金を払っているのか、私はどうしても納得がいかない。　為什麼要繳如此高的稅金，我怎麼也想不通。

1066 □ なでる【撫でる】

他Ⅱ 摸，撫摸；（風）吹撫

衍 たたく【叩く】打，拍，敲

例 うちのウサギは頭を撫でられるのが好きでたまらないようだ。

我家的兔子似乎非常喜歡被摸頭。

1067 □ ななめ【斜め】

名 歪，斜

反 まっすぐ【真っ直ぐ】筆直

例 このプリンター、いつも文字が少し斜めに印刷されるのはどうしてかな？

為什麼這臺印表機總是把文字印得有點歪呢？

1068 □ なべ【鍋】

名 鍋子；火鍋　→ N4 單字

衍 コンロ 瓦斯爐

例 鍋（なべ）のふたを取（と）ったとたんに、熱湯（ねっとう）が吹（ふ）き出（だ）してきた。

一打開鍋蓋，開水就噴了出來。

1069 □ なま【生】

名 生；現場

衍 なまほうそう【生放送】現場直播

例 牛肉（ぎゅうにく）は生（なま）で食（た）べられるが、豚肉（ぶたにく）は生（なま）で食（た）べてはいけない。

牛肉可以生吃，但豬肉不可以生吃。

例 生放送（なまほうそう）が始（はじ）まるまであと1時間（いちじかん）。早（はや）く宿題（しゅくだい）をしなくちゃ。

距離現場直播開始還有1個小時，我得快點寫功課了。

1070 □ なまいき（な）【生意気（な）】

な形 自大，狂妄，不遜

例 彼（かれ）は生意気（なまいき）なことばかり言（い）うので、そのたびに親（おや）に注意（ちゅうい）される。

他老是出言不遜，所以每次都被父母警告。

1071 □ なまけもの【怠け者】

名 懶惰的人，懶惰蟲

例 授業（じゅぎょう）をサボる学生（がくせい）がみんな怠（なま）け者（もの）だとは限（かぎ）らない。

翹課的學生不一定都是懶惰的人。

1072 □ なまける【怠ける】

他II 懶惰，怠惰

例 松本（まつもと）くんは最近（さいきん）どうも勉強（べんきょう）を怠（なま）けているようだ。

總覺得松本同學最近好像不用功讀書。

出題重點

▶**固定用法　勉強を怠ける　不用功讀書**

怠惰於讀書，也就是不用功的意思。類似用法還有「仕事を怠ける」，指不認真工作。

1073 □

なまごみ【生ごみ】	名 廚餘

例 このマンションでは、生ゴミは毎週月曜日に出すことになっています。　這棟大廈規定每星期一倒廚餘。

垃圾

燃えるごみ
可燃垃圾

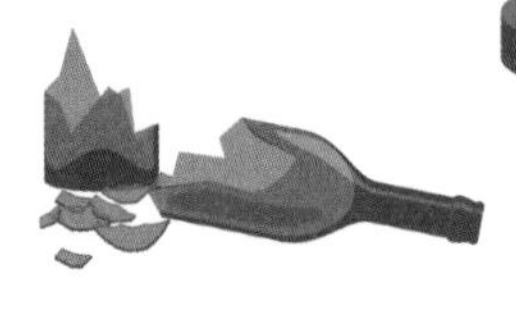
燃えないごみ
不可燃垃圾

粗大ごみ
大型垃圾

生ごみ
廚餘

1074 □

なみ【波】	名 波浪；潮流

例 天気予報によると、午後は波の高さが3メートルになるおそれがあるため、この辺りに近づかないでください。　根據天氣預報，由於下午的波浪高度恐怕會達到3公尺，請不要靠近這一帶。

1075 □

なみだ【涙】	名 眼淚　→ N4 單字 衍 ながす【流す】流

例 子供を亡くした夫婦の記事を読んで涙が出そうになった。
看了失去孩子的夫妻的報導，眼淚快流出來了。

1076 □

なめる【舐める】	他II 舔；嚐；小看

例 犬は帰宅したばかりの飼い主の顔を嬉しそうになめた。
狗狗開心地舔了剛回家的飼主的臉。

1077 □

なやむ【悩む】

自I 煩惱，傷腦筋；（對疾病）感到痛苦
衍 (AかBか)まよう【迷う】煩惱（要A還B）

例 最近の彼女の様子から、人間関係に悩んでいるのかもしれないと思いました。

從她最近的樣子來看，我覺得她或許正為了人際關係而感到煩惱。

1078 □

なるべく

副 儘可能，儘量 ➔ N4 單字
類 できるだけ 儘可能，儘量

例 時間がある時は、なるべく実家に帰るように両親に言われました。

父母親跟我說有時間的話儘量回老家。

1079 □

なれる【慣れる】

自II 習慣；熟練 ➔ N4 單字

例 早く新しい職場に慣れなければならないと毎日努力しています。

想著必須快點習慣新的職場，每天都很努力著。

1080 □

なんか

副 總覺得；什麼
類 なにか【何か】總覺得；什麼

例 さっきのスライドに戻ってもらえますか。なんか内容が説明と違う気がします。

可以請您回到剛才的投影片嗎？覺得內容跟說明好像不同。（會議中）

1081 □

なんとなく【何となく】

副 總覺得；無意中，不知為何
衍 なんか 總覺得；什麼

例 なんとなく歩いているうちに、また思い出の公園まで来ちゃった。

無意中走著走著，又來到了回憶裡的公園。

出題重點

▸**文法　なんとなく　無意中**

表示沒有明確的理由、目的，無意間做了某動作或行為。

に／ニ

1082 □ 37

にあう【似合う】

自I 適合，相配

例 近藤さんくらいこの赤いコートが似合う人はいない。

沒有人比近藤小姐更適合這件紅色大衣。

出題重點

▶**文法　N1くらい／ほど～N2は(い)ない　沒有比～更～的了**

比較當中的最高級，而且只能用在主觀描述。「くらい」可以替換成「ほど」。

1083 □

におい【匂い・臭い】

名 味道，氣味；臭味

衍 におう【匂う・臭う】散發香味；發臭

例 ちょっとこの牛乳、変なにおいがしない？腐ってるんじゃない？

哎呀這瓶牛奶是不是有奇怪的味道？發酸了吧？

1084 □

にがい【苦い】

い形（味覺）苦的；痛苦的　➔ N4 單字

反 あまい【甘い】甜的；甜蜜的

例 ゴーヤやコーヒーのような苦いものは子供の頃からずっと苦手です。

我從小就不喜歡像苦瓜和咖啡等苦的東西。

例 苦い経験を通じて、人生のことをいろいろ学んだ。

透過痛苦的經驗，學習到許多人生的事。

1085 □

にがて(な)【苦手(な)】

な形 不擅長；棘手的，難應付的　➔ N4 單字

反 とくい(な)【得意(な)】擅長，拿手的

例 決勝戦で苦手な相手と戦うことになったので、とても不安です。

決賽要對上難纏的對手，所以非常不安。

1086 □

にぎる【握る】

他I 握，握住；掌握

衍 つかむ【掴む】抓，抓住

例 急な揺れでバランスを崩さないように、電車のつり革をしっかり握っていた。　為了在突來的搖晃下保持平衡，緊緊握住了電車吊環。

出題重點

▶**詞意辨析　にぎる VS つかむ**

雖然兩者都有抓住、握住的意思，有時可互換使用，不過「にぎる」比較偏向強調保持，「つかむ」則偏向獲得之意，特別是在描述抽象事物時有很大的不同。

例 権力を握る。　掌握權力。

例 チャンスを掴む。　抓住機會。

1087 □	にくい【憎い】	い形 可恨的，憎惡的 反 かわいい【可愛い】可愛的

例 祖父は数多くの人の命を奪った戦争が憎いと言っていた。

爺爺說過奪去許多人命的戰爭令人憎惡。

1088 □	にくむ【憎む】	他Ⅰ 憎恨，厭惡 反 あいする【愛する】愛，喜愛

例 人を憎んだまま生きるくらいなら、許してしまったほうがましだ。

與其憎恨著他人活在這世上，不如寬恕還比較好一些。

出題重點

▶**文法　Vくらいなら　與其～不如～**

表示說話者主觀認定後項行為比「くらい」前面的動作還要好。

1089 □	にこにこ	副・自Ⅲ 笑眯眯，笑嘻嘻 類 にっこり 笑嘻嘻

例 小泉先生ほどかっこいい人はいません。それにいつもにこにこしています。　沒有人像小泉老師一樣外表帥氣，而且他總是笑眯眯的。

1090 □	にせもの【偽物】	名 仿冒品，假貨 反 ほんもの【本物】真品，真貨

例 この油絵だけではなく、この美術館にある作品の半分以上は偽物だ。

不只是這幅油畫，這間美術館的作品有一半以上是仿冒品。

1091 □ にちじょう【日常】

名 日常，平常
衍 にちじょうせいかつ【日常生活】日常生活

例 日本人(にほんじん)が日常(にちじょう)でよく使(つか)う漢字(かんじ)は2000字(にせんじ)ぐらいだと言(い)われている。
據說日本人日常生活中經常使用的漢字大約有2000個。

1092 □ にってい【日程】

名 日程，計畫
類 スケジュール【schedule】行程，計畫

例 大変申(たいへんもう)し訳(わけ)ございませんが、日程(にってい)を以下(いか)のように変更(へんこう)させていただくことになりました。
非常抱歉，日程將變更如下。（由主辦方親自改變之意）

1093 □ にゅうがく【入学】

名・自Ⅲ 入學 ➔ N4 單字
衍 にゅうがくしけん【入学試験】入學考

例 妹(いもうと)は入学(にゅうがく)して、サッカー部(ぶ)に入(はい)るつもりだった。だが、部長(ぶちょう)に断(ことわ)られてしまった。 妹妹入學後原本打算加入足球社，卻被社長拒絕了。

1094 □ にゅうがくしき【入学式】

名 入學典禮
衍 そつぎょうしき【卒業式】畢業典禮

例 どうして スーツを着(き)て入学式(にゅうがくしき)に出(で)なければならないんですか。
為什麼必須穿套裝出席開學典禮呢？

學校行事

入学式(にゅうがくしき)
入學典禮

文化祭(ぶんかさい)
文化祭

運動会(うんどうかい)・体育祭(たいいくさい)
運動會，體育祭

卒業式(そつぎょうしき)
畢業典禮

1095 □

にゅうりょく【入力】

名・他Ⅲ 輸入　→ N4 單字

反 しゅつりょく【出力】輸出

例 私は店の売上データをパソコンに入力するアルバイトをしている。

我的打工內容是將店家的銷售額數據輸入電腦。

1096 □

にる【似る】

自Ⅱ 像，類似　→ N4 單字

例 あの姉妹は顔が似ているだけでなく、声もそっくりだ。

那對姊妹不只長得像，連聲音都一模一樣。

1097 □

にる【煮る】

他Ⅱ 煮

衍 いためる【炒める】炒

例 煮ているうちにじゃがいもが崩れてしまった。

煮著煮著馬鈴薯就煮爛變形了。

出題重點

▶**文法　V－ているうちに　在～的時候**

表示在做某動作的期間，發生了後面的變化。

1098 □

にんき【人気】

名 受歡迎，有人緣　→ N4 單字

衍 にんきもの【人気者】受歡迎的人

例 タピオカミルクティーは台湾ではもちろん、海外でもとても人気がある。

珍珠奶茶在臺灣當然不用說，在國外也是非常受歡迎。

出題重點

▶**固定用法　人気がある／人気を集める　受歡迎**

例 このケータイは安さで人気を集めている。

這種手機因為便宜而受歡迎。

1099 □

にんずう【人数】	名 人數；人數眾多 衍 おおぜい【大勢】眾多人，大群人

例 イベント会場には100人までしか入れないことが分かった。そこで参加者の人数を制限することにした。

得知活動會場最多只能容納100人進入，因此決定限制參加者的人數。

ぬ／ヌ

1100 □ 38

ぬう【縫う】	他I 縫，縫紉；縫合 衍 ぬいぐるみ【縫いぐるみ】絨毛玩偶，布娃娃

例 最近は暇だし、自分で服でも縫ってみようかな。

最近也蠻閒的，來試著自己縫些衣服吧。

1101 □

ぬく【抜く】	他I 拔；選出；去除；省略

例 歯医者さんに虫歯を抜くように言われましたが、まだ抜くかどうか決めていません。　牙醫師要我拔蛀牙，但我還沒決定好要不要拔。

出題重點

▶**文法辨析　～ように言うVS～と言う**

「～ように言う」為間接引用，雖然「ように」前面接的是動詞「Vする」或「Vしない」，但卻帶有要求、命令或指示的語氣；「～と言う」則為直接引用助詞「と」前面實際說話的內容。

1102 □

ぬける【抜ける】	自II 掉，脫落；遺漏；（氣體等）跑掉；脫離 衍 おちる【落ちる】落下；掉；脫落；下降

例 課長は最近ストレスで髪の毛がよく抜けるんだって。

據說課長最近因為壓力大而常掉髮。

例 このマンガには抜けてるページがあるんです。交換してもらえませんか。

這本漫畫有缺頁，請問可以換嗎？

1103 □ **ぬらす【濡らす】**

他Ⅰ 弄溼，沾溼

衍 ぬれる【濡れる】溼，淋溼

例 うっかりコップを倒してしまい、図書館で借りた本を濡らしてしまった。

不小心打翻了杯子，把從圖書館借來的書弄溼了。

1104 □ **ぬる【塗る】**

他Ⅰ 塗，抹，擦 ➔ N4 單字

反 おとす【落とす】卸（妝或指甲油）

例 せっかくマニキュアを塗ったのに、誰もほめてくれない。

難得擦了指甲油，卻沒有任何人稱讚我。

1105 □ **ぬるい**

い形 溫的；溫和的

例 お風呂の故障のことですが、ぬるいお湯しか出ないんです。

浴室故障了，只會出溫水。（向飯店櫃檯抱怨熱水不熱）

1106 □ **ぬれる【濡れる】**

自Ⅱ 溼，淋溼 ➔ N4 單字

衍 ぬらす【濡らす】弄溼，沾溼

例 雨で服が濡れたし、それに風邪もひいちゃった。本当に最悪な日だった。

衣服被雨淋溼，而且還感冒。真是最糟糕的一天。

ね／ネ

1107 □ 39 **ねがい【願い】**

名 願望；申請書

衍 きぼう【希望】希望

例 もしも３つだけ願いが叶うとしたら、何を望みますか。

如果只能實現３個願望的話，你會期望什麼呢？

例 先週、異動願いを出した。うまくいけばいいな。

上星期遞出調職申請，能順利就好了。

1108 □ **ねがう【願う】**

他Ⅰ 請求；祈願

衍 きぼう【希望】希望

例 実家が関西なので、関西への転勤を願っています。

因為老家在關西，所以請求調職到關西。

1109 □

ネックレス【necklace】

名 項鍊
衍 ゆびわ【指輪】戒指

例 あの時、あのダイヤモンドのネックレスを買えばよかった。
那時有買那條鑽石項鍊就好了。

1110 □

ねっする【熱する】

他Ⅲ 加熱；發熱；熱衷
類 あたためる【温める】加熱

例 そんなに強い火で砂糖を熱したら、すぐ焦げちゃうよ。
用那麼大的火加熱砂糖的話，很快就會燒焦喔。

1111 □

ねっとう【熱湯】

名 熱開水，沸騰的水
衍 おゆ【お湯】熱水，開水

例 熱湯をこぼしてやけどすることを防ぐため、鍋を子供の手が届かない所に置くことにしている。
為了避免打翻熱開水燙傷，將鍋子放在小孩碰不到的地方。

1112 □

ねむる【眠る】

自Ⅰ 睡，睡眠；沉睡；長眠 ➔ N4 單字
反 さめる【覚める】醒來；覺醒

例 昨日は暑かったし、蚊もうるさくて眠れなかった。
昨天又熱，蚊子又吵，所以睡不著。

1113 □

ねんがじょう【年賀状】

名 賀年卡

例 日本留学をきっかけに、年賀状を書き始めるようになった。
以在日本留學為契機，讓我開始寫賀年卡。

文化補充

▸年賀状　賀年卡

寄送賀年卡給親朋好友是日本人過新年的習慣之一，表達過去一年的感謝以及新年的寒暄。賀年卡上多印有新年度的生肖圖案，並搭配新年祝賀詞。由於年底郵務繁忙，郵局通常會鼓勵大家在一定的期間內寄出賀年卡，才能準時在 1 月 1 日送達。

地支

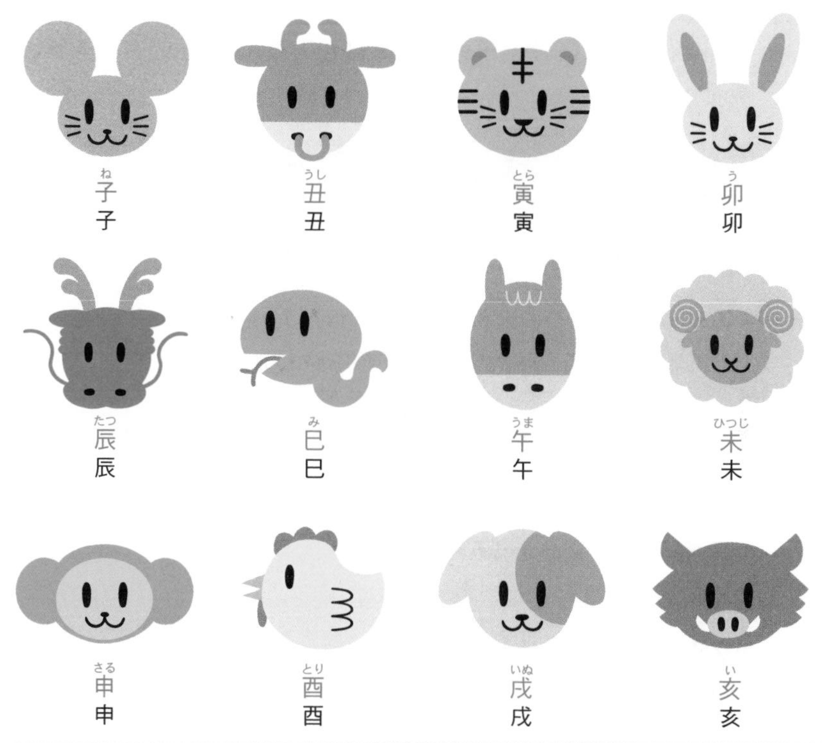

1114 □

ねんまつねんし【年末年始】

名 年末年始，歲末年初（日本的新年期間）

衍 しょうがつ【正月】新年

例 年末年始（ねんまつねんし）というのはたいてい12月29日（じゅうにがつにじゅうくにち）から1月3日（いちがつみっか）までのことです。　年末年始所指的大多是從12月29日到1月3日。

1115 □

ねんれい【年齢】

名 年齡

類 とし【年】年齡

例 このイベントは年齢（ねんれい）や性別（せいべつ）にかかわりなく、どなたでもお申（もう）し込（こ）みいただけます。　這場活動不論年齡和性別，任何人都可以申請參加。

出題重點

▶**文法　Nにかかわりなく　不論～**

前面可接年齡、性別、經驗有無、距離和天氣等名詞，來表示無關這些差異。

の／ノ

1116 □

のうか【農家】

名 農民；農家

衍 のうぎょう【農業】農業

40

例 彼の実家は農家で、地平線が見えるほど広い畑があります。

他的老家是農家，有著看得到地平線的廣大田地。

1117 □

のうりょく【能力】

名 能力

例 コミュニケーション能力は、教科書では勉強できないものだ。

溝通能力是從課本上學不到的。

出題重點

▶**文法　～ものだ　是，就是**

用來表示事物的本質或普遍性的真理、社會上的常識本來就是某個樣子，所以不可用來指特定的人事物。

1118 □

ノートパソコン

名 筆記型電腦，筆電

衍 パソコン【personal computer】個人電腦

例 今の大学生にとって、ノートパソコンは欠かせないものだ。

對現在的大學生來說，筆記型電腦是不可或缺的東西。

1119 □

のこす【残す】

他I 留下；保留；遺留；剩下

衍 のこる【残る】留；留傳；殘留；剩

例 ラーメンの麺だけ食べて、野菜とかを全部残すなんてもったいない。ちゃんと全部食べなさい！　只吃拉麵的麵條，而剩下所有的蔬菜等等太浪費了。給我全部好好吃掉！（父母親責罵小孩的場面）

1120 □ **のこる【残る】**

自Ⅰ 留；留傳；殘留；剩下 ➔ N4 單字

衍 のこりもの【残り物】剩下的東西；剩菜剩飯

例 ニュースによると、金閣寺の屋根にはまだ雪が残っているそうだ。

根據新聞報導，金閣寺的屋頂上還留有殘雪。

1121 □ **のせる【乗せる】**

他Ⅱ 載，搭；放

例 友達が歩いて帰るのが見えたので、私の車に乗せてあげました。

看見朋友走路回去，所以就用我的車載他一程。

1122 □ **のせる【載せる】**

他Ⅱ 刊登；記載

例 事実かどうか確認できない記事は決して載せてはいけません。

無法確定是否為事實的報導絕對不可刊登。

1123 □ **のぞむ【望む】**

他Ⅰ 期望，希望

衍 ねがう【願う】請求；祈願

例 政府は国民が何を望んでいるのか全く分かっていないようだ。

政府似乎完全不知道國民期望的是什麼。

1124 □ **のち【後】**

名・副 之後；未來

衍 あと【後】之後

例 天気予報によると、明日は晴れのち曇りだそうだ。

根據天氣預報，明天將由晴轉陰。

出題重點

▸**慣用　晴れのち曇り　由晴轉陰**

「のち」經常出現在天氣預報，說明天氣現象的轉變順序，表示先是某種狀況，之後再轉為另一種狀況。前後都可以接上「晴れ」、「曇り」、「雨」、「雪」等天氣現象，例如「雨のち晴れ」就是雨後轉晴。

▸**詞意辨析　あと VS のち**

兩者漢字都寫作「後」，不過「のち」偏向書面用語，在一些慣用法（如天氣預報的「のち」）兩者也不能互相替換。

1125 □ のちほど【後ほど】

副 稍後，過一會兒
反 さきほど【先ほど】剛才，方才

例 ミーティングの件(けん)につきましては、後(のち)ほどご連絡(れんらく)いたします。
有關會議的事，稍後再與您聯絡。（對上司報告時）

出題重點
▶**搶分關鍵　につきましては　有關**
比「について」更有禮貌的說法，經常使用在商業書信上。

1126 □ ノック【knock】

名・他Ⅲ 敲打；敲門
衍 たたく【叩く】打，拍，敲

例 研究室(けんきゅうしつ)のドアをノックし続(つづ)けたが、返事(へんじ)はなかった。
不斷敲著研究室的門，卻沒有回應。

1127 □ のばす【伸ばす・延ばす】

他Ⅰ 留長；伸展；延長；延後

例 妹(いもうと)は髪(かみ)を腰(こし)ぐらいまで伸(の)ばしたがっている。
妹妹想把頭髮留長到腰部左右。

例 どうかレポートの締(し)め切(き)りを1日(いちにち)延(の)ばしていただけないでしょうか。
可不可以請您把報告的繳交期限延後1天呢？

1128 □ のびる【伸びる・延びる】

自Ⅱ 長長；延伸；伸展；增長；延長；延後

例 牛乳(ぎゅうにゅう)を飲(の)めば、必(かなら)ず背(せ)が伸(の)びるわけではない。運動(うんどう)も大事(だいじ)だ。
並非喝牛奶就一定會長高，運動也很重要。

例 クラスメート全員(ぜんいん)が頼(たの)んでくれたおかげで締(し)め切(き)りが1日(いちにち)延(の)びた。
多虧全班同學的請求，繳交期限延後了1天。

出題重點
▶**固定用法　背が伸びる　長高**
字面意思為身高增長，也就是長高之意。

1129 □

のぼり【上り】

名（鐵路、公路）上行；上坡
反 くだり【下り】下行；下坡

例 連休最後の日なので、高速道路の上りは渋滞しているはずだ。

因為是連假最後一天，所以高速公路北上應該會塞車。

（註：上行在日本多指往大都市的方向，本句按臺灣的情況譯作北上）

1130 □

のぼる【上る】

自Ⅰ 上，爬，登
反 くだる【下る】下；下達

例 階段を上って3階の受付までお越しください。

請上樓梯到3樓的櫃檯。

1131 □

のみかい【飲み会】

名 酒會（通常有喝酒的餐會）
衍 のみほうだい【飲み放題】無限暢飲，喝到飽

例 会社の飲み会に誘われたんだけど、できれば行きたくないなぁ。僕は酒が弱いし…。

雖然被邀去參加公司的酒會，可以的話我不想去啊！我酒量又不好……。

出題重點

▸**搶分關鍵　酒が弱い　酒量不好、酒量差**

相反的，酒量好則說「酒が強い」。

1132 □

のりおくれる【乗り遅れる】

自Ⅱ 沒搭上（交通工具）；跟不上（流行）

例 電車の事故があって、飛行機に乗り遅れてしまった。早めに家を出ればよかった…。

因為電車的事故而沒搭上飛機，要是早點從家裡出門就好了……。

1133 □

のりかえる【乗り換える】

他Ⅱ 轉乘，換車 ➔ N4 單字
衍 のりかえ【乗り換え・乗換】轉乘，換車

例 ガイドブックによれば、池袋駅で山手線に乗り換えることができます。

根據旅遊指南，我們可以在池袋車站轉乘山手線。

1134 □ のりこす【乗り越す】

自Ⅰ 坐過站

例 乗り越した場合は、駅の精算機で追加料金を払ってください。

坐過站的時候，請使用車站的補票機補足差額。

1135 □ のりすごす【乗り過ごす】

自Ⅰ 坐過站

例 バスの中でスマホゲームに夢中になりすぎて、乗り過ごしてしまった。

在公車上玩手機遊戲玩得太入迷所以坐過站。

1136 □ のろのろ

副・自Ⅲ 緩慢地，龜速；慢吞吞

例 大雨のせいでタクシーがのろのろと走っている。

大雨導致計程車龜速行駛。

1137 □ のんびり

副・自Ⅲ 悠哉，悠閒從容

例 のんびりしている場合じゃないぞ！走らないと遅刻するぞ！

現在可不是悠哉的時候！再不快跑就會遲到喔！

出題重點

▶**搶分關鍵　ぞ**

句尾的「ぞ」可用來表示說話者的判斷、決心或主張，一般為男性使用。女性的話則使用「よ」。

は／ハ

1138 □ 41

バーゲン・バーゲンセール【bargain sale】

名 特賣，大特價 → N4 單字

類 セール【sale】特價

例 年末(ねんまつ)バーゲンのうちに、コートやマフラーを買(か)った。

趁著年末特賣，買了大衣和圍巾。

1139 □

パート【part】

名 兼職；部分

衍 パートタイマー【part-timer】兼職者

例 子供(こども)が保育園(ほいくえん)に入(はい)ったので、彼女(かのじょ)はパートとしてスーパーで働(はたら)くことにした。　由於小孩已經上托兒所，她決定以兼職的身分在超市工作。

1140 □

パーマ【permanent wave】

名 捲髮，燙髮

衍 カット【cut】剪髮

例 本人(ほんにん)に言(い)いにくいけど、彼女(かのじょ)にパーマは似合(にあ)わないと思(おも)う。

雖然這對本人有些難以說出口，但我覺得她並不適合捲髮。

出題重點

▶**固定用法　パーマをかける　燙捲髮**

例 4年(よねん)ぶりにパーマをかけた。　睽違4年燙了捲髮。

髮型

坊主(ぼうず)（頭(あたま)） 平頭　ショート 短髮　セミロング 中長髮　ロング 長髮　パーマ 捲髮

1141 □ バイキング
名 吃到飽，自助餐
類 ビュッフェ【(法) buffet】吃到飽，自助餐

例 週末（しゅうまつ）は予定（よてい）もないし、ボーナスも出（で）たし、バイキングに行（い）かない？
這週末既沒有行程，也發了獎金，要不要去吃到飽？

1142 □ はいけん【拝見】
名・他Ⅲ 看，拜讀（「見る」的謙讓語）
衍 ごらんになる【ご覧になる】參見，參閱

例 そちらの神社（じんじゃ）にある資料（しりょう）を拝見（はいけん）させていただけないでしょうか。
能否讓我看看您這間神社的資料呢？

出題重點

▸「見る」的特殊敬語

動詞「見る」的謙讓語為「拝見する」，尊敬語則是「ご覧になる」。使用上要特別注意，當行為動作者為自己時用的是「拝見する」，當行為動作者為上司、長輩時則使用「ご覧になる」，千萬別混淆了。

1143 □ はいしゃ【歯医者】
名 牙醫 ➔ N4 單字
衍 しか【歯科】牙科

例 歯医者（はいしゃ）になるためには、専門知識以外（せんもんちしきいがい）に器用（きよう）さも必要（ひつよう）です。
想成為牙醫除了具備專業知識之外，也必須手巧。

1144 □ ばいてん【売店】
名 商店；販賣部

例 駅（えき）の売店（ばいてん）で何（なに）を買（か）うか迷（まよ）っている間（あいだ）に、特急（とっきゅう）が出（で）てしまった。
在車站的商店煩惱要買什麼東西的時候，特快車就跑了。

1145 □ バイト
名・自Ⅲ 打工，副業；工讀生
類 アルバイト【(德)arbeit】打工；工讀生

例 一人暮（ひとりぐ）らしなら、バイトの給料（きゅうりょう）でぎりぎり生活（せいかつ）できます。
一個人生活的話，打工的薪水還勉強夠生活。

1146 □ **はいゆう【俳優】**

名 演員
衍 じょゆう【女優】女演員

例 あの俳優が出演した映画を全部見たことは見たが、あまり覚えていない。
那位演員所演出的電影全都看過是看過，但不太記得了。

1147 □ **はえる【生える】**

自II 生，長

例 うちの子は８か月になって、やっと歯が生えてきたんだ。ふつうの子と比べてちょっと遅かったみたい。
我家的孩子到了８個月大終於長牙齒了，好像比一般的孩子來得慢一些。

1148 □ **ばか（な）【馬鹿（な）】**

名・な形 笨蛋；愚蠢的；無聊的
衍 ばかばかしい【馬鹿馬鹿しい】無聊的

例 A：友達は鼻からうどんが食べられるんだって。ぼくもできるようになりたいなぁ。　聽說我朋友可以從鼻子吃烏龍麵，我也好想學會喔。
B：バカなことはやめなさい！みんなに笑われるよ。
別做蠢事！會被大家笑的。

1149 □ **はかる【測る・量る・計る】**

他I （用尺或秤等）測量；推測，揣測
衍 はかり【秤】天平，秤

例 学校から駅までの距離を測ってみたら、約８００メートルだった。
試著測量學校到車站的距離，大約有800公尺。

1150 □ **はく【掃く】**

他I 掃，打掃
衍 ふく【拭く】擦，擦拭

例 日本では、それぞれの店が自分の店の前を掃いてきれいにすることになっている。　在日本，每間店都會把自家的店前面打掃乾淨。

1151 □ **はく【吐く】**

他I 吐，吐出；冒出；吐露
反 すう【吸う】吸入；吸收

例 飲み会でお酒を飲みすぎて、帰りのタクシーの中で吐いてしまった。
酒會上喝太多酒，在回家的計程車上吐了。

1152 □

～はく【～泊】

接尾・自Ⅲ ～晚，～宿

衍 しゅくはく【宿泊】住宿，下榻

例 ウェブサイトの説明(せつめい)によれば、温泉旅館(おんせんりょかん)はだいたい<u>一泊二食(いっぱくにしょく)</u>付きが多(おお)いそうだ。

根據網站的說明，溫泉旅館大部分是住一晚附兩餐的居多。

文化補充

▸**一泊二食**

日本的溫泉旅館多為「一泊二食」，指的是旅館會供應兩餐給住宿一晚的客人，這兩餐多為入住當晚的晚餐以及隔天的早餐。

▸**～泊～日　～天～夜**

臺灣人習慣說過夜的旅遊共有幾天幾夜，日文的講法則先說有幾個晚上，再說有幾天，所以是「～泊～日」，例如兩天一夜的日文即為「一泊二日（いっぱくふつか）」。

1153 □

はくしゅ【拍手】

名・自Ⅲ 拍手，鼓掌

例 あまりにもすばらしい演奏(えんそう)だったので、観客(かんきゃく)の拍手(はくしゅ)がしばらく止(や)まなかった。　由於演奏太過精彩，觀眾的鼓掌許久才停。

1154 □

はくぶつかん【博物館】

名 博物館　➔ N4 單字

衍 びじゅつかん【美術館】美術館

例 博物館(はくぶつかん)が好(す)きで、毎日(まいにち)行(い)きたい<u>くらいです</u>。

我很喜歡博物館，簡直到每天都想去的地步。

出題重點

▸**文法　～くらいだ　甚至到～的程度**

用具體的例子來描述前面一件事的程度。

1155 □ はげしい【激しい】

い形 激烈的；劇烈的；頻繁的

例 今朝、左の足を動かすと、激しい痛みを感じた。

今天早上只要一動左腳就會感到劇烈疼痛。

1156 □ バケツ【bucket】

名 水桶

衍 かご【籠】籠子

例 釣った魚を氷と一緒にバケツに入れることで、腐ってしまうことが防げる。　將釣到的魚跟冰塊一起放進水桶裡，可以防止腐敗。

1157 □ はし【端】

名 （物體）端；邊緣；片段；（事情）開頭

反 まんなか【真ん中】正中間

例 とても見にくいが、画面の端の方に小さな文字で時刻が表示されている。　雖然很難看清楚，不過就在螢幕的邊緣，有很小的字顯示時間。

1158 □ はずす【外す】

他I 取下；解開；錯過；離開；刪除；躲過

反 はめる 扣；戴；蓋；嵌入

例 安全のため、熱する前に蓋を外してください。

為了安全，加熱前請先取下蓋子。（冷凍食品包裝上的注意事項）

出題重點

▸**固定用法　席を外す　離開座位**

例 佐々木はただいま席を外しております。

佐佐木目前不在位子上。（電話用語）

以上例句還有一個要特別注意的地方，那就是跟自己公司以外的人講電話時，即使提到我方的老闆、總經理，都是直呼其名，不可加「～さん」或「～社長」等任何敬稱。

1159 □

はずれる【外れる】

自II 落空，不準；脫落；偏離；除去
反 あたる【当たる】準，中

例 A：今日は晴れって言ってたのに、急に雨が降ってきたね。

明明說今天會放晴的，卻突然下起雨來了。

B：天気予報はときどき外れるからね。

氣象預報有時候也會不準的。

1160 □

はた【旗】

名 旗，旗幟
衍 こっき【国旗】國旗

例 皆さんはもうご存じのはずですが、日本の旗は日の丸ですよ。

雖然大家應該都已經知道了，日本的旗幟是日之丸旗喔。

1161 □

はだ【肌】

名 肌膚；表皮
類 ひふ【皮膚】皮膚

例 この化粧品を使って2か月になるんだけど、最近なんか肌の調子が悪いんだ。

用這種化妝品要2個月了，覺得最近肌膚的狀況好像很差。

1162 □

はだか【裸】

名 裸體；裸露；精光
衍 はだし【裸足】赤腳，光著腳

例 僕はあまり温泉に行きません。なぜかというと、人の前で裸になるのは嫌だからです。

我不怎麼去泡溫泉。要說為什麼，是因為不喜歡在別人面前裸體。

出題重點

▶**文法　なぜかというと　要說為什麼**

用來說明前述事項的理由或原因，句尾常搭配「からだ」一起使用。

1163 □

はたけ【畑】

名 田
衍 はなばたけ【花畑】花田

例 北海道といえば、雪をイメージする人が多いが、菜の花やラベンダーの畑が広がる風景でも有名である。　說到北海道，很多人都會聯想到雪，不過寬廣的油菜花和薰衣草花田景色也很有名。

出題重點

▶**文法　～といえば　說到～**
用來提及某話題，後面加以說明或是敘述相關的聯想，後面常搭配助詞「を」和「思い浮かべる」、「思い出す」、「イメージする」、「連想する」一起使用。

1164 □ **はたらきもの【働き者】**
名 勤勞的人
反 なまけもの【怠け者】懶惰的人，懶惰蟲

例 いつもやる気(き)がなさそうに見(み)える彼(かれ)ですが、実(じつ)は働(はたら)き者(もの)なんです。
看起來總是沒什麼幹勁的他，其實是個勤勞的人。

1165 □ **～はつ【～発】**
接尾 ～發車，～出發；發自～；（子彈等量詞）發
反 ～ちゃく【～着】～抵達

例 飛行機(ひこうき)に乗(の)り遅(おく)れないように、3時(さんじ)5分発(ごふんはつ)の電車(でんしゃ)に乗(の)らなければならない。　為了別耽誤到搭飛機，非搭上3點5分發車的電車不可。

1166 □ **はっきり**
副・自Ⅲ 清楚；明確 ➔ N4 單字
反 あいまい（な）【曖昧（な）】曖昧的，模稜兩可

例 何(なに)か文句(もんく)があるのなら、はっきり言(い)えよ。
有什麼不滿就講清楚啊！（男性對熟識的對象所說，較粗俗）

1167 □ **はっけん【発見】**
名・他Ⅲ 發現，找出
類 みつける【見付ける】發現，找到

例 アメリカ大陸(たいりく)はコロンブスによって発見(はっけん)されたと言(い)われている。
據說美洲大陸是由哥倫布所發現的。

1168 □ 42 **はっしゃ【発車】**
名・自Ⅲ 發車
反 ていしゃ【停車】停車

例 8時(はちじ)9分発(きゅうふんはつ)、横浜(よこはま)行(ゆ)きの電車(でんしゃ)がまもなく発車(はっしゃ)いたします。
8點9分出發，開往橫濱的列車即將發車。

1169 □ はっせい【発生】

名・自Ⅲ 發生；出現
類 おこる【起こる】發生

例 警察（けいさつ）によると、冬（ふゆ）は交通事故（こうつうじこ）が発生（はっせい）しやすい季節（きせつ）だそうです。
據警方表示，冬天是容易發生交通事故的季節。

1170 □ はったつ【発達】

名・自Ⅲ 發達；發展；（身心）發育
衍 はってん【発展】發展

例 鳥（とり）は体重（たいじゅう）のわりに、胸（むね）の筋肉（きんにく）が発達（はったつ）しているからこそ空（そら）を飛（と）べるのです。 鳥類雖然體重輕，胸部肌肉卻很發達，所以才能在空中飛翔。

1171 □ はってん【発展】

名・自Ⅲ 發展
類 しんぽ【進歩】進步

例 ＡＩ（エーアイ）技術（ぎじゅつ）の発達（はったつ）とともに、ロボット産業（さんぎょう）も発展（はってん）してきた。
隨著 AI 技術發達，機器人產業也持續發展。

出題重點
▸**文法　～とともに　隨著～、在～的同時**
表示發生了與前項事件相應的變化，或兩者同時發生，屬於書面語。

1172 □ はつばい【発売】

名・他Ⅲ 開賣，發售
衍 しんはつばい【新発売】新上市

例 前売券（まえうりけん）は来週（らいしゅう）金曜日（きんようび）に発売（はつばい）される予定（よてい）です。
預售票預計將在下星期五開賣。

1173 □ はっぴょう【発表】

名・他Ⅲ 發表，公布
衍 プレゼンテーション【presentation】發表

例 先輩（せんぱい）は来月（らいげつ）の学会（がっかい）で発表（はっぴょう）することになっているので、今（いま）から緊張（きんちょう）しているようだ。
學長因為下個月要在學會上發表，似乎從現在就開始緊張。

1174 □ **はつめい【発明】**

名・他Ⅲ 發明

例 人間の歴史の中で最も偉大な発明はなんだろうか。

人類歷史上最偉大的發明是什麼呢？

1175 □ **はで(な)【派手(な)】**

名・な形 華麗的，花俏的；誇張的

反 じみ(な)【地味(な)】樸素的；不起眼的

例 A：これ、面接用のスーツなんだけど、どう？

這是我面試要穿的套裝，如何？

B：派手すぎるよ。それじゃ不採用になっちゃうよ。

太花俏了！這樣不會錄取的。

1176 □ **はなしあう【話し合う】**

自Ⅰ 討論，對話；商量

衍 はなしあい【話し合い】商議，協商

例 卒業後の進路についてゼミの先生と話し合った結果、大学院に進学することにした。

跟指導教授討論有關畢業後的出路，結果決定升研究所。

1177 □ **はなしかける【話しかける】**

自Ⅱ 搭話，攀談；開始說

例 憧れの人に話しかけられて、返事さえできなかった。

被自己仰慕的對象搭話，連回答都沒辦法。

1178 □ **はば【幅】**

名 寬度；幅度；靈活度

衍 はばひろい【幅広い】廣泛的；寬廣的

例 家具を買う時は、置く場所の幅、高さ、奥行きを測っておかなければならない。　購買家具時，必須先測量放置處的寬度、高度和深度。

1179 □ **はぶく【省く】**

他Ⅰ 節省；省略；除去

衍 しょうりゃく【省略】省略

例 時間の関係で、参考資料の内容についての説明は省かせていただきます。

由於時間的關係，請容我省略有關參考資料內容的說明。（發表時）

1180 □ **はめる**

他II 扣；戴；蓋；嵌入
反 はずす【外す】取下；解開；錯過；離開

例 スーツは一番下(いちばんした)のボタンをはめないで着(き)るようにデザインされています。それが最(もっと)も美(うつく)しいのです。
西裝設計成不要扣最底下的鈕扣穿，那是最美的。

出題重點
▶**固定用法　ボタンをはめる　扣鈕扣**
相反的，解開鈕扣則說「ボタンを外す（はずす）」。

1181 □ **はやおき【早起き】**

名·自III 早起；早起的人
反 ねぼう【寝坊】睡過頭；睡過頭的人

例 いよいよ明日(あした)は文化祭(ぶんかさい)だ。早起(はやお)きして準備(じゅんび)しなきゃ。
明天終於就是文化祭了，得早點起床做準備才行。

1182 □ **はやる【流行る】**

自I 流行；（疾病）流行；興旺
衍 はやり【流行り】流行

例 インフルエンザが流行(はや)っていますから、みなさん注意(ちゅうい)してください。
流行性感冒正在流行中，所以請大家注意。（上司或師長提醒眾人）

1183 □ **はら【腹】**

名 肚子，腹部；心思
反 せなか【背中】背部；背後，背面

例 店員(てんいん)の失礼(しつれい)な態度(たいど)に腹(はら)が立(た)って、つい大声(おおごえ)を出(だ)してしまった。
對店員失禮的態度感到生氣，不知不覺說話音量就變大了。

出題重點
▶**固定用法　腹が立つ　生氣、火大**

1184 □ **はらいもどし【払い戻し】**

名 退還；退款
類 へんきん【返金】退款，還錢

例 商品(しょうひん)によっては払(はら)い戻(もど)しができない場合(ばあい)もございます。
依據商品不同，也有無法退款的情況。（退款說明）

1185 □ **バラバラ**

名 不同；零亂
反 そろう【揃う】一致；齊全；到齊

例 このイベントの参加者(さんかしゃ)は、年齢(ねんれい)も性別(せいべつ)もバラバラだった。
參加這場活動的人，年齡和性別都各不同。

1186 □ **バランス【balance】**

名 平衡
衍 とる【取る】取得（平衡）

例 仕事(しごと)とプライベートのバランスを取(と)るのは難(むずか)しいものである。
要在工作與私人生活間取得平衡真的很困難。

出題重點

▸**文法　～ものだ　真的、真是**
用來表示說話者的感嘆，以上方例句來說，就表示說話者在感嘆取得平衡這件事「真的好難啊」。

1187 □ **はり【針】**

名 針；指針；針狀物
衍 さす【刺す】刺，扎；叮咬，螫

例 最近(さいきん)の若者(わかもの)の中(なか)には針(はり)や糸(いと)を使(つか)ったことがない人(ひと)さえいるらしい。
最近的年輕人當中好像有人連針和線都沒有用過。

1188 □ **はりきる【張り切る】**

自I 充滿幹勁；繃緊，拉緊

例 転職(てんしょく)したばかりのころは張(は)りきっていたが、だんだんやる気(き)がなくなってきたようだ。
剛換工作的時候還充滿幹勁，但現在好像漸漸失去幹勁了。

1189 □ **はんい【範囲】**

名 範圍

例 試験(しけん)の範囲(はんい)は第１課(だいいっか)から第１０課(だいじゅっか)までです。ちゃんと復習(ふくしゅう)しといてくださいね。　考試範圍從第１課到第１０課，請好好複習喔！

1190 □ **パンク**【puncture】

名・自Ⅲ 爆胎；撐破

例 タイヤがパンクしたまま自転車に乗っていたら、転んで大けがをしてしまった。　騎了爆胎的腳踏車，結果摔倒受了重傷。

1191 □ **はんこ**【判子】

名 印章

類 いんかん【印鑑】印章，印鑑

例 正式な書類なんだから、判子を押さないとだめだよ。

這是正式文件，所以不蓋印章不行的。

1192 □ **はんそで**【半袖】

名 短袖

反 ながそで【長袖】長袖

例 今日の最高気温は２０度らしいから、半袖じゃ寒いよ。長袖を着ていきなさい。　今天的最高氣溫好像是20度，所以短袖太冷了，穿長袖去吧。（父母親對小孩說的話）

1193 □ **パンツ**【pants】

名 內褲；褲子

類 ズボン【(法)jupon】褲子

例 グレーのパンツを買おうかなと考えているところです。

我正在思考要不要買個灰色的內褲。

出題重點

▶**文法　～ところだ　表示場面**

「ところだ」前面接的動詞活用型態會影響句子的意思，例如「～しているところだ」是「正在」，表示動作進行中；「～するところだ」為「正要」，表示即將要做動作；「～したところだ」則為「剛剛」，表示動作的稍後。

1194 □ **ハンドル**【handle】

名（汽車）方向盤；把手

衍 レバー【lever】排檔桿

例 近年、ハンドルを回して窓を開ける車はめったに見られない。

這幾年很少看到用把手轉開窗戶的車子了。

出題重點

▶**文法　めったに～ない　很少、不常**

表示某個事物發生或出現的頻率很低，也可以直接用「めったにない」。

▶**搶分關鍵　見られる**

本句的「見られる」帶有「東西存在」的意思，不能替換成「見える」。

1195 □ **はんにん【犯人】**

名 犯人

衍 ようぎしゃ【容疑者】嫌疑犯

例 逃（に）げている犯人（はんにん）がどこに隠（かく）れているか分（わ）からないので、今日（きょう）は外出（がいしゅつ）しないことにした。

不知道逃亡中的犯人躲在哪裡，所以決定今天不外出。

ひ／ヒ

1196 □ 43 **ひあたり【日当たり】**

名 日照，向陽；向陽處

例 A：日当（ひあ）たりのいいところがいいんですが。

我喜歡日照光線好的地方。

B：では、こちらのマンションなどはいかがでしょうか。

那麼，這棟大廈如何呢？

1197 □ **ヒーター【heater】**

名 電暖器，暖氣設備；（廚房）電爐

類 だんぼう【暖房】暖氣設備

例 ヒーターの前（まえ）に燃（も）えやすいものを置（お）かないこと。火事（かじ）になりますから。

請不要在電暖器前放置易燃物，因為會引發火災。（搬進宿舍時舍監說明注意事項）

1198 □ **ひえる【冷える】**

自II 變冷；感到冷；（感情）變冷淡　➔ N4 單字

反 あたたまる【暖まる・温まる】暖和；溫暖

例 晩（ばん）はかなり冷（ひ）えるから、薄（うす）いジャケットぐらい着（き）て行（い）きなさい。

晚上會變很冷，所以至少穿件薄外套去。（父母親提醒孩子）

出題重點

▶**詞意辨析　冷える VS 冷める**

兩者都是可指事物變冷、降溫，不過「冷える」多指氣溫下降，讓人感到變涼、變冷，或是把東西放進冰箱使該物變冷。而「冷める」則是指原本高溫的東西溫度下降，可用來描述冷掉的飯菜或熱湯。

例 冷(さ)めたラーメンはまずいから、熱(あつ)いうちに食(た)べてね。

冷掉的拉麵可是很難吃的，所以趁熱吃吧。

1199 □ ひがい【被害】

名 受害，受災

衍 ひがいしゃ【被害者】被害者

例 台風(たいふう)に備(そな)えて準備(じゅんび)しておいたので、被害(ひがい)はほとんど出(で)なかった。

已做好防颱準備，所以幾乎沒什麼受災。

1200 □ ひがえり【日帰り】

名 當天來回，當日來回

衍 ～はくする【～泊する】住宿～晚

例 せっかく車(くるま)を買(か)ったんだし、日帰(ひがえ)りで旅行(りょこう)に行(い)こうと思(おも)う。

好不容易都買車了，想來個當日來回的旅行（一日遊）。

1201 □ ひかえる【控える】

他II 控制，節制；不要

衍 えんりょする【遠慮する】不要，請勿

例 A：ビールでも飲(の)もうか。

要不要喝個啤酒之類的？

B：ごめん、妻(つま)にお酒(さけ)を控(ひか)えなさいって言(い)われてるんだ。

抱歉，老婆叫我不要喝酒。（朋友間的對話）

出題重點

▶**文法　って　引用**

這裡的「って」就等於「と」，用來引用聽到的內容，屬於口語用法。「って」後面的動詞（「聞く」或「言う」）有時會被省略。

1202 □ **ピカピカ**

名・副・自Ⅲ 閃閃發亮

衍 キラキラ 閃閃發光，閃耀

例 みんなが掃除(そうじ)を手伝(てつだ)ってくれたおかげで、窓(まど)や床(ゆか)がピカピカになったよ。

多虧了大家幫忙打掃，窗戶和地板都變得閃閃發亮的喔。

1203 □ **ひかる【光る】**

自Ⅰ 發光，發亮 ➔ N4 單字

衍 かがやく【輝く】閃耀

例 電気(でんき)を消(け)して部屋(へや)を真(ま)っ暗(くら)にすれば、星(ほし)が光(ひか)っているのがよく見(み)えるよ。

把電燈關掉讓房間變得全黑，就可以清楚看見星星在發光喔。

1204 □ **ひきうける【引き受ける】**

他Ⅱ 接受，承擔；繼承

反 ことわる【断る】拒絕

例 大変(たいへん)な仕事(しごと)だが、上司(じょうし)に頼(たの)まれたので、しかたなく引(ひ)き受(う)けた。

雖然是很辛苦的工作，但因為被主管託付，只好接受。

1205 □ **ひきだす【引き出す】**

他Ⅰ 提款；取出；引出

類 おかねをおろす【お金を下ろす】領錢

例 ＡＴＭ(エーティーエム)は年末年始(ねんまつねんし)にもご利用(りよう)いただけます。なお、お引出(ひきだ)しの手数料(てすうりょう)は２２０円(にひゃくにじゅうえん)となります。

ATM 在歲末年初也可使用。另外，提款手續費是 220 日圓。

出題重點

▸**搶分關鍵　おVのN**

將和語動詞變為ます形後去掉ます的部分，前面再加上「お」，即為一種表示尊敬的說法，常見的例子還有「お待ちのお客様」（等待的客人）、「お使いの電話番号」（您所使用的電話號碼）等等。

ATM操作

暗証番号（あんしょうばんごう）
密碼

引き出し（ひきだし）
提款

預け入れ（あずけいれ）
存入

振込（ふりこみ）
匯款

1206 □
ひきわけ【引き分け】
名 平手，和局
衍 ひきわける【引き分ける】平手

例 時間切れで引き分けになったので、来週、もう一度試合をすることになった。　因為時間到了打成平手，下星期還要再比賽一次。

1207 □
ひく【引く】
他Ⅰ 拉；畫（線）；減；抽；查閱；吸引
反 おす【押す】推，壓／たす【足す】加

例 学生たちは説明を聞きながら重要なところに線を引いていた。
學生們一邊聽說明，一邊在重要的地方畫線。

出題重點
▸**固定用法　線を引く　畫線**

1208 □
ひく【轢く】
他Ⅰ （車）輾

例 目の前で犬が車にひかれそうになった。危なかった。
狗狗差點在眼前被車輾過，好危險。

出題重點
▸**文法　V－ます＋そうになる　差點**
表示某種現象即將發生，而且是說話者的意志無法控制的狀況。

1209 □	ひげ 【髭】	名 鬍子，鬍鬚 ➔ N4 單字 衍 かみそり【剃刀】刮鬍刀，剃刀

例 床屋で、ひげをきれいに剃ってもらってさっぱりした。

在理髮店把鬍子剃得乾乾淨淨覺得清爽。

1210 □	ひじ 【肘】	名 手肘；（椅子等）扶手 衍 ひざ【膝】膝蓋

例 そんなふうにテーブルに肘をついてごはんを食べるのは行儀が悪いですよ。　像那樣將手肘撐在餐桌吃飯很沒禮貌。（父母提醒小孩）

文化補充

▸父母親提醒小孩的方式

以上例句雖然是父母親對小孩說的話，卻用了「です」形，因為在日文裡，當父母親使用「です・ます」形的時候是要冷淡地提醒、警告小孩。

1211 □	ビジネス 【business】	名 事業，工作；商業，商務 衍 ビジネスホテル【business-hotel】商務旅館

例 彼女は寝ることを忘れるほど自分のビジネスに夢中になった。

她熱衷於自己的事業到幾乎忘記睡覺這件事。

1212 □	ひしょ 【秘書】	名 秘書

例 秘書は上司の指示で動くばかりでなく、場合によっては自分から動く必要もある。　秘書不只是依上司的指示做事，也必須自己根據情況行動。

1213 □	ひじょう（に） 【非常（に）】	名・副 緊急，緊迫；非常，很 ➔ N4 單字 反 ふだん【普段】平常，普通

例 非常の際はこの板を破って避難してください。

緊急情況時請擊破這個板子避難。（貼在陽臺的注意事項）

出題重點

▶**搶分關鍵　非常のN**

「非常」一詞經常以「非常のN」的形式來修飾名詞，除此之外，作為副詞修飾動詞或形容詞的「非常に～」也是相當典型的使用方式。

例 今日(きょう)は非常(ひじょう)に暑(あつ)い。　今天非常熱。

1214 □ **びじん【美人】**

名 美人，美女

例 職場(しょくば)では美人(びじん)かどうかは問題(もんだい)にならない。仕事(しごと)の正確(せいかく)さこそが重要(じゅうよう)なのである。　職場上美女與否不成問題，工作的正確度才重要。

1215 □ **ひたい【額】**

名 額頭

類 おでこ 額頭（俗稱） 衍 あご【顎】下巴

例 A：インド人(じん)が額(ひたい)につけている点(てん)は何(なん)ですか。

印度人額頭上的點點是什麼？

B：あれはビンディーといって、結婚(けっこん)している女性(じょせい)がつけることになっているんです。

那個叫做「Bindi」（吉祥痣），是已婚的女性才會點的。

1216 □ **びっくり**

自Ⅲ 嚇一跳，吃驚　➔ N4 單字

類 おどろく【驚く】吃驚，驚訝

例 まじめな彼(かれ)がカンニングをしたと聞(き)いて、先生(せんせい)もびっくりしたということです。　據說老師聽到認真的他作弊也嚇了一跳。

1217 □ **ひっくりかえす【ひっくり返す】**

他Ⅰ 翻，顛倒；弄倒；推翻

類 うらがえす【裏返す】翻過來，顛倒

例 だんだん肉(にく)が焼(や)けてきたら、一度(いちど)ひっくり返(かえ)して、反対側(はんたいがわ)もよく焼(や)いてください。　當肉漸漸烤熟了，就請先翻面一次，讓背面也好好烤。

1218 □

ひづけ【日付】	名 年月日；日期 衍 ひにち【日にち】日期；天數

例 こちらにお名前(なまえ)と**日付(ひづけ)**をご記入(きにゅう)ください。

請在這邊寫上姓名和年月日。（在行政單位辦理手續時）

1219 □

びっしょり	副・名 溼透；滿身（汗等） 類 びしょびしょ 溼透

例 汗(あせ)**びっしょり**になったから、ちょっとシャワーを浴(あ)びてくる。

我滿身大汗，先去沖個澡。

1220 □

ぴったり	副・名 緊緊地；恰好，適合 衍 そっくり（な）一模一樣

例 この悲(かな)しい曲(きょく)は今(いま)の私(わたし)の気分(きぶん)に**ぴったり**合(あ)っている。

這首悲傷的歌曲恰好符合我現在的心情。

1221 □

ひとりぐらし【一人暮らし】	名 獨自生活，一個人住

例 **一人暮(ひとりぐ)らし**をするなら、2階以上(にかいいじょう)の部屋(へや)がいいよ。1階(いっかい)は虫(むし)が出(で)やすいから。

如果是一個人住的話，還是 2 樓以上的房間好，因為 1 樓容易有蚊蟲。

> **出題重點**
>
> ▶**文法　V なら～がいい　如果～的話～好**
>
> 向聽話者推薦最佳的方式和手段，「いい」也可替換成其他字。
>
> 例 宿泊(しゅくはく)するなら、烏丸駅(からすまえき)の近(ちか)くがおすすめです。
>
> 要住宿的話推薦烏丸車站的附近。

1222 □

ひとりっこ【一人っ子】	名 獨生子，獨生女

例 **一人(ひとり)っ子(こ)**なので、兄弟(きょうだい)とけんかするってどんな感じか想像(そうぞう)しにくいなぁ。　因為自己是獨生子，很難想像和兄弟姊妹吵架是怎麼回事。

1223 □

ひとりひとり【一人一人】

名·副 每個人；一個一個

衍 ひとつひとつ【一つ一つ】一一，逐一

例 乗客は運転手さんの指示にしたがって、一人一人バスから降りました。

乘客按照司機的指示，一個一個從公車下車。

1224 □

ひにち【日にち】

名 日期；天數

衍 にってい【日程】日程，計畫

例 A：すみません、航空券の日にちを変更したいんですが。

不好意思，我想變更機票的日期。

B：お日にちの変更には手数料が必要ですが、よろしいでしょうか。

變更日期必須支付手續費，請問可以嗎？

1225 □

ひねる【捻る】

他I 扭，轉；轉動（身體部位）；絞盡腦汁

衍 しぼる【絞る】擰，扭；縮小（範圍等）

例 蛇口をひねっても水が出ない。どうも故障しているらしい。

即使轉了水龍頭還是沒有水，好像故障了。

1226 □

44

ひみつ【秘密】

名 祕密

類 ないしょ【内緒】祕密

例 誰だって家族にも親友にも言えない秘密が1つくらいあるものだ。

無論是誰，起碼都有個對家人和好友都難以啟齒的祕密。

出題重點

▶**文法　疑問詞（＋助詞）＋だって～　無論～都～**

表示不管什麼樣的條件下，都會有後述的情況，為全面肯定之意。

1227 □

びみょう（な）【微妙（な）】

な形 微妙的；難說的

例 A：京都の言葉と大阪の言葉って同じだよね？

京都和大阪說的話是一樣的吧？

B：なんか微妙に違うみたい。

好像有微妙的不同。（與親暱友人的對話）

例 A：昨日の面接、どうだった？うまくいった？

昨天的面試怎麼樣？還順利嗎？

B：う～ん…微妙。

嗯……很難說。（隱含負面之意）

1228 □

ひも【紐】

名 繩子，帶子 ➔ N4 單字

衍 いと【糸】線

例 妊娠中は、よく夫が靴の紐を結んでくれました。お腹が邪魔で自分で結べなかったんです。

懷孕的時候先生常幫我綁鞋帶，因為肚子礙著沒辦法自己綁。

1229 □

ひやす【冷やす】

他Ｉ 冰鎮；使冷靜 ➔ N4 單字

反 あたためる【温める】加熱，加溫

例 パーティーが始まるまでビールを冷蔵庫で冷やしといて。

在派對開始前把啤酒放進冰箱冰鎮。

1230 □

ひょう【表】

名 表，表格

衍 グラフ【graph】圖表

例 新しい消費税に合わせて、論文の表も作り直した。

配合新的消費稅，也重新做了論文的表格。

1231 □

ひよう【費用】

名 費用

類 コスト【cost】成本，費用

例 費用のことを考えると、親に海外留学に行きたいとは言いにくい。

一想到費用的事，就很難向父母開口說自己想去國外留學。

1232 □ ひょうげん【表現】

名・他III 表現，表達

類 あらわす【表す】表現，表達

例 言葉でうまく表現できない部分は図でご説明させていただきます。

無法用言語好好表達的部分請讓我以圖片來說明。

1233 □ ひょうじょう【表情】

名 表情；情況，樣子

衍 かおいろ【顔色】氣色；臉色

例 A：ずいぶん硬い表情をしているけど、どうしたの？

看你一臉非常僵硬的表情，怎麼了嗎？

B：ちょっと緊張してるんだ。久しぶりの試合だから。

有點緊張，因為是睽違已久的比賽。（與親暱友人的對話）

1234 □ ひょうばん【評判】

名 評價，名聲；有名；傳聞

例 この店のラーメンは有名な雑誌で取り上げられたことから、最近、評判になっている。

這家店的拉麵因為被知名雜誌報導，最近變得很有名。

1235 □ ひょうめん【表面】

名 表面

衍 おもて【表】表面；正面；公開

例 汚れた革靴は柔らかい布で磨いてください。表面を磨けば磨くほどピカピカになりますよ。

請用柔軟的布擦拭髒皮鞋，表面會越擦越亮喔。

1236 □ ひらく【開く】

自他I 開；開門營業；花開；舉辦；翻開；拉開

例 ドアが開きます。危ないですから、ドアに近づかないでください。

（車）門即將開啟。因為很危險，請不要靠近（車）門。

例 先週、うちの大学で国際会議が開かれた。

我們大學上星期舉辦了國際會議。

出題重點

▶**詞意辨析　ひらく VS あける**

「ひらく」同時有自動詞和他動詞的用法，「あける」則單純為他動詞。在他動詞的用法裡，若為「打開」或「營業」之意，比較常使用「あける」，但如果為其他意思，則用「ひらく」。例如以下兩種狀況就一定得用「ひらく」而不用「あける」：

例 イベントをひらく。　舉辦活動。

例 心(こころ)をひらく。　敞開心胸。

1237 □ **ひるね【昼寝】**

名・自Ⅲ 午睡，午覺

衍 いねむり【居眠り】打瞌睡

例 今(いま)、少(すこ)し昼寝(ひるね)しておかないと、午後(ごご)の授業(じゅぎょう)にまったく集中(しゅうちゅう)できないんだ。　現在如果不先稍微睡個午覺，下午的課是完全沒辦法集中精神的。

1238 □ **ひろがる【広がる】**

自Ⅰ 擴大；擴展；變寬；蔓延

類 ひろまる【広まる】擴大；遍及

例 強(つよ)い風(かぜ)のせいで、広(ひろ)い範囲(はんい)に火災(かさい)が広(ひろ)がっている。

因為強風的關係，火勢蔓延範圍擴大了。

1239 □ **ひろげる【広げる】**

他Ⅱ 擴大；擴展；拓寬；攤開

例 デザイナーは設計図(せっけいず)をテーブルに広(ひろ)げて、私(わたし)たちに説明(せつめい)してくれた。

設計師將設計圖攤開在桌上向我們說明。

1240 □ **びんぼう（な）【貧乏（な）】**

名・な形 貧窮；貧困的

類 まずしい【貧しい】貧窮的，窮困的

例 貧乏(びんぼう)な子供時代(こどもじだい)を送(おく)った彼女(かのじょ)は、お金(かね)の大切(たいせつ)さをよく知(し)っている。

曾度過貧困童年的她，非常了解金錢的重要。

ふ／フ

1241 □ 45

～ぶ【～部】

接尾 （書籍或文件等）～份，～冊，～部

衍 ～まい【～枚】～張

例 会議の資料は　２５部コピーして、デスクに置いておきましたよ。

會議的資料已經印好 25 份放在桌上囉。

1242 □

ファン【fan】

名 粉絲，迷

衍 だいファン【大ファン】忠實粉絲

例 作家のＡ氏はボクシングの熱心なファンとして有名である。

作家的 A 某以拳擊的狂熱粉絲而聞名。

1243 □

ふあん（な）【不安（な）】

名・な形 不安，不放心

反 あんしん【安心】安心，放心

例 妻はストレスに弱いタイプです。不安になると、すぐ顔に出るんです。

我太太不擅長面對壓力。一旦感到不安馬上就會顯現在臉上。

1244 □

～ふうに

接尾 像～

類 (この)ように 像（這樣）

例 台湾人が日本語を書くと、こんなふうに草　冠　の真ん中を切って書いたり、縦の線をつなげたりする人がいます。気をつけましょう。

臺灣人寫日文時，有的人會像這樣切開草字頭的正中間書寫，或是把豎的筆畫連起來。請多注意。（老師說的話）

（註：日文漢字的草字頭是 3 筆畫，既不是中文的 4 筆畫，也不會寫成「廿」的樣子。）

1245 □

ふうふ【夫婦】

名 夫妻 ➔ N4 單字

衍 しゅじん【主人】丈夫／つま【妻】妻子

例 子供が小さいうちは夫婦が二人きりで 食 事に行ったり旅行したりするのは 難 しい。　小孩還小的時候，夫妻很難兩人單獨出去用餐或旅行。

1246 □

ぶか【部下】

名 部下，下屬

反 じょうし【上司】上司，主管

例 上司の意見がいつも正しくて、部下の意見がいつも間違っているわけではない。　上司的意見並非總是正確，下屬的意見並非總是錯誤。

1247 □

ふきん【付近】

名 附近，一帶

類 まわり【周り】周圍；周邊

例 この大学の付近には学生向けの安い食堂やカフェがたくさんある。

這間大學的附近有很多以學生為客群的便宜餐廳和咖啡廳。

1248 □

ふく【拭く】

他Ⅰ（用布或紙等）擦，擦拭

衍 こする【擦る】擦，搓，揉

例 メガネは乾いたティッシュで拭いちゃだめですよ。柔らかい布で拭いてください。　眼鏡不能用乾的面紙擦，請用柔軟的布類擦拭。

1249 □

ふくざつ(な)【複雑(な)】

な形 複雜的　➔ N4 單字

反 シンプル(な)【simple】簡單的

例 今回の事件は複雑で、その上、疑問点も多いです。

這次的事件很複雜，而且也很多有疑問的地方。

> **出題重點**
>
> ▶**文法　その上　而且**
>
> 用來添加相同事物，表示「而且」、「還」。

1250 □

ふくそう【服装】

名 服裝，穿著

類 かっこう【格好】打扮；外型；姿勢

例 どっちかっていうと、私はシンプルな服装が好き。

非要選擇的話，我比較喜歡簡單的服裝。

服飾

ワイシャツ
白襯衫

スーツ・背広(せびろ)
西裝

燕尾服(えんびふく)
燕尾服

ベスト
背心

1251 □ **ふくむ【含む】**
他Ⅰ 含；含有；懷著（感情）

例 「税抜き(ぜいぬき)」と書(か)かれている価格(かかく)には消費税(しょうひぜい)が含(ふく)まれておりません。
寫著「未稅」的價格不含消費稅。

1252 □ **ふくめる【含める】**
他Ⅱ 包含；囑咐

例 このクラスで講演会(こうえんかい)に行(い)く人(ひと)は私(わたし)を含(ふく)めて4人(よにん)しかいません。
這個班上要去聽演講的人包含我只有4個人。

1253 □ **ふこう（な）【不幸（な）】**
名・な形 不幸；不幸的
衍 こうふく（な）【幸福（な）】幸福；幸福的

例 毎日忙(まいにちいそが)しく働(はたら)くことが不幸(ふこう)なことかどうかは、その人(ひと)にしか分(わ)からない。　每天忙於工作是否為不幸，只有當事人自己知道。

1254 □ **ぶじ（な）【無事（な）】**
名・な形 平安；圓滿；健康

例 先日(せんじつ)スペインの友人(ゆうじん)に送(おく)ったハガキは無事(ぶじ)に届(とど)いたかな？
不知道前陣子寄給西班牙友人的明信片平安送達了嗎？

1255 □

ふしぎ（な）【不思議（な）】

名・な形 不可思議，奇特的

衍 おかしい 奇怪的，不正常的；可笑的

例 不思議(ふしぎ)なことに、彼(かれ)には音楽(おんがく)の才能(さいのう)がまったくない。両親(りょうしん)はどちらも有名(ゆうめい)な音楽家(おんがくか)なのに。

不可思議的是，他完全沒有音樂才華，明明他的雙親都是知名音樂家。

出題重點

▶**文法　な形－な＋ことに／い形＋ことに　～的是**

「ことに」前面接な形容詞或い形容詞，用來表示說話者對接下來的敘述帶有某種情感，屬於書面用語。

1256 □

ふじゆう（な）【不自由（な）】

名・な形 不自由，不方便

反 じゆう（な）【自由（な）】自由，方便

例 目(め)が不自由(ふじゆう)だといっても、光(ひかり)は感(かん)じられるんです。

雖說是失明，但還是感受得到光線的。

出題重點

▶**固定用法　身體部位＋が＋不自由**

前面接「耳（みみ）」、「体（からだ）」等身體部位，透過這種中性的字眼來稱呼身障人士。如果描述言語障礙的話則說「言葉が不自由」。

1257 □

ふせぐ【防ぐ】

他I 預防，防止；防備，防禦

衍 おさえる【抑える】控制，抑制；壓抑

例 食中毒(しょくちゅうどく)を防(ふせ)ぐために、料理(りょうり)をする前(まえ)に毎日(まいにち)手(て)を石鹸(せっけん)で洗(あら)うようにしましょう。

為了預防食物中毒，每天做菜前都要用肥皂洗手。（餐廳廚房的標語）

1258 □

ふそく【不足】

名・自III 不足，缺乏；不滿意

反 たりる【足りる】充足，足夠

例 看護師(かんごし)が不足(ふそく)している問題(もんだい)は田舎(いなか)だけでなく、全国各地(ぜんこくかくち)の病院(びょういん)においても見(み)られます。

護理師不足的問題不僅於鄉下，也可見於全國各地的醫院。

1259 □

ふぞく
【付属】

名・自Ⅲ 附屬
衍 つく【付く】附帶

例 息子さんは大学に付属している病院で実習していらっしゃるんですか。
令郎在大學的附屬醫院實習嗎？

1260 □

ふた
【蓋】

名 蓋子
衍 しめる【閉める】蓋上（蓋子）

例 このペットボトルの蓋はあけにくいなぁ。悪いけどちょっと開けてもらっていい？　這個寶特瓶的蓋子好難開啊，抱歉可以幫我開一下嗎？

1261 □

ふたたび
【再び】

副 再次，又
類 もういちど【もう一度】再一次

例 その日、犯人は駅を出て、区役所に書類を提出すると、再び電車に乗ってうちへ帰ったようだ。
當天犯人好像出了車站，在區公所繳交文件後，再次搭上電車回家。

1262 □

ふだん
【普段】

名・副 平常，平時
衍 ふだんぎ【普段着】便服，家居服

例 私は普段は化粧をしませんが、面接の時だけはするようにしています。　我平常不化妝，只有面試的時候會儘可能化妝。

1263 □

ふつう
【普通】

名・副 普通；一般，通常　➔ N4 單字

例 日本ではテストの時、ふつう鉛筆やシャーペンを使います。
在日本，考試的時候一般是用鉛筆和自動鉛筆。

1264 □

ぶつかる

自Ⅰ 碰，撞；遇到；衝突　➔ N4 單字
衍 ぶつける 撞上；投

例 走って角を曲がったら、あっちから歩いてきたおばあさんにぶつかりそうになった。　跑到轉角處，差點撞上迎面走來的老太太。

1265 □

ふっとう【沸騰】

名・自Ⅲ 沸騰，燒開

類 わく【沸く】沸騰

例 お湯が沸騰したら、カップラーメンに注いでくれない？

熱水燒開的話，可以幫我倒入杯麵嗎？

1266 □

ぶつぶつ

副 發牢騷，抱怨；嘀咕

例 彼はよく上司に対してぶつぶつ不満を言っていますが、やるべきことはちゃんとやる人です。

他這個人雖然常對上司發牢騷，但該做的事還是會好好做。

1267 □

ぶつり【物理】

名 物理

衍 かがく【化学】化學

例 物理の教科書は難しすぎて、書いてある中国語さえ理解できない。

物理課本太難了，我連上面寫的中文都看不懂。

1268 □

ふと

副 突然，不經意

衍 なんとなく 總覺得；無意中，不知為何

例 目覚まし時計が鳴る前にふと目が覚めることがある。

我有時會在鬧鐘響之前突然醒來。

1269 □

ぶぶん【部分】

名 部分

衍 いちぶ【一部】一部分

例 グラフの赤い部分をご覧ください。これからこちらについて説明いたします。　請看表格的紅色部分。接下來由我來針對這邊進行說明。

1270 □

ふまん(な)【不満(な)】

名・な形 不滿，不滿意

反 まんぞく(な)【満足(な)】滿足，滿意

例 不満そうな顔をしている猫もかわいいと思いませんか。

不覺得貓咪一臉不滿的樣子也很可愛嗎？

1271 □ 46

ふみきり【踏切】

名 平交道
衍 こうさてん【交差点】十字路口

例 車で踏切を渡る時、前が渋滞していないかどうか注意してください。
開車過平交道時，請注意前方有沒有塞車。

1272 □

ふむ【踏む】

他I 踏，踩；踏上 → N4 單字

例 A：その足、どうしたんですか。
你那隻腳怎麼了？
B：さっき電車の中でヒールで踏まれちゃって…。
剛剛在電車裡被高跟鞋踩到……。

1273 □

ふやす【増やす】

他I 增加
反 へらす【減らす】減少

例 イベントへの参加者を増やすために、主にネットの広告が利用されている。　為了增加活動的參加者，主要利用網路廣告。

1274 □

ふよう（な）【不要（な）】

な形 不需要，不用
反 ひつよう（な）【必要（な）】需要

例 日本のパスポートがあれば、台湾に行く際にビザは不要です。
有日本護照的話，去臺灣就不用簽證。

1275 □

フライパン【frying pan】

名 平底鍋
衍 なべ【鍋】鍋子

例 最後に、野菜や肉をフライパンに入れて炒めればできあがりです。
最後將蔬菜和肉放進平底鍋炒就大功告成了。

1276 □

ブラシ【brush】

名 刷子
衍 はブラシ【歯ブラシ】牙刷

例 月に1回、ブラシでお風呂場をよくこすってきれいにすることにしています。　每個月1次用刷子刷洗，清潔浴室。

1277 □ **プラス【plus】**

名・他Ⅲ 加；加號；正面；有益，有利

反 マイナス【minus】減，負；減號；負面；損失

例 外国でアルバイトをすることが外国語の勉強にプラスになるという人が多い。　很多人說在國外打工有利外語學習。

1278 □ **プラットホーム・ホーム【platform】**

名 月臺

衍 かいさつ【改札】剪票口，驗票閘門

例 駅のホームに立っていると、電車が遅れるというアナウンスが流れてきた。　一站上車站月臺，便傳來了電車延遲的廣播。

1279 □ **ふらふら**

副・自Ⅲ・名 搖搖晃晃；遲疑；溜達

例 あれだけ酒飲んだんだから、ふらふらになってもおかしくはないよね。

喝酒喝成那樣，整個人變得搖搖晃晃也不奇怪對吧。

1280 □ **ぶらぶら**

副・自Ⅲ・名 搖晃；無所事事；閒晃

例 あの人は仕事もせずに毎日ぶらぶらしているらしいですよ。

那個人好像都不工作，每天無所事事。

1281 □ **～ふり**

名 裝作，假裝；樣子，狀態

例 答えたくない質問があったら、聞こえないふりをすればいいのに。

如果有不想回答的問題，假裝沒聽到不就好了。

1282 □ **ふりこむ【振り込む】**

他Ⅰ 匯入，匯款

衍 ふりこみ【振り込み】轉帳，匯款

例 商品は代金を振り込んでいただいた後に発送いたします。

商品將在貨款匯款完成之後出貨。

1283 □ **プリンタ・プリンター【printer】**

名 印表機

衍 インク【ink】墨水

例 このプリンタは学生証を持っている方のみご利用いただけます。

這臺印表機僅限持有學生證的人使用。

1284 □ **プリント【print】**

名・自Ⅲ 講義；印刷品；印刷

衍 プリントアウト【print out】列印

例 もし暇（ひま）なら、このプリントをみんなに配（くば）ってくれる？

有空的話，可以幫我把講義發給大家嗎？

1285 □ **ふる【振る】**

他Ⅰ 揮；搖；撒；拒絕；分配；注上（假名）

衍 ふりむく【振り向く】回頭

例 金（きん）メダルをとった選手（せんしゅ）は空港（くうこう）で待（ま）っていたファンに手（て）を振（ふ）ってこたえた。　奪得金牌的選手向在機場等待他的粉絲揮手致意。

出題重點

▶**固定用法　首を縦／横に振る　點／搖頭**

例 何（なに）を言（い）われても、妹（いもうと）は首（くび）を横（よこ）に振（ふ）り続（つづ）けている。

不管別人說什麼，妹妹都不停地搖著頭。

1286 □ **ふるえる【震える】**

自Ⅱ（因寒冷或情緒激動）顫抖；震動

例 大勢（おおぜい）の観客（かんきゃく）を前（まえ）にして、緊張（きんちょう）して声（こえ）が震（ふる）えてしまった。

在眾多觀眾的面前，緊張到聲音在顫抖。

1287 □ **ブレーキ【brake】**

名 煞車；阻礙

衍 きゅうブレーキ【急ブレーキ】緊急煞車

例 下（くだ）り坂（ざか）ではブレーキを少（すこ）しずつかけたほうがいいよ。

下坡路段要慢慢踩剎車比較好喔。

1288 □ **プロ・プロフェッショナル【professional】**

名 職業，專業

衍 せんもんか【専門家】專家

例 彼女（かのじょ）の卓球（たっきゅう）の実力（じつりょく）は全国レベルですが、プロの選手（せんしゅ）になるつもりはないそうです。

她的桌球實力雖然有全國水準，卻聽說不打算成為職業選手。

1289 □ **ブログ【blog】**

名 部落格 ➔ N4 單字

衍 エスエヌエス【SNS】社群網路

例 彼女(かのじょ)は仕事(しごと)に関(かん)する写真(しゃしん)をブログにアップしてしまったので、上司(じょうし)に注意(ちゅうい)された。　她因為把工作相關的照片放到部落格上而被上司警告。

1290 □ **～ぶん【～分】**

名 部分；份；身分；本分；樣子

例 田村(たむら)くんはピザが好(す)きすぎて、私(わたし)の分(ぶん)まで食(た)べちゃったの。

田村太喜歡披薩，連我的份都吃掉了。（女性的說話方式）

1291 □ **ふんいき【雰囲気】**

名 氣氛，氛圍

衍 くうき【空気】空氣；氣氛

例 落(お)ち着(つ)いた雰囲気(ふんいき)のバーで飛行機(ひこうき)が着(つ)くまで時間(じかん)をつぶそうと思(おも)っている。　班機抵達前，我想在氣氛沉穩的酒吧裡打發時間。

1292 □ **ぶんがく【文学】**

名 文學 ➔ N4 單字

衍 ごがく【語学】語學

例 文学(ぶんがく)は時代(じだい)を映(うつ)す鏡(かがみ)であると言(い)われている。

大家都說文學是一面反映時代的鏡子。

1293 □ **ぶんしょう【文章】**

名 文章

衍 ぶん【文】句子；文章

例 明日(あした)の国語(こくご)テストのために、授業(じゅぎょう)で学(まな)んだ文章(ぶんしょう)を復習(ふくしゅう)した。

為了明天的國文考試，我複習了課堂上學過的文章。

1294 □ **ぶんぼうぐ【文房具】**

名 文具

類 ぶんぐ【文具】文具

例 もうすぐ小学校(しょうがっこう)に入学(にゅうがく)する弟(おとうと)のために、両親(りょうしん)は様々(さまざま)な文房具(ぶんぼうぐ)を買(か)ってやった。

為了即將進入小學就讀的弟弟，父母親幫他買了各式各樣的文具。

文具

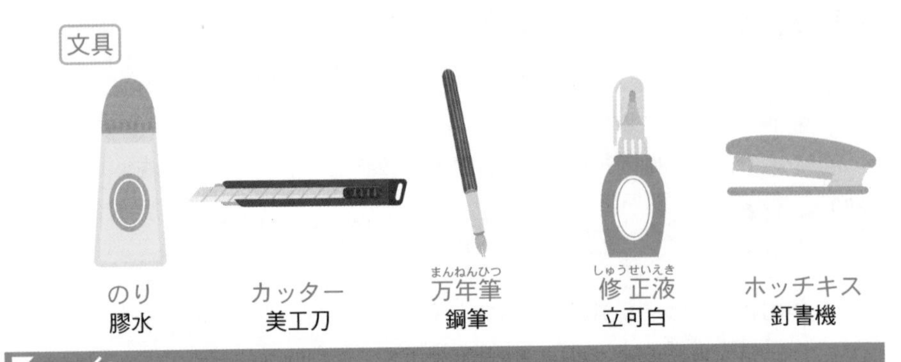

へ/ヘ

1295 □ 47

へいき（な）【平気（な）】

な形 平靜；沒事，若無其事

衍 おちつく【落ち着く】沉著，冷靜；安定，穩定

例 A：待たせちゃってごめん！

讓你久等了對不起！

B：平気平気。私も着いたばかりだから。

沒事沒事，因為我也剛到而已。

1296 □

へいきん【平均】

名・自Ⅲ 平均；平均值

衍 へいきんてん【平均点】平均分數

例 去年の台北の気温は高かったそうです。特に1月から3月にかけては平均より3度も高かったんです。

據說去年臺北的氣溫很高，特別是1月到3月比平均高了3度之多。

1297 □

へいじつ【平日】

名 平日；平時

反 きゅうじつ【休日】假日

例 人気の観光地は、平日でも人でいっぱいだよ。もっと早く準備しとかなきゃ。

受歡迎的觀光景點即使平日也都人滿為患喔，必須早點做準備。

（註：事先規劃行程、預訂飯店或機票等）

1298 □

へいわ（な）【平和（な）】

名・な形 和平；和平的，平穩的

類 おだやか（な）【穏やか（な）】平穩的，平靜的

例 平和（へいわ）なときには忘（わす）れがちですが、平和（へいわ）ほど大切（たいせつ）なものはありません。

雖然和平的時候很容易忘記，但沒有其他東西比和平更為重要。

出題重點

▸**文法　V－ます＋がち　往往會～、容易**

表示即使非刻意也容易做某種動作，常用在負面評價。

1299 □

ペコペコ

名 肚子餓

類 おなかがへる【お腹が減る】肚子餓

例 何（なに）も食（た）べないでずっと勉強（べんきょう）していたから、お腹（なか）がペコペコだよ。

什麼都沒吃一直在讀書，所以肚子都餓了。

1300 □

べつに【別に】

副 特別（後接否定）

➔ N4 單字

例 席（せき）が足（た）りないならいいよ、別（べつ）に行（い）きたいわけじゃないから。

座位不夠的話就算了，反正我並不是特別想去。

出題重點

▸**文法　別に～ない　不特別～、沒有什麼～**

表示沒有特別的感受或想法，有時會省略「ない」的部分，尤其是在日常生活對話的回答。不過當「別に」單獨使用時，因為語氣上帶有不屑，在某些場合上會顯得非常不禮貌，並且造成他人反感，所以要儘量避免對熟人以外的對象使用。

1301 □

べつべつ【別々】

名 各自，分別

衍 それぞれ 各自

例 会計（かいけい）は別々（べつべつ）でお願（ねが）いします。あと、レシートも分（わ）けてもらえませんか。

麻煩讓我們各付各的。還有收據也可以幫我們分開嗎？

1302 □ **へらす【減らす】**

他I 減少
反 ふやす【増やす】增加

例 前よりも狭い家に引っ越すつもりですから、家具を減らそうと思っています。 因為打算搬到比之前小的房子，所以想減少家具。

1303 □ **ペラペラ**

名（外語）流利

例 外国語がペラペラの人ってすごいよね！私なんか母語でさえ自信がないよ。 外語講得流利的人好厲害啊！我連說母語都沒有自信了。

1304 □ **へる【減る】**

自I 減少；（肚子）餓；磨損 ➔ N4 單字
反 ふえる【増える】增加

例 大学に合格してスーツとか教科書とかを買わなきゃいけないので、貯金がどんどん減っていきます。
考上大學後就必須買套裝、教科書等等的，所以儲蓄不斷在減少。

1305 □ **ベルト【belt】**

名 皮帶，腰帶
衍 シートベルト【seat belt】安全帶

例 今年の父の日のプレゼントはブランド品のベルトにしようと思っています。 今年的父親節禮物我打算送名牌皮帶。

1306 □ **へんか【変化】**

名・自III 變化
類 かわる【変わる】變化，改變

例 価値観の変化とともに生活のスタイルも変わってきた。
隨著價值觀的變化，生活型態也跟著改變了。

1307 □ **へんこう【変更】**

名・他III 變更，改變
類 かえる【変える】變更，改變

例 仕事内容の変更については後ほど説明させていただきます。
關於工作內容的變更，稍後將由我進行說明。

1308 □

へんしん【返信】

名・自Ⅲ 回信

例 返信(へんしん)してくれてありがとう。ただ3日後(みっかご)だったけどね。

謝謝你的回信，只不過慢了3天呢。

1309 □

ベンチ【bench】

名 長椅，長板凳

例 壊(こわ)れたベンチを作(つく)り直(なお)してインテリアにしてみました。

試著將壞掉的長椅改造成為室內裝飾品。

1310 □

べんとう【弁当】

名 便當

衍 えきべん【駅弁】火車便當

例 妻(つま)のおいしい手作(てづく)り弁当(べんとう)のせいで、僕(ぼく)は結婚(けっこん)してから5(ご)キロも太(ふと)ってしまった。　都是老婆親手做的美味便當，害我從結婚以後胖了5公斤。

ほ／ホ

1311 □ 48

ほいくえん【保育園】

名 托兒所

衍 ようちえん【幼稚園】幼稚園

例 保育園(ほいくえん)を探(さが)すときは、場所(ばしょ)だけでなく、先生(せんせい)の数(かず)とかもチェックしなきゃ。　尋找托兒所時，不只是地點，也必須檢視老師的人數等等。

1312 □

～ほう【～方】

名 方，方面；方向　➔ N4 單字

例 新(あたら)しい情報(じょうほう)が入(はい)りましたら、こちらのほうから連絡(れんらく)させていただきます。　如果收到新情報，將由我們這邊聯絡。

1313 □

ぼうえき【貿易】

名・自Ⅲ 貿易　➔ N4 單字

衍 ゆにゅう【輸入】進口

例 指導教授(しどうきょうじゅ)のすすめで、大学院(だいがくいん)へ進学(しんがく)して、日本(にほん)の貿易(ぼうえき)の発展(はってん)に関(かん)する研究(けんきゅう)をしています。

在指導教授的推薦下進入研究所，從事日本貿易發展相關的研究。

1314 □ ほうこう【方向】

名 方向；方針

衍 ほうがく【方角】方向，方位

例 あわてて電車(でんしゃ)に乗(の)ったら、目的地(もくてきち)と反対(はんたい)の方向(ほうこう)に行(い)ってしまったことがあります。　曾經慌慌張張地搭上電車，卻往目的地的相反方向去。

1315 □ ほうこく【報告】

名・他Ⅲ 報告

衍 レポート【report】報告；報導

例 日本(にほん)の職場(しょくば)でよく使(つか)われる「ほうれんそう」というのは、「報告(ほうこく)・連絡(れんらく)・相談(そうだん)」のことです。

日本職場上常用到的「報連相」指的是「報告、聯絡、商量」。

文化補充

▶ほうれんそう　報連相

在日本，「報告、聯絡、商量（日文漢字為相談）」為上班族在職場上的行動方針，指的就是向主管報告、將自己握有的情報通知及聯絡他人、在執行或判斷上有困難時找主管及同事商量，由於剛好和波菜（ほうれん草）的日文發音相同而廣為人知。

1316 □ ほうせき【宝石】

名 寶石

衍 ダイヤ（モンド）【diamond】鑽石

例 この宝石(ほうせき)は安(やす)いことは安(やす)いですが、質(しつ)が悪(わる)いです。

這種寶石便宜是便宜，但品質很差。

1317 □ ほうたい【包帯】

名 繃帶

例 手元(てもと)に包帯(ほうたい)がない場合(ばあい)は、ハンカチやタオルを使(つか)ってもいいですか。

手邊沒有繃帶的時候，可以用手帕或毛巾嗎？

1318 □ ほうちょう【包丁】

名 菜刀

衍 まないた【まな板】砧板

例 包丁(ほうちょう)は料理人(りょうりにん)にとって命(いのち)と同(おな)じぐらい大事(だいじ)だと言(い)われている。

據說菜刀對廚師來說等同生命重要。

1319 □

ほうほう【方法】

名 方法，辦法

類 やりかた【やり方】方法，做法

例 レポートは作文(さくぶん)とは違(ちが)って、科学的(かがくてき)な方法(ほうほう)で調査(ちょうさ)しなければなりません。 報告和作文不同，必須使用科學方法來調查。

1320 □

ほうもん【訪問】

名・他Ⅲ 訪問，造訪

類 たずねる【訪ねる】拜訪，前往

例 この春(はる)も京都(きょうと)を訪問(ほうもん)しようと思(おも)う。あまり長(なが)く滞在(たいざい)できないが、花見(はなみ)さえできれば満足(まんぞく)だ。

我今年春天也想造訪京都。雖然不太能長期滯留，只要能賞櫻就滿足了。

1321 □

ほえる【吠える・吼える】

自Ⅱ （動物）吼，吠，叫；（風）呼嘯；咆嘯

衍 なく【鳴く】叫，鳴，啼

例 姉(あね)が犬(いぬ)に吠(ほ)えられることが多(おお)いのに対(たい)して、私(わたし)は吠(ほ)えられたことが一度(いちど)もない。 相較於姊姊常常被狗吠，我一次都沒被吠過。

1322 □

ほお・ほほ【頬】

名 臉頰

例 痴漢(ちかん)と間違(まちが)えられて、女(おんな)の人(ひと)に頬(ほお)を叩(たた)かれてしまった。

被女性誤認成色狼而被打了一記耳光。

臉部

額(ひたい)
額頭

頬(ほお)・頬(ほほ)
臉頰

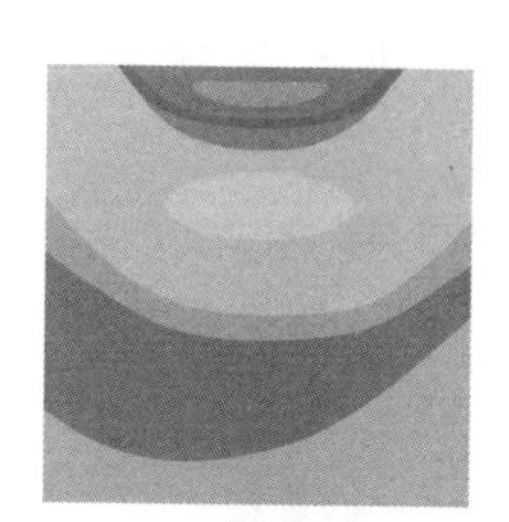

顎(あご)
下巴

1323 □ ボーナス【bonus】

名 獎金；紅利

衍 きゅうりょう【給料】薪水

例 ボーナスで何を買おうかと悩んでいます。

我正在煩惱要用獎金買什麼好。

1324 □ ホームシック【homesick】

名 想家，思鄉病

衍 ホームステイ【homestay】寄宿家庭

例 なぜか分かりませんが、毎日不安です。ホームシックにかかったのかもしれません。

不知道為什麼每天都很不安，或許是得了思鄉病也說不定。

1325 □ ホームページ【homepage】

名 網站首頁（常縮寫為「HP」）；網頁

類 ウェブサイト【website】網站

例 詳しくはホームページをご覧ください。

詳情請見網站首頁。

1326 □ ほか【他】

名 其他，另外；別處；除了～之外

例 石原先生の授業は難しすぎるので、できれば他の先生の授業を受けたいです。

因為石原老師的課太難，如果可以的話，我想上其他老師的課。

1327 □ ほこう【補講】

名・自Ⅲ 補課

衍 きゅうこう【休講】停課

例 せっかくの週末なのに、なんで補講に行かなきゃならないんだろう…。

明明是難得的週末，為什麼還非要去補課不可啊……。

1328 □ ほこり【埃】

名 灰塵

例 埃だらけの図書館に入ったとたんに、アレルギーの発作が起こった。

才剛進入充滿灰塵的圖書館，過敏就發作了。

出題重點

▶**文法　Vたとたん（に）　剛～就～**

表示前項的動作才做完不久，立刻發生其他動作或變化，帶有意外的語氣。

1329 □ **ほしがる【欲しがる】**

他I 想要，希望得到　→ N4 單字

例 永井君が誕生日に欲しがっていたゲームを買ってもらったんだって。

聽說永井在生日的時候（父母）買給他想要的遊戲。

1330 □ **ぼしゅう【募集】**

名・他III 招募，募集

反 おうぼ【応募】報名，應徵

例 この短期大学は来年から新入生を募集しないことになった。

這間短期大學明年開始不再招募新生。

1331 □ **ほしょう【保証】**

名・他III 保證，擔保

衍 ほしょうしょ【保証書】保證書

例 A：一口食べさせてもらっていい？

可以餵我吃一口嗎？

B：いいよ。ただし味の保証はできないけど。

好呀，只是我不敢保證味道好不好。

1332 □ **ほす【干す】**

他I 晾，曬乾；喝乾；冷落

類 かわかす【乾かす】弄乾

例 大根は干して保存したほうが長持ちします。しかもおいしさもアップしますよ。　白蘿蔔曬乾保存比較能久放，而且還會提高美味程度喔！

1333 □ **ポスター【poster】**

名 海報　→ N4 單字

例 卓球が大好きな彼の部屋には卓球選手のポスターがたくさん貼ってある。　最喜歡桌球的他在房間裡貼了許多桌球選手的海報。

1334 □

ほぞん【保存】

名・他Ⅲ 保存，儲存 → N4 單字

例 開封後は冷蔵庫で保存し、お早めにお召し上がりください。

開封後請冷藏，並請盡早食用完畢。

出題重點

▶**搶分關鍵　召し上がる　吃、喝**

日文裡，尊敬語除了「V−(ら)れる」和「お／ご〜になる」的型態之外，部分動詞有其相對應的特殊形，例如吃或喝的特殊尊敬語皆為「召し上がる」。其他像是「いらっしゃる」（來、去、在）、「おっしゃる」（說）和「なさる」（做）等等也都屬於這一類的尊敬語。

1335 □

ほっと

副・自Ⅲ 嘆氣；放心，鬆了一口氣

例 村上さんがそんなに怒っていないことを知って、ほっとした。

知道村上先生並沒有這麼生氣之後，我鬆了一口氣。

1336 □

ほどく

他Ⅰ 解開，拆開

反 むすぶ【結ぶ】繫，打結

例 子供たちは嬉しそうにプレゼントのリボンをほどいた。

孩子們開心地拆開了禮物上的緞帶。

1337 □

ほとんど

名・副 大部分；幾乎 → N4 單字

衍 だいぶぶん【大部分】大部分，多半

例 ほとんど日本語が話せなかった彼女の留学生活はどんなに大変だったことか。　幾乎不會說日語的她，留學生活是多麼辛苦啊。

1338 □

ほね【骨】

名 骨頭；骨架，支架；骨氣

衍 こっせつ【骨折】骨折

例 父の話では、隣のおばあさんが階段から落ちて骨を折ったそうです。

聽父親說，隔壁老太太從樓梯上摔下來骨折了。

1339 □ **ほほえむ【微笑む】**

自I 微笑

衍 ほほえみ【微笑み】微笑

例 泣きそうなときに無理して微笑んだら、変な顔になってしまった。

想哭的時候勉強微笑，變成了奇怪的表情。

1340 □ **ほる【掘る】**

他I 挖，挖掘

反 うめる【埋める】埋入；填

例 A：この辺のゴミを埋めたいから、庭に 3 メートルぐらいの穴を掘ってくれない？

我想埋這附近的垃圾，可以幫我在庭院挖個約 3 公尺的洞嗎？

B：3 メートルもの穴を掘るなんて僕には無理だよ。

要挖深達 3 公尺的洞對我來說是不可能的啦。

1341 □ **～ほん【～本】**

接尾 （電車或公車）～班，～班次

例 乗り換えが嫌なら、電車 1 本で学校へ行ける部屋を探してみたら？

如果不喜歡轉乘的話，要不要找個 1 班電車就可以到學校的房子？

1342 □ **ほんき【本気】**

名 認真；真心，真實

反 じょうだん【冗談】玩笑／あそび【遊び】玩

例 A：せっかくの授賞式に行かないなんて冗談でしょ？

難得的頒獎典禮竟然不去，你在開玩笑吧？

B：本気よ！私なりに考えて決めたの。

我是認真的！這是我自己思考過後決定的。（女性說話語氣）

1343 □ **ほんじつ【本日】**

名・副 本日，今天

例 本日はご来店くださいまして、まことにありがとうございます。

誠摯感謝您今日的光臨。（商店廣播）

1344 □

ほんにん【本人】

名 本人，當事人

反 たにん【他人】別人；局外人

例 結婚祝いに何がほしいかは、本人に直接聞いてみたら？

你要不要直接去問問本人結婚祝賀禮物想要什麼？

1345 □

ほんもの【本物】

名 真品，真貨

反 にせもの【偽物】仿冒品，假貨

例 価格が異常に安い場合は、本物じゃない可能性が高いです。

價格異常便宜的情況下，很有可能不是真品。

1346 □

ほんやく【翻訳】

名・他Ⅲ 翻譯，筆譯 ➔ N4 單字

衍 つうやく【通訳】翻譯，口譯；口譯員

例 早く書類を翻訳しないと、会議に間に合いませんよ。

不趕緊把文件翻譯好的話會趕不上開會喔。

1347 □

ぼんやり

副・自Ⅲ 模糊；朦朧；發呆

類 ぼうっとする 發呆

例 授業中にぼんやりしていたので、先生に授業に集中するように注意された。 因為在課堂上發呆，被老師提醒上課要集中精神。

ま／マ

1348 □ 49

まぁ	感 唉；好了；還算；哎呀

例 A：昨晩(さくばん)からひどい熱(ねつ)が出(で)て、今日(きょう)の会議(かいぎ)には出席(しゅっせき)できないんです。申(もう)し訳(わけ)ないんですが、代(か)わりに会議(かいぎ)の司会(しかい)をしてもらえませんか。

我昨晚開始發高燒，沒辦法出席今天的會議。非常抱歉，可以麻煩你代替我擔任會議的主持嗎？

B：自信(じしん)ないなぁ。でも、まぁ、病気(びょうき)じゃしかたないですね。

我沒什麼自信啊。不過，唉，生病就沒辦法了。

1349 □

まあまあ	副・名 馬馬虎虎，還可以；好了好了（勸解）

例 A：仕事(しごと)、うまくいってる？　工作做得還行嗎？

B：う～ん、まあまあかな。早(はや)く慣(な)れたいと思(おも)うけど。

嗯……馬馬虎虎吧。想早點習慣就是了。

1350 □

マイク【microphone】	名 麥克風 衍 スピーカー【speaker】音響，喇叭

例 すみません、ちょっと聞(き)きにくいので、もう少(すこ)しマイクに近(ちか)づいて話(はな)してもらえませんか。

不好意思，因為有點聽不太清楚，可以麻煩你再靠近麥克風一點說話嗎？

1351 □

まいご【迷子】	名 迷路；迷路的孩子 衍 まよう【迷う】迷，迷失；猶豫

例 デパートの屋上(おくじょう)から3階(さんがい)にかけて探(さが)してみたが、迷子(まいご)になった子(こ)は見(み)つからなかった。

雖然從百貨公司的屋頂找到 3 樓，還是沒找到迷路的孩子。

出題重點

▸**固定用法　迷子になる　迷路**

例 新宿駅(しんじゅくえき)は、日本人(にほんじん)でも迷子(まいご)になる人(ひと)がいる。

即使是日本人也有人會在新宿車站迷路。

1352 □

マイナス【minus】

名・他Ⅲ 減，負；減號；負面；損失

反 プラス【plus】加　衍 ひく【引く】減

例 新しく海外に支社を作ることはわが社にとってマイナスの面もあれば、プラスの面もあるだろう。

在國外開設新分店對本公司來說有負面（影響）也有正面（影響）。

出題重點

▶**文法　～もあれば～もある　有～也有～**

表示事物有各種不同的面相或情況。

1353 □

マウス【mouse】

名 滑鼠；老鼠

衍 キーボード【keyboard】鍵盤

例 すみません、子供用のマウスを探しているんですが、こちらにありますか。　不好意思，我正在找小朋友用的滑鼠，請問這裡有嗎？

1354 □

まかせる【任せる】

他Ⅱ 交給，託付；任憑

衍 たのむ【頼む】拜託；請求；叫（餐點）

例 このような危険な仕事はやはりプロに任せよう。

像這樣危險的工作我們還是交給專業人士吧。

1355 □

まく【巻く】

他Ⅰ 捲，包，纏

例 傷口に早めに包帯を巻いて、血を止めてください。

請盡快將傷口纏上繃帶，進行止血。

1356 □

まご【孫】

名（自己的）孫子，孫女；外孫　➔ N4 單字

衍 おまごさん【お孫さん】（他人的）孫子；外孫

例 孫はこの４月に、中学校に上がるんですよ。時が経つのは早いものですね。　我孫子今年４月就要升國中了呢，時間過得可真快啊。

1357 □ **まさか**

副 居然，沒想到

例 まさか彼(かれ)が　２０年後(にじゅうねんご)に首相(しゅしょう)になるとは誰(だれ)も思(おも)っていなかった。

沒有人想到他 20 年後居然成為首相。

1358 □ **まし（な）**

な形 好，勝過

例 昔(むかし)は人前(ひとまえ)で何(なに)も話(はな)せなかったが、今(いま)はだいぶましになった。

我以前在別人面前什麼都說不出口，現在好多了。

1359 □ **まじめ（な）【真面目（な）】**

な形 認真的；誠實的　➔ N4 單字

反 ふまじめ（な）【不真面目（な）】不認真的

例 なぜあの人(ひと)を採用(さいよう)したかというと、彼(かれ)の真面目(まじめ)な性格(せいかく)がこの仕事(しごと)にぴったりだったからです。

要說為什麼錄取那個人，是因為他認真的個性很適合這份工作。

1360 □ **まず【先ず】**

副 首先；總之；大概　➔ N4 單字

類 はじめに【初めに・始めに】首先

例 まず、フライパンに油(あぶら)を適当(てきとう)に引(ひ)いてください。次(つぎ)に薄(うす)く切(き)ったにんじんを入(い)れてください。

首先請在平底鍋中倒入適量的油，接下來放入切薄的紅蘿蔔。

例 外国語(がいこくご)の勉強(べんきょう)は、まず、毎日(まいにち)どのぐらい勉強(べんきょう)するか計画(けいかく)をたてることが大切(たいせつ)だ。　外語學習首先很重要的是訂定每天學習的量。

1361 □ **マスク【mask】**

名 口罩；面具；面罩

例 あんなに咳(せき)をしているのだから、マスクくらいしてほしい。

看你咳成那樣，拜託你至少戴個口罩。

1362 □ **まずしい【貧しい】**

い形 貧窮的，窮困的；貧乏的

類 びんぼう（な）【貧乏（な）】貧困的

例 人(ひと)は貧(まず)しくても、プライドを持(も)って生(い)きていくべきだ。

人就算窮困，也應當要抱持著自尊心活下去。

1363 □ **ますます**

副 越來越～，更加
類 もっと 更加　衍 さらに【更に】更加；還

例 彼(かれ)は不思議(ふしぎ)な人(ひと)だ。彼(かれ)のことを考(かんが)えれば考(かんが)えるほどますます理解(りかい)できなくなる。　他是個不可思議的人。我越是思考就越不了解他。

出題重點
▸文法　V－ば＋Vほど　越～越～
重複使用相同詞語，來表示隨著前項的變化，後項也發生相應的改變。

1364 □ **まぜる【混ぜる】**

他II 混合；攪拌
衍 まざる【混ざる】混合

例 最後(さいご)に醤油(しょうゆ)をかけてよく混(ま)ぜたら出来上(できあ)がりです。
最後淋上醬油並好好攪拌就完成了。

1365 □ **または【又は】**

接續 或，或是　➔ N4 單字
類 あるいは 還是，或是

例 通帳(つうちょう)またはキャッシュカードでお振込(ふりこ)みいただけます。
可以使用存摺或提款卡匯款。

1366 □ **まち【街】**

名（商店林立、熱鬧的）街道，大街；市街
衍 しょうてんがい【商店街】商店街

例 渋谷(しぶや)や原宿(はらじゅく)は若者(わかもの)向(む)けの店(みせ)が集(あつ)まっていることから、「若者(わかもの)の街(まち)」と呼(よ)ばれている。
澀谷和原宿針對年輕人的店家林立，所以被稱為「年輕人的街道」。

1367 □ **まちあわせ【待ち合わせ】**

名 約定見面，碰面　➔ N4 單字
衍 まちあわせる【待ち合わせる】碰頭，見面

例 彼女(かのじょ)と夜(よる)7時(しちじ)にホテルのロビーで待(ま)ち合(あ)わせをすることにした。
決定晚上7點和她約在飯店大廳見面。

出題重點
▸文法　Vことにする　決定～
表示以個人意志決定做某事。

1368 □ まちがい【間違い】
名 錯誤；差錯
衍 まちがいでんわ【間違い電話】打錯電話

例 急いで書いたレポートは間違いだらけでした。
匆匆忙忙寫的報告裡錯誤百出。

1369 □ まちがう【間違う】
自他Ⅰ 弄錯；不正確
類 まちがえる【間違える】弄錯，搞錯

例 A：ここを左に曲がるの？道が狭くて車が入れないかも。
這邊左轉嗎？路很窄，車子可能進不去。
B：ごめん。間違った。右だった。
對不起，我弄錯了，是右邊。

1370 □ まちがえる【間違える】
他Ⅱ 弄錯，搞錯 ➔ N4 單字
類 まちがう【間違う】弄錯；不正確

例 私のクラスには親でも間違えるほどよく似た双子がいる。
我的班上有對長得非常相像，連父母都會弄錯的雙胞胎。

1371 □ まっか（な）【真っ赤（な）】
な形 鮮紅的，通紅
衍 まっさお（な）【真っ青（な）】蔚藍的

例 僕は少しでもお酒を飲むと顔が真っ赤になるんです。
我即使喝一點酒也會滿臉通紅。

1372 □ まっくら（な）【真っ暗（な）】
な形 黑壓壓的，一片漆黑的

例 岡田さんは部屋を真っ暗にしなければ眠れないと言っていた。
岡田小姐說不把房間弄得一片漆黑的話她睡不著。

1373 □ まっくろ（な）【真っ黒（な）】
名・な形 烏黑的，漆黑的
衍 まっしろ（な）【真っ白（な）】純白的，雪白的

例 真っ黒な服を着たスタッフさんがフロアを丁寧に案内してくれた。
穿著一身黑的工作人員親切地替我們導覽樓層。

1374 □

まったく【全く】

副 完全

類 ぜんぜん【全然】完全（後接否定）

例 テーブルに置いてあった紅茶に全く気づかず、こぼしてしまった。

我完全沒注意到放在桌上的紅茶，把它打翻了。

1375 □

まどぐち【窓口】

名（車站、郵局、銀行等處理業務的）窗口

衍 うけつけ【受付】櫃檯

例 定期券をお求めのお客様は、券売機ではなく、駅の窓口にお越しください。　購買定期券的客人，請至車站售票窗口而非售票機。

1376 □

まとめる【纏める】

他II 整合；歸納

衍 まとまる【纏まる】集中；歸納

例 これから会議の内容をまとめて、課長に報告してきます。

接下來我會把會議內容整合後向課長報告。

1377 □

まないた【まな板】

名 砧板

例 まな板を「生肉用」と「野菜用」に分けようと思うんだけど。

我想把砧板分成生肉用的跟蔬菜用的。

（客氣地提案，後句「みんなはどう思う？」被省略）

1378 □ 50

まなぶ【学ぶ】

他I 學，學習

衍 べんきょうする【勉強する】讀書，學習

例 大学時代に興味のあることを全て学んでおけばよかった。

當初在大學時代如果把感興趣的事全都學起來就好了。（表示自己的後悔）

出題重點

▸**詞意辨析　学ぶ VS 勉強する**

「学ぶ」指學習知識或技藝，也可以用在自學或學習抽象事物，使用範圍較廣。「勉強する」則多指為了考試或成績上的用功讀書。

1379 □

まにあう【間に合う】

自I 趕上，來得及　➔ N4 單字

反 おくれる【遅れる】遲，晚；延誤；落後

例 あと30分しかないけど、タクシーに乗ったらまだ間に合うかもしれない。　雖然只剩30分鐘，搭計程車的話說不定還來得及。

1380 □

まね【真似】

名・他III 模仿；舉止

衍 ～ふり 假裝～

例 クラス全員の前でゾウのまねをしたことがある。

我曾在全班面前模仿過大象。

1381 □

まねく【招く】

他I 招（手）；邀請；聘請

衍 しょうたいする【招待する】招待，邀請

例 経済問題を解決するために、これまで政府はいろいろな国から専門家を招いてきた。

為了解決經濟問題，政府已從各國聘請專家。

1382 □

まぶしい【眩しい】

い形 （光線）刺眼的；（美麗）耀眼的

衍 ひかる【光る】發光，發亮

例 奥のオフィスは薄暗かったのに対して、店内は目が痛くなるほどまぶしかった。　相對於裡頭的辦公室很昏暗，店裡面亮得很刺眼。

1383 □

まぶた【瞼】

名 眼皮，眼瞼

衍 ふた【蓋】蓋子

例 A：最近、まぶたが腫れたり、かゆくなったりするんだ。

最近眼皮常發腫發癢。

B：それってもしかしてアレルギーじゃない？

那會不會是過敏？

1384 □

マフラー【muffler】

名 圍巾

衍 てぶくろ【手袋】手套

例 急に会社に泊まることになったので、しかたなくマフラーを枕にして、ソファーで寝た。

因為突然必須留宿公司，沒辦法之下只好將圍巾當作枕頭在沙發上睡覺。

1385 □

まめ【豆】

名 豆子，豆類（統稱）

例 僕は豆が嫌いなのではなく、ただあまり好きじゃないだけなんです。

我不是討厭豆類，只是不怎麼喜歡而已。

豆類及相關製品

豆腐	豆乳	大豆	納豆	枝豆
豆腐	豆漿	黃豆	納豆	毛豆

1386 □

まもなく【間もなく】

副 即將，不久

類 もうすぐ 即將，快要

例 まもなく開演いたします。携帯電話の電源をお切り下さいますようお願いいたします。　表演即將開始，請關閉手機電源。（會場廣播）

1387 □

まもる【守る】

他Ⅰ 保護；遵守

衍 ふせぐ【防ぐ】防備，防禦；預防，防止

例 ゴミ出しのルールを必ず守ってください。月曜と金曜は燃えないゴミの日です。

請務必遵守倒垃圾的規則。星期一和星期五是丟不可燃垃圾。

1388 □

まよう【迷う】

自Ⅰ 迷，迷失；猶豫

衍 まいご【迷子】迷路；迷路的孩子

例 海外で道に迷ってしまった時は、どうしたらいいのでしょうか。

在國外迷路的時候，該怎麼辦才好？

例 私はコンビニの冷蔵庫の前で、どの飲み物を買うか、いつも迷う。

我在便利商店的冰櫃前，總是猶豫要買哪種飲料。

1389 □ **まるで**

副 就像，宛如

例 彼女(かのじょ)のものまねは上手(じょうず)すぎて、まるで本物(ほんもの)みたいだとよく言(い)われる。

她的模仿實在太好，常常被說就像本尊一樣。

1390 □ **まわす【回す】**

他I 傳；轉，轉動 ➔ N4 單字

例 今(いま)からプリントを配(くば)ります。1枚(いちまい)ずつとって、後(うし)ろの人(ひと)に回(まわ)してください。 現在開始發講義。請1人拿1張，並傳給後面的人。

1391 □ **まわり【周り】**

名 周圍；周邊 ➔ N4 單字

衍 あたり【辺り】周邊，附近

例 健康(けんこう)のため、私(わたし)は週(しゅう)に3回(さんかい)、公園(こうえん)の周(まわ)りを5周(ごしゅう)走(はし)るようにしている。

為了健康，我1星期3次繞公園周圍跑5圈。

1392 □ **まわる【回る】**

自I 旋轉；回轉，迴轉；繞；巡禮

衍 まわす【回す】傳；轉，轉動

例 回(まわ)っているお寿司(すし)を取(と)らず、好(す)きなお寿司(すし)を直接(ちょくせつ)、注文(ちゅうもん)する人(ひと)が多(おお)い傾向(けいこう)にある。

不拿正在迴轉的壽司，而是直接點自己喜歡的壽司的人有增加的趨勢。

1393 □ **まんいん【満員】**

名 客滿

衍 まんせき【満席】滿座

例 朝(あさ)の東京(とうきょう)の電車(でんしゃ)はどこに行(い)っても満員(まんいん)でなかなか乗(の)れない。

早上東京的電車無論開到哪都是客滿的，搭不太上。

1394 □ **まん（が）いち【万（が）一】**

名·副 意外；萬一

例 万一(まんいち)、パスポートをなくした場合(ばあい)は、以下(いか)の番号(ばんごう)にお電話(でんわ)ください。

萬一遺失了護照，請撥打以下的號碼。

1395 □

まんぞく(な)【満足(な)】

名・自Ⅲ・な形 満足，滿意

反 ふまん(な)【不満(な)】不滿，不滿意

例 お客様に満足していただけるようにこれからも努力してまいります。

為了能讓客戶滿意，今後也會持續努力。

み／ミ

1396 □ 51

みあげる【見上げる】

他Ⅱ 仰望，抬頭看

反 みおろす【見下ろす】俯視，向下看

例 ヨーロッパを旅行した時、空を見上げると、星がとてもきれいで感動した。　遊覽歐洲時仰望天空，十分漂亮的星星令人感動。

1397 □

みおくる【見送る】

他Ⅰ 送行；目送

類 おくる【送る】送行

例 来週の火曜日、空港まで一緒に田辺さんを見送りに行きましょうか。

下星期二一起去機場幫田邊先生送行吧。

1398 □

みおろす【見下ろす】

他Ⅰ 俯視，向下看

反 みあげる【見上げる】仰望，抬頭看

例 飛行機から見下ろした台北の街は意外に小さく見えた。

從飛機上俯視臺北的街景看起來意外地小。

1399 □

みがく【磨く】

他Ⅰ 磨，擦；磨鍊

衍 ふく【拭く】擦，擦拭

例 この間、家族で掃除をして、窓や床などをピカピカに磨いた。

前陣子全家一起打掃，把窗戶和地板等等都擦得亮晶晶的。

出題重點

▸**固定用法　歯を磨く　刷牙**

例 食後だけでなく、寝る前にも歯を磨きます。

不只飯後，連睡前也會刷牙。

▸**固定用法　(能力)を磨く　磨練某能力**

例 外交官になるためには、外国語のスキルを磨く必要がある。

想成為外交官就必須磨練自己的外語能力。

1400 □ **みかた【味方】**
名・自Ⅲ 夥伴，我方；支持，擁護
反 てき【敵】敵人，敵方

例 私は誰の味方でもありません。ただ事実を言っただけです。
我並沒有站在任何人的一邊，只是陳述事實而已。

1401 □ **みずぎ【水着】**
名 泳裝

例 私らしくないけど、たまにはこんな派手な水着を着るのも悪くない。
雖然一點都不像我，不過偶爾穿如此花俏的泳裝也不賴。

1402 □ **みつける【見つける】**
他Ⅱ 發現，找到 ➔ N4 單字
衍 みつかる【見つかる】發現，找到

例 大切な写真を見つけたのに、彼はなぜかちっともうれしくなさそうだ。
明明找到了珍貴的照片，他卻不知為何一點也不開心。

1403 □ **みつめる【見つめる】**
他Ⅱ 注視，凝視
衍 かんさつする【観察する】觀察

例 何かあったの？そんなに怖い顔で私を見つめないで。
發生了什麼事嗎？別用那麼可怕的表情注視著我。

1404 □ **みなおす【見直す】**
他Ⅰ 重看；重新討論；重新認識
衍 みなおし【見直し】重看；重新認識

例 今回はいただいたアドバイスにしたがって、計画を大きく見直しました。
這次根據收到的建議，大幅重新討論了計畫。

1405 □ **みにくい【醜い】**
い形 醜陋的；難看的
反 うつくしい【美しい】美麗的

例 祖父が亡くなったあと、親戚の間で遺産をめぐるみにくい争いが起こった。 祖父過世後，親戚間圍繞著遺產問題，引發難看的爭吵。

1406 □

みょうじ【名字・苗字】

名 姓，姓氏
類 せい【姓】姓　衍 なまえ【名前】名，名字

例 名字（みょうじ）が変（か）わっていたことから、彼女（かのじょ）は結婚（けっこん）していると分（わ）かった。

從姓氏改變可以知道她結婚了。

1407 □

みらい【未来】

名 未來
類 しょうらい【将来】將來

例 百年前（ひゃくねんまえ）の人（ひと）が想像（そうぞう）した未来（みらい）と今（いま）を比（くら）べたとき、どちらの世界（せかい）のほうがいいと思（おも）いますか。

你覺得百年前的人所想像的未來和現在相比，哪一邊的世界比較好呢？

1408 □

みりょく【魅力】

名 魅力

例 A社（エーしゃ）の製品（せいひん）は性能（せいのう）はよくないが、価格（かかく）の点（てん）で魅力（みりょく）がある。

A公司的產品性能雖不好，但在價格上具有魅力。

む／ム

1409 □ 52

むかい【向かい】

名 對面
衍 むかいがわ【向かい側】對側

例 引（ひ）っ越（こ）しといっても、向（む）かいのアパートに移（うつ）るだけです。

說是搬家，其實只是移動到對面的公寓而已。

出題重點

▸**詞意辨析　向かい VS 向こう**

兩者都有「對面」的意思，但「向かい」一般是指比較近的對面，而「向こう」則是有距離感的對面，另外「向こう」還有「在（阻隔物的）另一邊」的解釋，例如「山の向こう」（山的另一頭）。

1410 □

むかう【向かう】

自Ⅰ 前往，向；面對　➔ N4 單字

例 台風（たいふう）１２号（じゅうにごう）は時速（じそく）３０（さんじゅっ）キロで北（きた）に向（む）かって進（すす）んでいます。

第12號颱風正以時速30公里的速度向北前進。

1411 □

むかえる【迎える】

他II 迎接；請來　➔ N4 單字

反 みおくる【見送る】送行；目送

例 息子（むすこ）は玄関（げんかん）で香港（ホンコン）から帰（かえ）ってきた父（ちち）を嬉（うれ）しそうに迎（むか）えた。

兒子在玄關開心地迎接從香港回來的爸爸。

1412 □

むき【向き】

名 方向；傾向；適合～

衍 むく【向く】面向；適合

例 あの防犯（ぼうはん）カメラの向（む）きなら、こちらは見（み）えないはずだ。

那臺監視器的方向應該是看不到這邊的。

出題重點

▸**文法辨析　N＋向き VS N＋向け**

「向き」通常翻譯成「適合」，一般用來表示雖不清楚當初做的人意圖為何，不過從結果上來看是適合某些族群的，比方說「初心者向きの登山コース」，代表這條登山路線剛好比較簡單，所以「適合初學者」；而「向け」多翻譯為「針對」，表示打從一開始就以某特定群體為目標而做，例如「初心者向けの登山コース」，就是打從一開始即「以初學者為對象」而設計的登山路線。

1413 □

むく【剥く】

他I 剝；削

衍 かわ【皮】皮，外皮

例 エビの殻（から）をどうしてもきれいに剥（む）くことができない。

怎麼樣都沒辦法把蝦殼剝乾淨。

1414 □

むし【無視】

名・他III 無視，不顧

衍 しんごうむし【信号無視】闖紅燈

例 赤信号（あかしんごう）を無視（むし）した自動車（じどうしゃ）が前（まえ）の車（くるま）にぶつかった。幸（さいわ）いなことに、けが人（にん）はいなかった。

闖紅燈的小客車撞上了前面的車，所幸沒有人受傷。

1415 □ むじ【無地】

名 素色

衍 がら【柄】花紋／もよう【模様】花紋，圖案

例 派手な服は似合わないので、無地のシンプルな服しか着ないことにしている。 我不適合花俏的衣服，因此都只穿素色、簡單的衣服。

1416 □ むしあつい【蒸し暑い】

い形 悶熱的

反 すずしい【涼しい】涼爽的

例 蒸し暑い日はこのまま9月中旬まで続くでしょう。

悶熱的天氣應該會這樣持續到９月中旬。（天氣預報）

1417 □ むしば【虫歯】

名 蛀牙

例 友人の話では、アメリカでは虫歯を抜くのに２０万円以上の治療費がかかるそうです。

據友人表示，在美國拔蛀牙的治療費要 20 萬日幣以上。

出題重點

▶**固定用法　虫歯になる　長蛀牙**

例 毎日ちゃんと歯を磨いても、虫歯になる可能性はあります。

即使每天好好刷牙，還是有蛀牙的可能。

1418 □ むす【蒸す】

他Ⅰ 蒸；悶熱

衍 にる【煮る】煮／ゆでる【茹でる】水煮

例 子供の頃、自分でシュウマイを蒸して食べたものだ。

小時候會自己蒸燒賣吃。（回憶往事）

出題重點

▶**文法　V－た＋ものだ　回想、回憶**

「ものだ」置於句尾有很多種用法，在這裡表示回憶過去，一邊回想一邊感嘆過去發生過的事情。

1419 □ むすぶ【結ぶ】

他I 繫，打結；連結
衍 ほどく【解く】解開，拆開

例 誰のいたずらだろう。あちこちに草が結んである。
誰的惡作劇啊？草到處都被打結了。

1420 □ むだ（な）【無駄（な）】

名・な形 浪費，白費
衍 だめ（な）【駄目（な）】白費；不行

例 お金を無駄にしないように、計画的に使うようにしています。
為了不浪費錢，我儘可能有計畫性地使用。

1421 □ むだづかい【無駄遣い】

名・自III 浪費

例 水道代が安いからこそ、台湾では水の無駄遣いが減らないのです。
正因為水費便宜，在臺灣無法減少水資源的浪費。

1422 □ むちゅう（な）【夢中（な）】

な形 沉迷，入迷

例 A：なんで返事しないの？　為什麼不回答？
B：ごめん、ついゲームに夢中になっちゃって。
抱歉，不小心沉迷在遊戲裡了。

1423 □ むりょう【無料】

名 免費
反 ゆうりょう【有料】付費

例 当ホテルでは、インターネットが無料でご利用いただけます。
本飯店可以免費使用網路。（飯店公告）

め／メ

1424 □ 53 ～め【～目】

接尾 （前接形容詞）～一點；（前接數量詞）第～

例 明日は空港までの道が渋滞しそうなので、早めに準備したほうがいいと思います。
明天到機場的路好像會塞車，所以我覺得要早一點做準備比較好。

出題重點

▶**搶分關鍵　作為接尾語時的漢字表記**

當「～め」前面接數量詞的時候，「め」會寫成漢字「目」，例如「一つ目」（第一個）。但如果前面接的是形容詞，表示程度上的一點、一些時，則不寫成漢字，例如「遅め」（晚一點）和「甘め」（甜一點）。

1425 □

めい【姪】

名 姪女，外甥女

衍 おい【甥】姪子，外甥

例 姪（めい）がうちに遊（あそ）びに来（き）ている間（あいだ）は、私（わたし）の部屋（へや）で寝（ね）ることになった。

姪女來家裡玩的期間是睡在我房間。

1426 □

～めい【～名】

接尾 ～人，～位

類 ～にん【～人】～人

例 A：いらっしゃいませ。何名様（なんめいさま）でしょうか。

歡迎光臨。請問幾位呢？

B：4人（よにん）です。できれば海（うみ）が見（み）える席（せき）をお願（ねが）いします。

4個人。如果可以的話，希望能安排看得到海的位置。（在餐廳）

1427 □

めいれい【命令】

名・自Ⅲ 命令

類 しじ【指示】指示，吩咐

例 リーダーになったばかりの彼（かれ）はまだ部下（ぶか）に命令（めいれい）することに慣（な）れていないようだ。　才剛剛成為領導者的他似乎還不習慣命令部屬。

1428 □

めいわく（な）【迷惑（な）】

名・な形・自Ⅲ 麻煩，困擾

衍 めいわくメール【迷惑メール】垃圾郵件

例 親切（しんせつ）でしてあげたことが相手（あいて）にとって迷惑（めいわく）になることがある。

出於親切而做的事有時會變成對方的困擾。

出題重點

▶**詞意辨析　迷惑をかける VS 迷惑する**

「迷惑をかける」指的是造成他人困擾，而「迷惑する」則是指說話者或動作主體感到困擾，兩者是相對的意思，因此使用上必須多加注意。

例 ご迷惑をおかけしてしまい、まことに申し訳ございません。
造成您的困擾，我們深感抱歉。（職場上）

例 観光客が毎日うちの前にごみを捨てていくので、とても迷惑している。　觀光客每天都到我家前面丟垃圾，所以感到非常困擾。

1429 □ **メールアドレス【mail address】**

名 電子郵件地址　➔ N4 單字
衍 でんしメール【電子メール】電子郵件

例 メールアドレスが間違っています。正しいメールアドレスをご記入ください。　電子郵件地址錯誤，請輸入正確的電子郵件地址。（網站）

1430 □ **めしあがる【召し上がる】**

他I 吃；喝（「食べる」、「飲む」的尊敬語）
衍 いただく【頂く】[謙]吃；喝；得到

例 たくさんありますから、遠慮なく召し上がってくださいね。
有很多，所以請不必客氣，盡情享用。

1431 □ **めだつ【目立つ】**

自I 顯眼，引人注目
衍 はで(な)【派手(な)】華麗的，花俏的

例 有名人は帽子をかぶったり、マスクをしたりするから、逆に目立つんだよ。　名人因為戴著帽子跟口罩，反而顯眼啊。

1432 □ **めちゃくちゃ(な)【滅茶苦茶(な)】**

名 亂七八糟
類 むちゃくちゃ(な)【無茶苦茶(な)】亂七八糟

例 学生たちの話す日本語は文法がめちゃくちゃで、何を言いたいのかさっぱり分からない。
學生們講的日語文法亂七八糟的，完全搞不清楚想說什麼。

1433 □ メッセージ【message】
名 訊息，留言

例 夜(よる)、家族(かぞく)や友人(ゆうじん)からのメッセージに返信(へんしん)してから寝(ね)ることにしている。
晚上我都會回覆家人和朋友傳來的訊息後再睡覺。

1434 □ めったに【滅多に】
副 不常，不多
反 しょっちゅう 總是

例 めったに風邪(かぜ)を引(ひ)かない人(ひと)が羨(うらや)ましいです。
我很羨慕不常感冒的人。

1435 □ めまい【目眩】
名 頭暈，暈眩

例 A：大丈夫(だいじょうぶ)？顔色(かおいろ)が悪(わる)いけど。
你還好嗎？臉色看起來很糟耶。
B：なぜかさっきからめまいがひどくて吐(は)き気(け)がするんだ。
不知道為什麼，從剛剛開始就頭暈到很想吐。

1436 □ メモ【memo】
名・他Ⅲ 備忘錄，便條；作筆記

例 年末(ねんまつ)に仕事(しごと)が次々(つぎつぎ)と入(はい)ってきて、机(つくえ)の上(うえ)はメモだらけです。
年尾工作一個接著一個來，桌上貼滿（待辦事項的）便條紙。

出題重點
▶**固定用法　メモを取る　作筆記**
例 メモを取(と)るより、その内容(ないよう)を頭(あたま)に入(い)れることのほうが大事(だいじ)です。
比起作筆記，把那些內容放入腦袋裡更重要。

1437 □ めんきょ【免許】
名 執照；駕照
衍 うんてんめんきょ【運転免許】駕照

例 彼(かれ)は専門学校(せんもんがっこう)を卒業(そつぎょう)した後(あと)、バイトしながら美容師(びようし)の免許(めんきょ)を取(と)った。
他從專門學校畢業後，一邊打工一邊取得了美容師執照。

出題重點

▶固定用法　免許を取る　取得執照

搭配的動詞就是取得之意的「取る」。

身分證明文件

パスポート・旅券(りょけん)
護照

運転免許(うんてんめんきょ)
駕照

学生証(がくせいしょう)
學生證

1438 □ **めんせつ【面接】**

名・自Ⅲ 面試

衍 めんせつしけん【面接試験】口試

例 面接(めんせつ)では、なるべく他(ほか)の人(ひと)と違(ちが)った意見(いけん)を言(い)うようにしたほうがいいですよ。　面試時最好儘可能陳述和他人不同的意見。

1439 □ **めんどう（な）【面倒（な）】**

な形・名 麻煩的；照顧

反 らく（な）【楽（な）】輕鬆的；簡單的

例 私(わたし)は掃除(そうじ)、洗濯(せんたく)といった家事(かじ)が面倒(めんどう)だとは思(おも)わない。

我不認為掃地和洗衣服等家事很麻煩。

出題重點

▶慣用　面倒を見る　照顧

例 あの子(こ)は　15 歳(じゅうごさい)から病気(びょうき)の母親(ははおや)の面倒(めんどう)を見(み)てきた。

那孩子從 15 歲開始就在照顧生病的母親。

1440 □ **メンバー【member】**

名 成員

例 サッカーのメンバーが 1 人(ひとり)足(た)りないから、入(はい)ってくれない？

我們的足球隊缺 1 名成員，你願意加入嗎？

も／モ

1441 □ 54

もうかる【儲かる】

自I 賺錢，獲利

衍 むだづかいする【無駄遣いする】浪費

例 河野さんの言うとおりに株を買ったら、すごく儲かったんだ。あなたも教えてもらったら？

照著河野先生所說的話買股票，賺了很多錢呢。要不要也請他告訴你？

1442 □

もうける【儲ける】

他II 賺錢，獲利

衍 かせぐ【稼ぐ】（工作）賺錢，掙錢

例 お金を儲けることは悪いことではないけど、何が本当に大切なものかを忘れないでほしい。

賺錢並非不好的事，但我希望你別忘了什麼才是真正重要的。

1443 □

もうしこむ【申し込む】

他I 申請；提出

衍 もうしこみ【申し込み】申請；提出

例 ご両親がお金持ちなのに、なんでわざわざ奨学金を申し込んだの？

明明你的父母親都是有錢人，為什麼還要特地申請獎學金呢？

1444 □

もうしわけない【申し訳ない】

非常抱歉，深感抱歉

衍 わるい【悪い】抱歉（總是被請客而不好意思）

例 申し訳ございませんが、ただいま満席です。こちらで少々お待ちください。　非常抱歉，目前座位已滿。請在此稍後片刻。（在餐廳）

出題重點

▶**搶分關鍵　道歉的說法**

日語中常見的道歉說法有三種，第一種「ごめんなさい」多用於家人、朋友等熟人間，中文意思即為「對不起」。第二種「すみません」屬於客氣、有禮貌的道歉，廣泛用在一般情境，也可以用於道謝、喊借過、呼叫店員等場面，相當於中文的「不好意思」。最後一種「申し訳ない」則多用於職場上等正式場合，強調錯在自己、難辭其咎。

1445 □

もえる【燃える】

自II 燃燒 ➔ N4 單字

衍 もえるゴミ【燃えるゴミ】可燃垃圾

例 安全のため、燃えやすい物は火に近づけないこと。

為了安全起見，請不要將易燃物靠近火源。（告示）

1446 □

もくてき【目的】

名 目的

衍 もくてきち【目的地】目的地

例 何か目的があって勉強しているわけじゃなく、ただ面白いから勉強しているだけなんです。

並非抱著什麼目的才讀書，只是因為有趣才唸。

1447 □

もくひょう【目標】

名 目標

衍 もくてき【目的】目的

例 留学中は何か目標を持って毎日を過ごすようにしてください。

留學期間請抱持著某些目標度過每一天。

1448 □

もちあるく【持ち歩く】

他I 隨身攜帶

衍 けいたいする【携帯する】攜帶

例 梅雨の時期は雨が降りやすいので、傘を持ち歩くようにしている。

梅雨季容易下雨，所以我儘可能隨身攜帶雨傘。

1449 □

もちかえる【持ち帰る】

他I 帶回，拿回

衍 もちかえり【持ち帰り】外帶；帶回

例 環境のため、ごみは海に捨てずに持ち帰ってください。

為了環境，請將垃圾帶回，不要丟入海中。

1450 □

もちろん【勿論】

副 當然，不用說 ➔ N4 單字

類 とうぜん【当然】當然

例 宮崎さんの案にはもちろん賛成です。ただ、心配なのは期限に間に合うかどうかです。

我當然贊成宮崎先生的計畫。只是，我擔心的是能否趕上期限。

1451 □ **もったいない**

い形 可惜的

類 おしい【惜しい】可惜的；（還差一點）遺憾的

例 彼はもったいないと言って、床に落ちた飴を拾った。

他說好可惜，然後撿起掉在地板的糖果。

1452 □ **もっとも【最も】**

副 最

類 いちばん【一番】最

例 末っ子の翔太は兄弟の中で最も背が高いらしい。

老么翔太好像是兄弟姊妹中身高最高的。

1453 □ **もてる**

自II 受歡迎

例 いつも汚い格好をしていると、女の子にもてませんよ。

總是一副骯髒邋遢的模樣，可不會受女孩子歡迎喔。

1454 □ **もとめる【求める】**

他II 追求；要求；買

衍 あたえる【与える】給予；帶來；提供

例 人がよりよい生活環境を求めるのは当然のことだ。

人類追求更好的生活環境是很理所當然的事。

1455 □ **もともと【元々】**

副・名 原本，本來

例 学校が建っている所は元々池だったんだって！全然知らなかった。

聽說學校建的地方本來是池子！我完全不知道。

1456 □ **もどる【戻る】**

自I 回來；恢復；返回 ➔ N4 單字

衍 かえる【帰る】回去

例 A：夏休みに国に帰ることにしたんだ。　我決定暑假回國。

B：へぇ。いつごろ戻ってくるの？　這樣啊，什麼時候回來？

1457 □ **ものおき【物置】**

名 雜物間，小倉庫
衍 おしいれ【押入れ】日式壁櫥

例 しばらく使(つか)っていない機械(きかい)が多(おお)いので、第(だい)２会議室(にかいぎしつ)を物置(ものおき)にしてそこに置(お)いといた。　因為有很多暫時用不到的機器，所以將第２會議室作為雜物間，把東西先放過去。

1458 □ **ものがたり【物語】**

名 故事；傳說；物語（日本文學體裁）
衍 ストーリー【story】故事

例 これは斎藤先生(さいとうせんせい)の作品(さくひん)にはめったにない、明(あか)るい物語(ものがたり)である。
這是齋藤老師的作品中極為少見開朗正面的故事。

1459 □ **ものさし【物差し】**

名 尺；標準
類 じょうぎ【定規】尺；標準

例 数学(すうがく)の先生(せんせい)なら物差(ものさ)しなしで黒板(こくばん)に線(せん)をきれいに引(ひ)けるよ。
如果是數學老師的話，可以不用尺在黑板上畫出漂亮的線喔。

1460 □ **ものすごい【物凄い】**

い形 可怕的；驚人的；非常

例 ＡＩ(エーアイ)はこれからも、ものすごいスピードで進化(しんか)していくでしょう。
人工智慧今後應該也會以驚人的速度進化下去吧。

1461 □ **もよう【模様】**

名 花紋，圖案
類 がら【柄】花色，圖案

例 模様(もよう)がない、無地(むじ)のブラウスのほうが面接(めんせつ)に合(あ)うんじゃない？
沒有花紋的素色襯衫比較適合面試吧？

花紋・圖案

花柄(はながら)
碎花圖案

ボーダー
橫條紋

ストライプ
直條紋

チェック
格子圖案

ドット・水玉模様(みずたまもよう)
點點

1462 □ もりあがる【盛り上がる】

自I 隆起，鼓起；高漲，熱烈

衍 もりあげる【盛り上げる】堆起；使高漲

例 生徒(せいと)たちは映画(えいが)の話(はなし)で盛(も)り上(あ)がっています。

學生們因為電影話題而熱烈討論著。

1463 □ もんく【文句】

名 抱怨

衍 ぶつぶつ 發牢騷，抱怨；嘀咕

例 誰(だれ)も文句(もんく)を言(い)わずにゴミを拾(ひろ)い始(はじ)めました。

大家都沒有抱怨開始撿起垃圾。

出題重點

▸**固定用法　文句を言う　抱怨**

前面加上助詞「に」，表示抱怨的對象或事物。

例 食堂(しょくどう)の食(た)べ物(もの)に文句(もんく)を言(い)う学生(がくせい)がだんだん増(ふ)えてきた。

抱怨餐廳食物的學生逐漸增加。

1464 □ もんだいてん【問題点】

名 問題點，爭論點

類 もんだい【問題】問題

例 今回(こんかい)のことについての問題点(もんだいてん)は１つだけではない気(き)がする。

我總覺得關於這次事情的問題點不只１個。

▶や／ヤ

1465 □ 55

やく～【約～】

接頭 約～，大約～
衍 だいたい【大体】大約

例 新聞によると、先日のコンサートには観客が約1万人ほど入ったそうだ。 根據報紙指出，前幾天的演唱會約有1萬名觀眾入場。

1466 □

やけど【火傷】

名・自他Ⅲ 燙傷，燒傷

例 お湯でふとももをやけどしちゃった。早く冷やさなきゃ！
大腿被熱水燙傷了，得趕快冰敷！

1467 □

やさしい【優しい】

い形 溫和的；溫柔的；親切的
反 きびしい【厳しい】嚴厲的；嚴酷的

例 これ以上、海が汚れないように、環境に優しい洗剤で洗濯することにしている。 為了不繼續汙染海洋，我都會用環保清潔劑洗衣服。

出題重點

▶慣用　環境に優しい　環保的

「優しい」在這裡的意思是指溫和、較少刺激、不會給予負面影響，前面接「環境」或「地球」即引申為環保之意。

1468 □

やちん【家賃】

名 房租
衍 おおや【大家】房東

例 大家さんから家賃を上げると言われて、別の場所に引っ越しすることにした。 房東通知說要漲房租，所以決定搬去其他地方。

1469 □

やった

感嘆 太好了（用在完成某事或成功時）
衍 よかった 太好了（用在擔心的事沒有發生時）

例 やった！ついに志望校に合格した。これでやっと来春、大学生になれる。 太好了！終於考上志願學校，這下明年春天終於能成為大學生了。

1470 □ **やっと**

副 終於，好不容易　→ N4 單字
類 ようやく 終於

例 もともと水泳（すいえい）が苦手（にがて）でしたが、毎日練習（まいにちれんしゅう）をして、やっと泳（およ）げるようになりました。
我原本不太擅長游泳，但每天練習之後終於變得會游了。

出題重點

▶**詞意辨析　やっと VS ようやく VS とうとう VS ついに**

這四個副詞雖然都有終於的意思，用法卻略有不同。「やっと」用來指長年的願望實現，屬於口語用法。「ようやく」同樣指長年的願望實現，語氣上比較有禮貌卻也生硬，偏書面語。「とうとう」和「ついに」則可用在願望實現或不實現這兩種狀況，前者屬於口語用法，後者偏書面語。

1471 □ **やとう【雇う】**

他Ⅰ 僱用
衍 くびになる 被開除

例 外国人（がいこくじん）のお客（きゃく）さんが増（ふ）えているため、店長（てんちょう）は英語（えいご）が話（はな）せる留学生（りゅうがくせい）を雇（やと）おうと思（おも）っているようだ。
由於外國顧客增加，店長似乎想僱用會講英文的留學生。

1472 □ **やはり・やっぱり**

副 還是；果然；依然　→ N4 單字

例 友人（ゆうじん）も連（つ）れて行（い）こうかと思（おも）ったんですが、やはりやめておきます。
我本來想說也帶友人一起去，但還是算了。

例 暑（あつ）い日（ひ）はやっぱりアイスクリームにかぎるよね。
炎熱的日子裡果然吃冰淇淋是最棒的。

1473 □ **やぶる【破る】**

他Ⅰ 違背，違反；弄破，撕破；打破；打敗
衍 やぶれる【破れる】破；破裂；破滅

例 そんなに親（した）しくないからこそ、彼（かれ）との約束（やくそく）を破（やぶ）るわけにはいかない。
正因為沒那麼熟識，我不能違背與他的約定。

1474 □ **やりとり【やり取り】**

名・他Ⅲ 交談；交換
衍 コミュニケーション【communication】溝通

例 メールのやり取りを通じてお互いの考えを確認した。
透過電子郵件的交談，確認彼此的想法。

1475 □ **やりなおす【やり直す】**

他Ⅰ 重做
衍 やりなおし【やり直し】重做

例 できあがった書類は間違いだらけだったので、一からやり直すしかない。
做完的文件充滿錯誤，所以只好從頭開始重做了。

1476 □ **やる**

他Ⅰ 做；給 ➔ N4 單字
衍 やるき【やる気】幹勁

例 年をとってから後悔しないように、若いうちにやりたいことをやったほうがいい。　為了不要上了年紀才後悔，趁年輕時做想做的事比較好。

ゆ／ユ

1477 □ 56 **ゆうき【勇気】**

名 勇氣

例 勇気を出して自分から声をかけてみたらどうですか。
試著鼓起勇氣由自己搭話如何呢？

1478 □ **ゆうこうきげん【有効期限】**

名 有效期限（信用卡、護照、票券等）
衍 しょうみきげん【賞味期限】食品賞味期限

例 パスポートの有効期限が切れていないかどうかを確認しておいたほうがいいですよ。　事先確認護照的有效期限有沒有過期比較好喔。

1479 □ **ゆうしょう【優勝】**

名・自Ⅲ 第一名，冠軍
衍 じゅんゆうしょう【準優勝】第二名，亞軍

例 王選手は去年も決勝戦で負けてしまったので、今年こそ優勝してほしいと思う。
王選手去年也敗在決賽，因此希望他今年可以拿下第一名。

1480 □ **ゆうじょう【友情】**

名 友情
衍 あいじょう【愛情】愛情

例 李白と杜甫は全く違うタイプの詩人だが、二人の友情は一生にわたって続いた。

李白和杜甫雖然是完全不同類型的詩人，但兩人的友情卻持續了一輩子。

1481 □ **ゆうしょく【夕食】**

名 晚餐
類 ばんごはん【晩ご飯】晚餐

例 大学生の頃、部活に夢中になって、ときどき夕食をとらないで練習することもあった。

大學時代熱衷於社團活動，有時也會不吃晚餐就去練習。

1482 □ **ゆうじん【友人】**

名 友人，朋友
類 ともだち【友達】朋友

例 どんなに忙しくても、月に 2 回は学生時代の友人と食事をすることにしている。

無論再怎麼忙，每個月都會跟學生時期的友人至少吃 2 次飯。

1483 □ **ゆうせんせき【優先席】**

名 博愛座

例 車内は混んでいたが、誰も優先席に座ろうとはしなかった。

車廂內很擁擠，卻沒有任何人要坐博愛座。

博愛座標示

お年寄り
年長者

障がい者
身心障礙者

妊婦
孕婦

乳幼児連れ
攜帶嬰幼兒

1484 □ ユーモア【humor】

名 幽默 → N4 單字

衍 じょうだん【冗談】玩笑，笑話

例 ユーモアのない人(ひと)にこの冗談(じょうだん)が分(わ)かるわけがない。

沒有幽默感的人是不可能理解這個玩笑的。

出題重點

▶文法　～わけがない　不可能～

表示某事物不可能成立。

1485 □ ゆか【床】

名 地板

衍 てんじょう【天井】天花板

例 教室(きょうしつ)の床(ゆか)と外(そと)の廊下(ろうか)に自分(じぶん)のものを置(お)かないこと。

請勿在教室地板及外面的走廊上放置自己的物品。（校園內的告示）

1486 □ ～ゆき・～いき【～行き】

接尾 往～，開往～

反 ～はつ【～発】～出發，發車自～

例 まもなく2番線(にばんせん)から梅田行(うめだゆ)きの列車(れっしゃ)が発車(はっしゃ)いたします。

2號月臺開往梅田的列車即將發車。

1487 □ ゆずる【譲る】

他I 讓（座）；讓給

例 優先席(ゆうせんせき)を必要(ひつよう)とされるお客様(きゃくさま)がいらっしゃいましたら、席(せき)をお譲(ゆず)りください。　請讓位給需要博愛座的乘客。（電車廣播）

1488 □ ゆたか（な）【豊か（な）】

な形 富裕的；豐富的

反 まずしい【貧しい】貧窮的；貧乏的

例 この国(くに)の国民(こくみん)は貧(まず)しい暮(く)らしに対(たい)して不満(ふまん)を持(も)たない、心(こころ)の豊(ゆた)かな人々(ひとびと)である。

這個國家的人民對於貧窮的生活沒有抱持不滿，是心靈富裕的一群人。

1489 □ ゆでる【茹でる】

他II 水煮，汆燙
衍 にる【煮る】煮

例 よかったらパスタを茹(ゆ)でてあげましょうか。それともソースを作(つく)ったほうがいい？　可以的話我來幫你煮義大利麵？還是做醬汁比較好？（註：本句為對晚輩所說，「～あげましょうか」不可對長輩說）

1490 □ ユニーク（な）【unique】

な形 獨特的

例 あの大学(だいがく)はユニークな卒業式(そつぎょうしき)をする大学(だいがく)として有名(ゆうめい)である。
那所大學以舉辦獨特的畢業典禮而聞名。

1491 □ ゆるい【緩い】

い形 鬆的；平緩的；緩慢的
反 きつい 緊的；嚴厲的；累人的

例 学生寮(がくせいりょう)のルールが緩(ゆる)すぎるので、管理人(かんりにん)はこれから厳(きび)しくすると言(い)っていました。　學生宿舍的規則太鬆了，舍監說今後要改嚴格點。

1492 □ ゆるす【許す】

他I 允許；寬恕
衍 きょか【許可】許可

例 わが社(しゃ)はセクハラとパワハラを決(けっ)して許(ゆる)しません。
本公司絕不允許性騷擾及職權騷擾。

1493 □ ゆれる【揺れる】

自II 搖晃，搖動
衍 ゆれ【揺れ】搖晃，震動

例 さっきの地震(じしん)は震度(しんど)3の揺(ゆ)れだったけど、けっこう揺(ゆ)れたんじゃない？
剛才的地震震度只有3級，卻搖晃得相當厲害不是嗎？

よ／ヨ

1494 □ よう【酔う】 57

自I 喝醉；暈（車、船等）
衍 よっぱらう【酔っ払う】酩酊大醉

例 お酒(さけ)に酔(よ)うと外国語(がいこくご)がペラペラになるって本当(ほんとう)ですか。
一喝醉酒外語就能說得很流暢是真的嗎？

例 兄(あに)は車(くるま)に酔(よ)わないのに対(たい)して、弟(おとうと)は車(くるま)にも船(ふね)にも酔(よ)いやすい。
相較於哥哥不會暈車，弟弟容易暈車和暈船。

1495 □ **ようい【用意】**

名・他Ⅲ 準備，預備 ➔ N4 單字

類 じゅんび【準備】準備／したく【支度】準備

例 忘年会向けのコースも用意しております。ご予約をお待ちしております。　我們也有準備針對尾牙的套餐，期待您的預約。

1496 □ **ようぐ【用具】**

名 工具，用具

衍 ひっきようぐ【筆記用具】書寫工具

例 剣道の用具を揃えたいのですが、おすすめのお店はありますか。

我想買齊劍道用具，有推薦的店家嗎？

1497 □ **ようし【用紙】**

名 （特殊用途的）紙

衍 げんこうようし【原稿用紙】稿紙

例 指定の用紙に記入して、区役所に提出してください。

請填寫於指定用紙上，並提交至區公所。

1498 □ **ようじ【幼児】**

名 幼兒，幼童

衍 ようちえん【幼稚園】幼稚園

例 佐々木さんは幼児の遊びについての研究を３０年にわたって続けてきた。　佐佐木先生已經持續研究幼兒的遊戲長達30年。

出題重點

▶**文法　Nにわたって　在～範圍內**

前面可接一段時間或場所範圍，表示時間長達，或是範圍廣達之意。

1499 □ **ようじ【用事】**

名 （必須做的）事情 ➔ N4 單字

類 よう【用】事情　衍 きゅうよう【急用】急事

例 せっかくの休日なのに、急に用事ができて会社に行かなければならなくなった。　難得的休假卻因為突然有事，非得去公司一趟。

1500 □ **ようす【様子】**

名 情況；神情，樣子

衍 じょうたい【状態】狀態，情況

例 昨日から彼の様子がなんかおかしい。何かあったの？

從昨天開始他的樣子就不太對勁，發生什麼事了？

1501 □ **よきん【預金】**

名 存款

衍 よきんつうちょう【預金通帳】存摺

例 口座(こうざ)から預金(よきん)を引(ひ)き出(だ)そうと思(おも)ったが、通帳(つうちょう)もキャッシュカードも家(いえ)に忘(わす)れてきてしまった。

我想從帳戶領取存款出來，卻把存摺和提款卡都忘在家裡。

1502 □ **よくじつ【翌日】**

名・副 隔天，第二天

衍 よくげつ【翌月】下個月

例 この間(あいだ)、一晩中(ひとばんじゅう)電気(でんき)をつけっぱなしにしていたので、翌日(よくじつ)、母(はは)に叱(しか)られた。　前陣子因為整晚一直開著燈，隔天被媽媽責罵。

1503 □ **よこぎる【横切る】**

自Ⅰ 橫越，穿越

衍 おうだんする【横断する】穿越；橫渡；橫斷

例 信号(しんごう)を無視(むし)して、大通(おおどお)りを横切(よこぎ)るのは危険(きけん)だよ。

不看紅綠燈就穿越大馬路很危險喔。

1504 □ **よごれ【汚れ】**

名 汙垢，髒汙

衍 よごれもの【汚れ物】髒衣服

例 窓(まど)ガラスの汚(よご)れを落(お)とそうとしたが、なかなか落(お)ちない。どうすればいいんだろう？

我想去除玻璃窗上的汙垢，卻無法輕易去除。該怎麼辦才好？

> **出題重點**
>
> ▶**固定用法　汚れを落とす　去除汙垢**
>
> 還有另一種說法是「汚れを取る」。

1505 □ **よごれる【汚れる】**

自Ⅱ 髒，汙染　→ N4 單字

衍 よごす【汚す】弄髒，汙染

例 白(しろ)い服(ふく)は汗(あせ)や油(あぶら)で汚(よご)れやすいので、あまり買(か)わないんだ。

白色衣服容易被汗或油弄髒，所以我很少買。

1506 □ **よさん【予算】**　名 預算

例 A：アパートを借(か)りたいんだけど、どのぐらいかかるのかな？
我想租公寓，要花多少錢呢？
B：場所(ばしょ)によって家賃(やちん)は全然違(ぜんぜんちが)うよ。予算(よさん)はどのぐらい？
依地點不同房租也完全不一樣喔。你的預算大約是多少？

1507 □ **よそう【予想】**　名・他Ⅲ 預測，預料
衍 よそうがい【予想外】意想不到，出乎意料

例 今回(こんかい)の台風(たいふう)の被害(ひがい)は予想以上(よそういじょう)にひどかった。あちこちで洪水(こうずい)が発生(はっせい)した。
這次颱風災情比預測還要嚴重，到處都發生了洪水。

1508 □ **よなか【夜中】**　名 半夜，深夜
類 しんや【深夜】深夜

例 夜中(よなか)に胸(むね)が苦(くる)しくなることがあります。病気(びょうき)じゃないかどうか心配(しんぱい)です。　我有時會在半夜裡胸悶，擔心是不是生病了。

1509 □ **よびかける【呼びかける】**　他Ⅱ 號召；呼喊
衍 アナウンス【announce】廣播；公布

例 学生(がくせい)たちに国際交流(こくさいこうりゅう)イベントへの参加(さんか)を呼(よ)びかけるために、キャンパス内(ない)でチラシを配(くば)ろうと思(おも)う。
為了號召學生們參加國際交流活動，打算在校園內發傳單。

1510 □ **よぼう【予防】**　名・他Ⅲ 預防
衍 ふせぐ【防ぐ】預防，防止；防備，防禦

例 インフルエンザを予防(よぼう)するには、よく手(て)を洗(あら)うことが大切(たいせつ)です。
要預防流行性感冒，勤洗手很重要。

1511 □ **よる【寄る】**　自Ⅰ 順便去；靠近；集中；偏，靠　➔ N4 單字
衍 ちかよる【近寄る】靠近，接近

例 犬(いぬ)の散歩(さんぽ)のついでに、コンビニに寄(よ)って冷(つめ)たい飲(の)み物(もの)を買(か)った。
帶小狗散步時順便繞去便利商店買冷飲。

1512 □ **よろこぶ【喜ぶ】**

自他Ⅰ 高興；欣然接受 → N4 單字

衍 かなしむ【悲しむ】難過，悲傷

例 子供(こども)から母(はは)の日(ひ)のプレゼントをもらって、彼女(かのじょ)は涙(なみだ)が出(で)るほど喜(よろこ)んだ。

從孩子那邊收到母親節的禮物，她喜極而泣。

筆記區

ら／ラ

1513 □ 58

ライト【light】

名 光線，照明；燈

衍 ランプ【lamp】電燈

例 安全のため、夜、必ずライトをつけて自転車に乗ってください。

為了安全，晚上請一定要開燈騎腳踏車。

1514 □

らく(な)【楽(な)】

な形 輕鬆的；簡單的 ➔ N4 單字

反 めんどう(な)【面倒(な)】麻煩的

例 この世に楽な仕事なんてあるわけがないだろう？芸能人にしても、公務員にしても、みんな大変なんだから。　這個世界上不可能有輕鬆的工作吧？因為無論是藝人還是公務員，大家都很辛苦。

出題重點

▶**文法　～にしても～にしても　無論是～還是～**

「にしても」前面可以接名詞或是動詞，舉出兩樣相同類型或是對立的事物，來表示無論哪樣都會是後述的情況。

例 勝つにしても、負けるにしても、一生懸命がんばればいいんだ。

無論是贏是輸，盡全力就好。

1515 □

ラッシュアワー【rush hour】

名 尖峰時間

衍 ラッシュ【rush】熱潮；尖峰時間

例 朝のラッシュアワーを避けるために、いつもより1時間早く出た。

為了避開早晨的尖峰時間，我比平常早1小時出門。

1516 □

ランチ【lunch】

名 午餐

類 ひるごはん【昼ご飯】午餐

例 しばらく会っていない友人をランチに誘ったところ、ずいぶん喜んでくれた。　邀請好一段時間不見的友人吃午餐，結果對方相當開心。

出題重點

▸**文法　V－た＋ところ　結果**

可以用來表示順接或逆接，「ところ」前面接動詞的「た形」，表示在該項動作之後，發現或發生某種結果。

用餐

朝食（ちょうしょく）・朝（あさ）ご飯（はん）
早餐

昼食（ちゅうしょく）・昼（ひる）ご飯（はん）
午餐

夕食（ゆうしょく）・晩（ばん）ご飯（はん）
晚餐

夜食（やしょく）
宵夜

り／リ

1517 □ 59

りかい【理解】

名・他Ⅲ 理解，明白；諒解

類 わかる【分かる】明白，懂（自動詞）

例 この作品（さくひん）のテーマは分（わ）かりにくいが、私（わたし）なりに作者（さくしゃ）が何（なに）を考（かんが）えていたかを理解（りかい）したいと思（おも）う。

這部作品的主題雖然很難懂，但我自己想理解作者在思考什麼。

出題重點

▸**文法　～なり＋に　與～相應**

「なり」前面可以直接加名詞或い形容詞，表示與該詞語相應的程度、狀態，翻譯上常常會翻成「～自己」。

▸**詞意辨析　理解 VS 了解**

雖然日文漢字的「理解」和「了解」翻成中文都有明白、了解的意思，但在日常生活當中，「了解する」只會用於應答的時候。

（×）この本（ほん）に書（か）いてあることを全部（ぜんぶ）了解（りょうかい）しました。

（〇）この本（ほん）に書（か）いてあることを全部（ぜんぶ）理解（りかい）しました。

這本書裡寫的事我全部理解了。

1518 □ **リスト【list】**
名 清單，名單
衍 ポイント【point】要點

例 ちょっとスーパーに行ってくるから、買い物のリストを作っといてね。
我要去一下超市，所以先列好購物清單喔。

1519 □ **りそう【理想】**
名 理想；理念
反 げんじつ【現実】現實

例 もっと現実を見たほうがいいんじゃない？理想だけを求めていてもしかたがないよ。　多看看現實不是比較好嗎？只追求理想也沒用。

1520 □ **りっぱ（な）【立派（な）】**
な形 出色的；宏偉的
衍 えらい【偉い】偉大的，了不起的

例 このマンガを読んで、私もいつか立派な医者になりたいと思うようになったんです。
看了這本漫畫，我也希望有一天可以成為出色的醫生。

1521 □ **リビング【living】**
名 客廳；生活　➔ N4 單字
衍 ダイニング【dining】飯廳

例 子供たちが自分の部屋の机ではなく、リビングのテーブルで勉強して困る。　孩子們不在自己房間的書桌，而是在客廳的飯桌唸書令人困擾。

1522 □ **リモコン【remote control】**
名 遙控器　➔ N4 單字

例 A：リモコン貸してくれる？　遙控器可以借我嗎？
B：でも私まだこの番組を見たいんだけど…。
但是我還想看這個節目……。

1523 □ **りゅうがく【留学】**
名・自Ⅲ 留學
衍 りゅうがくせい【留学生】留學生

例 イギリスに留学して6か月経ちました。でもまだ1週間に2～3回道に迷ってしまいます。
在英國留學已經過了6個月，但1個星期仍會迷路個2到3次。

1524 □ **りゅうこう【流行】**

名・自Ⅲ 流行；（疾病）流行

類 はやる【流行る】流行；（疾病）流行

例 私(わたし)が小学生(しょうがくせい)の頃(ころ)、流行(りゅうこう)していた遊(あそ)びが今(いま)の小学生(しょうがくせい)の間(あいだ)でも流行(はや)っているらしい。

我小學時流行的遊戲現在好像也還流行於小學生之間。

1525 □ **りょう【量】**

名 量

衍 しつ【質】質

例 ドイツではいくらおいしい店(みせ)でも、量(りょう)が少(すく)ないと人気(にんき)が出(で)ないそうです。　聽說在德國，無論多麼好吃的店，只要量少就沒有人氣。

1526 □ **りょう【寮】**

名 宿舍

衍 がくせいりょう【学生寮】學生宿舍

例 寮(りょう)に入(はい)りたい学生(がくせい)は、１４日(じゅうよっか)までに事務室(じむしつ)に申(もう)し込(こ)むことになっている。　想住宿的學生要在14號之前向事務室申請。

1527 □ **りよう【利用】**

名・他Ⅲ 利用，使用　→ N4 單字

例 手荷物(てにもつ)は持(も)ち込(こ)み禁止(きんし)です。そちらのコインロッカーをご利用(りよう)ください。

禁止攜帶手提行李進入，請使用那邊的投幣式寄物櫃。

1528 □ **りょうかい【了解】**

名・他Ⅲ 了解，理解

類 わかりました【分かりました】知道了

例 A：こちらの書類(しょるい)を宮沢(みやざわ)さんに渡(わた)してくださいませんか。

可以請您將這份文件交給宮澤小姐嗎？

B：了解(りょうかい)しました。　了解了。（在公司）

1529 □ **りょうがえ【両替】**

名・他Ⅲ 換（錢），兌換　→ N4 單字

衍 がいかりょうがえ【外貨両替】外幣兌換

例 日本(にほん)に行(い)く時(とき)は台湾元(たいわんげん)を日本円(にほんえん)に多(おお)めに両替(りょうがえ)しといたほうがいいよ。日本(にほん)では現金(げんきん)を使(つか)う機会(きかい)が多(おお)いから。

去日本時最好把臺幣多換成日圓喔，因為在日本用現金的機會很多。

1530 □ **りょうきん【料金】**

名 費用
衍 だいきん【代金】貨款

例 時間指定をご希望の場合は、追加の料金が発生します。

如果希望指定時間的話，會產生追加費用。

1531 □ **りょうしゅうしょ【領収書】**

名 收據
衍 レシート【receipt】發票

例 領収書は、メールにてお送りします。

收據將以電子郵件的方式寄送。（網路購物）

1532 □ **りょうほう【両方】**

名 兩方，雙方，兩者；兩邊 ➔ N4 單字
類 どちらも 兩者都 反 かたほう【片方】單方面

例 中村さんは賛成の人と反対の人の両方の意見を聞いて、今回の計画を見直すことにした。

中村先生聽取了贊成與反對兩方的意見，決定重新審視這次的計畫。

1533 □ **りょかん【旅館】**

名 （日式）旅館 ➔ N4 單字
衍 みんしゅく【民宿】民宿

例 日本の古い街を旅行するとしたら、ホテルではなく、旅館に泊まりたいなぁ。 到日本老街旅行的話，想住在日式旅館，而不是西式飯店啊。

住宿

ホテル
飯店

旅館
旅館

ゲストハウス
青年旅館

1534 □

りれきしょ【履歴書】

名 履歴，履歴表

例 履歴書（りれきしょ）には、3か月（さんげつ）以内（いない）に撮（と）った証明写真（しょうめいしゃしん）を貼（は）ってください。

請在履歷表貼上3個月以內拍攝的證件照。

る／ル

1535 □ 60

るすばんでんわ【留守番電話】

名 語音信箱，電話答錄

類 るすでん【留守電】語音信箱

例 林（はやし）さんに連絡（れんらく）しようと思（おも）って何回（なんかい）も電話（でんわ）したのですが、留守番電話（るすばんでんわ）になってしまうので、諦（あきら）めました。

想跟林先生聯絡而打了好幾通電話，卻都轉到語音信箱，所以我就放棄了。

れ／レ

1536 □ 61

れい【礼】

名 道謝；禮節；鞠躬

衍 おじぎ【お辞儀】鞠躬

例 お電話（でんわ）をくださった方（かた）には、入院中（にゅういんちゅう）の父（ちち）に代（か）わって、お礼（れい）を申（もう）し上（あ）げました。　由我代替住院中的家父，向打電話來的各位致謝。

出題重點

▸**固定用法　お礼を言う　道謝，致謝**

可將「言う」換成謙讓語「申し上げる」，為更有禮貌的表達方式。

▸**固定用法　お礼をする　送禮答謝**

「お礼をする」有贈送禮物、金錢的意思。

1537 □

れいぎ【礼儀】

名 禮貌，禮節

衍 れいぎただしい【礼儀正しい】彬彬有禮

例 ヨーロッパ人（じん）はプレゼントをもらった時（とき）、その場（ば）で開（あ）けるのが礼儀（れいぎ）だと思（おも）っているそうだ。　聽說歐洲人認為收到禮物的當下就打開才是禮貌。

1538 □ れいとう【冷凍】

名・他Ⅲ 冷凍

衍 れいとうこ【冷凍庫】冷凍室，冷凍庫

例 残業で夜遅く帰った日は、晩ご飯に冷凍した餃子を食べることがある。 因為加班而晚回家的日子，有時會吃冷凍餃子當晚餐。

1539 □ れつ【列】

名・接尾 行列，隊伍；～列

類 ぎょうれつ【行列】行列，隊伍；排隊

例 駅のホームでは、2列にお並びください。

在車站月臺上請排成2列。（車站廣播）

1540 □ れっしゃ【列車】

名 列車

例 この列車に乗るには特急券が必要です。

搭乘這臺列車必須要有特急券。（在車站）

1541 □ レッスン【lesson】

名 課程

例 明日からアラビア語のレッスンを受けようと思う。

我打算從明天開始上阿拉伯語課。

1542 □ レベル【level】

名・接尾 水準，等級

例 留学中に感じたのは海外の大学に比べて我が国の教育はレベルが低いということだった。

在留學期間感受到的是，和國外大學相比，我國的教育水準低落這件事。

1543 □ れんらく【連絡】

名・自他Ⅲ 聯絡；連通（兩地點） → N4 單字

衍 れんらくさき【連絡先】聯絡方式

例 着いたらすぐに連絡します。お待たせしてすみません。

抵達後馬上和你聯絡，抱歉讓你久等了。

ろ／ロ

1544 □ 62

ろうじん【老人】	名 老人 類 おとしより【お年寄り】年長者

例 こんなに小(ちい)さな字(じ)で書(か)かれていると、老人(ろうじん)には読(よ)みにくいだろう。

用這麼小的字書寫，對老人來說很難閱讀吧。

1545 □

ローマじ【ローマ字】	名 （日文）羅馬拼音字母；拉丁字母 衍 かんじ【漢字】漢字

例 洋風(ようふう)の雰囲気(ふんいき)を出(だ)すために、店(みせ)の名前(なまえ)をローマ字(じ)にした。

為了製造西式的氣氛，我們以羅馬拼音字母做為店名。

筆記區

わ／ワ

1546 □ 63

ワイシャツ

名 白襯衫，淺色襯衫

衍 ティーシャツ【Tシャツ】T恤

例 彼(かれ)は社会人(しゃかいじん)になってから毎日(まいにち)ワイシャツばかり着(き)ている。

自從成為社會人士之後，他每天都只穿白襯衫。

1547 □

わかす【沸かす】

他Ⅰ 燒，煮沸 ➔ N4 單字

衍 わく【沸く】沸騰

例 ホストマザーに何(なに)か手伝(てつだ)うことがないかと聞(き)くと、お風呂(ふろ)を沸(わ)かすように頼(たの)まれた。

問寄宿家庭媽媽有沒有需要幫忙？被拜託去放洗澡水。

文化補充

▸**お風呂を沸かす　放洗澡水**

雖然「お風呂を沸かす」直譯為燒洗澡水，但因現今多半使用熱水器燒水，因此在這裡引申為放洗澡水，並且拿個蓋子蓋上浴缸，防止水變涼。

1548 □

わがまま(な)【我が儘(な)】

名・な形 任性，恣意

例 ほんとは南向(みなみむ)きの部屋(へや)に住(す)みたかったんだけどなぁ…。まあ、わがままを言(い)っている場合(ばあい)じゃないか。

其實我想住在朝南的房間……。唉，可不是說任性話的時候。

1549 □

わかもの【若者】

名 年輕人

反 ろうじん【老人】老人

例 近年(きんねん)、恋愛(れんあい)も結婚(けっこん)もしない若者(わかもの)が増(ふ)えてきました。

這幾年來，不談戀愛也不結婚的年輕人增加了。

出題重點

▸搶分關鍵　若者 VS 若い者

雖然兩者中文都是年輕人的意思，「若い者」通常是老年人在說的，因此建議使用「若者」或「若い人」。另外，或許大家還會疑惑，要如何稱呼60 歲左右的人？因為「老人」或「お年寄り」給人年紀更大的印象，所以說「年配の人」（中文為「上年紀的人」）就可以了。

1550 □ **わくわく**

自Ⅲ 興奮，雀躍

衍 きたいする【期待する】期待

例 初めての海外旅行にわくわくしすぎて、全然眠れなかった。

第一次出國旅行太過興奮，完全睡不著。

1551 □ **わける【分ける】**

他Ⅱ 分；分類；分配 ➔ N4 單字

反 あわせる【合わせる】合併

例 日本語能力試験は5つのレベルに分けられます。その中で、最も難しいレベルはN1です。

日語能力檢定分為 5 個等級，當中最難的等級是 N1。

1552 □ **わざと**

副 故意，蓄意

反 うっかり 不小心，一不小心

例 好きな人の気を引くために彼の前でわざとハンカチを落としてみた。

為了引起喜歡的人的注意，故意在他面前掉手帕。

出題重點

▸慣用　気を引く　引起注意

日文裡有許多和「気」相關的慣用語，其中「気を引く」指的是引起對方注意，或是指暗中刺探對方心意。

1553 □ **わざわざ**

副 特地，特意；故意

例 この炊飯器は台湾でも売っているから、わざわざ日本で買ってくることはありませんよ。

這種電鍋臺灣就有賣了，所以用不著特地從日本買回來。

1554 □ **わずか（な）【僅か（な）】**

な形・副 僅，一點點

例 わずか1か月の練習で優勝できるなんて想像もしていませんでした。

我想都沒想過僅僅1個月的練習就能得到第一名。

1555 □ **わたす【渡す】**

他Ⅰ 交，交給 ➔ N4單字

反 うけとる【受け取る】收，接，領

例 こちらの書類を部長に渡していただけないでしょうか。

能否麻煩您將這些文件交給部長呢？（在公司）

1556 □ **わりかん【割り勘】**

名・他Ⅲ （結帳）平均分攤，均分

例 A：今日は私がおごりますよ。

今天我請客。

B：いえ、人数が多いので、今日は割り勘にしましょう。

不，因為人很多，所以今天就平均分攤吧。

1557 □ **わりざん【割り算】**

名 除法

衍 かけざん【かけ算】乘法

例 小学生にとって割り算は最初の壁と言われるぐらい難しい勉強です。

對小學生來說除法算是很困難的學習，可說是最一開始的障礙。

1558 □ **わりに【割に】**

副 比較
類 ひかくてき【比較的】比較

例 姉は年の割に若く見えるようだ。ときどき人に「妹さんですか？」と聞かれることがある。

姊姊看起來似乎比較年輕。我有時會被人問「她是您的妹妹嗎？」。

例 前回のテストは難しかったけど、今回のテストは割に易しかったんじゃない？　上次小考雖然難，這次小考卻比較簡單不是嗎？

1559 □ **わりびき【割引】**

名・他Ⅲ 折扣，打折
類 ～パーセントオフ【～ percent off】打～折

例 学生は割引があるので、会計の時に学生証を見せてください。

由於學生有折扣，結帳時請出示學生證。（在商店）

1560 □ **わる【割る】**

他Ⅰ 分，切；弄碎；除　➔ N4 單字
衍 かける【掛ける】乘

例 料金を６人で割ったら、１人２５００円になった。

６人平分費用的話１個人是 2500 日圓。

四則運算

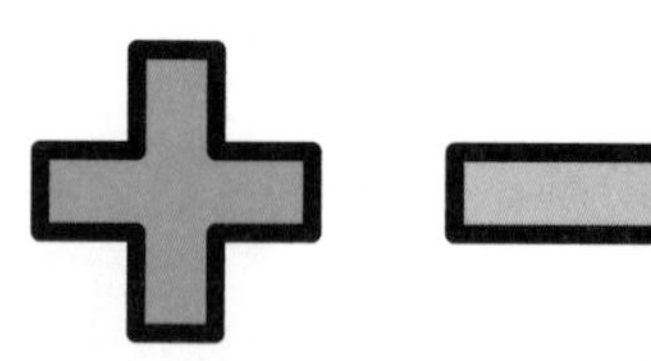

AにBを足す	AからBを引く	AにBを掛ける	AをBで割る
A加B	A減B	A乘以B	A除以B

1561 □ **わるくち【悪口】**

名 壞話
衍 もんく【文句】抱怨

例 人の悪口を言う前に、まず自分の悪い点を見直すべきだ。

在說別人的壞話前，應該先重新審視自己不好的地方。

附　錄

尊敬語——抬高動作者的地位以表示敬意

① 特殊尊敬語
部分動詞本身有專用的尊敬語型態，如果該動詞有特殊尊敬語，則優先使用。（請參考P.352「常用特殊敬語」） いる　→　いらっしゃる
② 和語動詞 →「お～になる」 　漢語動詞 →「ご～になる」、「～なさる」
和語動詞（非「する」結尾）改成「お～になる」之形式，漢語動詞（前面多為兩漢字，並以「する」結尾）去掉「する」改成「なさる」，或改成「ご～になる」之形式即為尊敬語。 読(よ)む　→　お読(よ)みになる 利用(りよう)する　→　ご利用(りよう)になる 研究(けんきゅう)する　→　研究(けんきゅう)なさる
③ ～(ら)れる
當動詞不容易變成「お／ご～になる」或「～なさる」之形式的尊敬語時，則使用動詞「(ら)れる」的形式。 間(ま)に合(あ)う　→　間(ま)に合(あ)われる
④ 複合動詞的情況
當動詞可以拆成兩部分時，只要將後半部改成尊敬語即可，這樣比較簡潔也好說，不過有時會有例外。 読(よ)んでくれる　→　（△）お読(よ)みになってくれる／（○）読(よ)んでくださる 走(はし)っていく　→　（×）お走(はし)りになっていく／（○）走(はし)っていらっしゃる 働(はたら)き始(はじ)める　→　（×）お働(はたら)き始(はじ)めになる／（○）働(はたら)き始(はじ)められる
⑤「V－ている」→「お／ご～です」
這種形式的尊敬語也非常禮貌，又簡單好說，能使用的時候最好積極使用，不過部分動詞不適用這種形式。 持(も)っている　→　お持(も)ちです 歌(うた)っている　→　（△）お歌(うた)いです／（○）歌(うた)っていらっしゃいます
⑥「V－てくれる」→「お／ご～くださる」
要特別注意，不要變成「お／ご～する」的形式，否則就成了謙讓語。 参加(さんか)してくれる　→　（○）ご参加(さんか)くださる／（×）ご参加(さんか)してくださる

謙讓語

謙讓語 I ——必須有尊敬的動作對象，降低自己的地位向該對象表示敬意

① 特殊謙讓語 I

常見的本類謙讓語包含「～をいただきます」、「～をさしあげます」、「～と／を申し上げます」、「（場所）に伺います」、「～を拝見します」、「（人）にお目にかかります」等。（與原本的動詞對照請參考 P.352「常用特殊敬語」）

② 和語動詞→「お～する」
漢語動詞→「ご～する」

如果要將動詞變成此類型的謙讓語時，和語動詞改成「お～する」之形式，漢語動詞則改成「ご～する」之形式。

伝（つた）える　→　お伝（つた）えする

説明（せつめい）する　→　ご説明（せつめい）する

③「V －てもらう」→「お／ご～いただく」

須注意不要變成了「お／ご～していただく」的形式，這是錯誤用法。

参加（さんか）してもらう　→　（○）ご参加（さんか）いただく／（×）ご参加（さんか）していただく

謙讓語 II ——不一定要有尊敬對象，單純降低自己的地位

特殊謙讓語 II

常見的本類謙讓語包含「～と／を申します」、「～へ／に参ります」、「～ております」、「～は／を　存じております」、「～いたします」等。（與原本的動詞對照請參考 P.352「常用特殊敬語」）

常用特殊敬語

尊敬語	丁寧語		謙讓語
いらっしゃいます おいでになります	います	在	おります
いらっしゃいます おいでになります	行きます	去	参ります 伺います
いらっしゃいます おいでになります お見えになります	来ます	來	参ります
おっしゃいます	言います	說	申します 申し上げます
召し上がります	食べます	吃	いただきます
召し上がります	飲みます	喝	いただきます
ご覧になります	見ます	看	拝見します
—	読みます	讀	拝読します 拝見します
—	聞きます	聽	伺います 拝聴します
—	会います	見面	お目にかかります
ご存じです	知っています	知道	存じております
なさいます	します	做	いたします
—	あげます	給	差し上げます
—	もらいます	收	いただきます 頂戴します
くださいます	くれます	給（我）	—
お休みになります	寝ます	睡	—
—	見せます	讓～看	お目にかけます ご覧に入れます

敬語的錯誤使用

二重敬語

當一個動詞同時使用兩種尊敬語，或是兩種謙讓語的情況，稱為「二重敬語」（又譯「雙重敬語」）。雖然在日常生活裡，經常可以發現日本人使用二重敬語，實際上卻屬於錯誤用法。常見的例子如下：

言う　→　（○）おっしゃる／（×）おっしゃられる

読む　→　（○）お読みになる／（×）お読みになられる

あげる　→　（○）さしあげる／（×）お差し上げする

「おっしゃる」本身就是「言う」的尊敬語，如果再變成「～(ら)れる」形式的「おっしゃられる」，就等於使用兩次尊敬語，構成了二重敬語。「お読みになる」則是「読む」的尊敬語，再變成「お読みになられる」就成了二重敬語。謙讓語的情況也相同，「さしあげる」已經是「あげる」的謙讓語，如果再變成「お差し上げする」就使用了兩次謙讓語，也是錯誤使用。

※ 但如果是以「て」形相連的動詞，就不屬於二重敬語，如以下例子：

読んでいる　→　（○）読んでいらっしゃる／（○）お読みになっている

　　　　　　→　（○）お読みになっていらっしゃる

先前也曾介紹過，當動詞可以拆成兩部分時，只要將後半部改成尊敬語即可，所以「読んでいらっしゃる」是最一般的說法。不過「お読みになっていらっしゃる」也不算是錯誤用法，因為這是將「読む」和「いる」兩個不同的動詞分別變成尊敬語的結果，所以不算構成二重敬語。

動詞變化表

第 1 類動詞

辭書形		ます形	て形	た形	ない形
言う	說；叫做	言います	言って	言った	言わない
書く	寫	書きます	書いて	書いた	書かない
急ぐ	著急，趕快	急ぎます	急いで	急いだ	急がない
行く	去	行きます	行って	行った	行かない
話す	說話	話します	話して	話した	話さない
待つ	等待	待ちます	待って	待った	待たない
死ぬ	死亡	死にます	死んで	死んだ	死なない
呼ぶ	呼叫；稱作	呼びます	呼んで	呼んだ	呼ばない
読む	閱讀	読みます	読んで	読んだ	読まない
帰る	回去	帰ります	帰って	帰った	帰らない

第 2 類動詞

辭書形		ます形	て形	た形	ない形
食べる	吃	食べます	食べて	食べた	食べない
降りる	下（交通工具）	降ります	降りて	降りた	降りない

第 3 類動詞

辭書形		ます形	て形	た形	ない形
来る	來	来ます	来て	来た	来ない
持ってくる	帶（物品）來	持ってきます	持ってきて	持ってきた	持ってこない
連れてくる	帶（人）來	連れてきます	連れてきて	連れてきた	連れてこない
する	做	します	して	した	しない
運動する	運動	運動します	運動して	運動した	運動しない

意向形	命令形	條件形	可能形	被動形	使役形
言おう	言え	言えば	言える	言われる	言わせる
書こう	書け	書けば	書ける	書かれる	書かせる
急ごう	急げ	急げば	急げる	急がれる	急がせる
行こう	行け	行けば	行ける	行かれる	行かせる
話そう	話せ	話せば	話せる	話される	話させる
待とう	待て	待てば	待てる	待たれる	待たせる
死のう	死ね	死ねば	死ねる	死なれる	死なせる
呼ぼう	呼べ	呼べば	呼べる	呼ばれる	呼ばせる
読もう	読め	読めば	読める	読まれる	読ませる
帰ろう	帰れ	帰れば	帰れる	帰られる	帰らせる

意向形	命令形	條件形	可能形	被動形	使役形
食べよう	食べろ	食べれば	食べられる	食べられる	食べさせる
降りよう	降りろ	降りれば	降りられる	降りられる	降りさせる

意向形	命令形	條件形	可能形	被動形	使役形
来よう	来い	来れば	来られる	来られる	来させる
持ってこよう	持ってこい	持ってくれば	持ってこられる	持ってこられる	持ってこさせる
連れてこよう	連れてこい	連れてくれば	連れてこられる	連れてこられる	連れてこさせる
しよう	しろ	すれば	できる	される	させる
運動しよう	運動しろ	運動すれば	運動できる	運動される	運動させる

第 2 類動詞整理

あきらめる	【諦める】	放棄	おぼれる	【溺れる】	溺水
あきる	【飽きる】	膩	かくれる	【隠れる】	隱藏
あきれる	【呆れる】	驚訝	かける	【掛ける】	掛；坐
あける	【明ける】	天亮	かさねる	【重ねる】	反覆
あげる	【上げる・挙げる】	提高；舉（手）	かたづける	【片付ける】	整理
あげる	【揚げる】	炸	かぶせる	【被せる】	覆蓋
あこがれる	【憧れる】	嚮往	かれる	【枯れる】	枯萎
あずける	【預ける】	寄放	かんじる	【感じる】	感受
あたえる	【与える】	給予	きにかける	【気にかける】	擔心
あたためる	【温める・暖める】	加熱；使暖和	きれる	【切れる】	用完
あつめる	【集める】	收集	くずれる	【崩れる】	變形
あてる	【当てる】	撞；曬	くみあわせる	【組み合わせる】	組合
あばれる	【暴れる】	鬧	くらべる	【比べる】	比較
あふれる		溢出	くわえる	【加える】	加上
あらわれる	【現れる】	出現	こえる	【超える】	超越（數量）
あわせる	【合わせる】	合起	こえる	【越える】	越過（場所）
あわてる	【慌てる】	慌張	こげる	【焦げる】	燒焦
いためる	【痛める】	使疼痛	こしかける	【腰掛ける】	坐下
うえる	【植える】	種	さける	【避ける】	避免
うけいれる	【受け入れる】	接受	ささえる	【支える】	支撐
うけつける	【受け付ける】	受理	さびる	【錆びる】	生鏽
うける	【受ける】	接受	さめる	【冷める】	變涼
うめる	【埋める】	填	さめる	【覚める】	醒來
うりきれる	【売り切れる】	賣完	しあげる	【仕上げる】	完成
える	【得る】	得到	しびれる		發麻
おくれる	【遅れる】	遲；延誤	しめる	【締める】	繫
おさえる	【押さえる】	壓住	しんじる	【信じる】	相信
おちる	【落ちる】	落下	すかれる	【好かれる】	受歡迎

すぐれる	【優れる】	出色	なげる	【投げる】	丟，扔
すすめる	【進める】	進行	なでる	【撫でる】	撫摸
すすめる	【薦める・勧める】	推薦；勸	なまける	【怠ける】	懶惰
すませる	【済ませる】	做完	なめる	【舐める】	舔
そだてる	【育てる】	養育	なれる	【慣れる】	習慣
そめる	【染める】	染成	にる	【似る】	像
そろえる	【揃える】	整齊	にる	【煮る】	煮
たおれる	【倒れる】	倒	ぬける	【抜ける】	脫落
たしかめる	【確かめる】	確認	のせる	【乗せる・載せる】	載；刊登
たてる	【立てる】	立起	のびる	【伸びる・延びる】	長長；延長
ためる	【溜める・貯める】	儲存；儲蓄	のりおくれる	【乗り遅れる】	沒搭上
たりる	【足りる】	足夠	のりかえる	【乗り換える】	轉乘
ちぢめる	【縮める】	縮短	はえる	【生える】	生，長
つうじる	【通じる】	通往	はずれる	【外れる】	落空
つける	【付ける】	塗上	はなしかける	【話し掛ける】	搭話
つける	【浸ける】	浸泡	はめる		扣
つとめる	【勤める】	工作	ひえる	【冷える】	變冷
つぶれる	【潰れる】	壓壞	ひかえる	【控える】	控制
つめる	【詰める】	塞，填	ひきうける	【引き受ける】	接受
つれる	【連れる】	帶著	ひろげる	【広げる】	擴大
でむかえる	【出迎える】	迎接	ふくめる	【含める】	包含
といあわせる	【問い合わせる】	詢問	ふるえる	【震える】	顫抖
とおりすぎる	【通り過ぎる】	走過	ほえる	【吠える】	吼，吠
どける	【退ける】	挪開	まかせる	【任せる】	託付
とりかえる	【取り替える】	更換	まぜる	【混ぜる】	混合
とれる	【取れる】	脫落	まちがえる	【間違える】	弄錯
ながれる	【流れる】	流動	まとめる	【纏める】	整合
なぐさめる	【慰める】	安慰	みあげる	【見上げる】	仰望

みつける	【見つける】	發現	もとめる	【求める】	追求
みつめる	【見つめる】	注視	ゆでる	【茹でる】	水煮
むかえる	【迎える】	迎接	ゆれる	【揺れる】	搖晃
もうける	【儲ける】	賺錢	よごれる	【汚れる】	髒
もえる	【燃える】	燃燒	よびかける	【呼びかける】	號召
もてる		受歡迎	わける	【分ける】	分

自他動詞對照

自動詞			他動詞		
あがる	【上がる】	（程度）提高	あげる	【上げる】	提高（程度）
あたたまる	【温まる・暖まる】	溫暖；暖和	あたためる	【温める・暖める】	加熱；使暖和
あたる	【当たる】	碰；照；準	あてる	【当てる】	撞；曬；猜
あつまる	【集まる】	集合	あつめる	【集める】	收集
いたむ	【痛む】	疼痛	いためる	【痛める】	使疼痛
うごく	【動く】	動	うごかす	【動かす】	使活動
うつる	【写る】	照	うつす	【写す】	拍照
うつる	【移る】	移動	うつす	【移す】	移
うまる	【埋まる】	埋著	うめる	【埋める】	填
おきる	【起きる】	起床	おこす	【起こす】	叫醒
おちる	【落ちる】	落下	おとす	【落とす】	使落下
かかる	【掛かる】	花費	かける	【掛ける】	花費
かくれる	【隠れる】	隱藏	かくす	【隠す】	藏
かたづく	【片付く】	整理	かたづける	【片付ける】	整理
かたまる	【固まる】	凝固	かためる	【固める】	使凝固
かわく	【乾く】	乾	かわかす	【乾かす】	吹乾
きまる	【決まる】	（事情）決定	きめる	【決める】	決定（事情）
きれる	【切れる】	斷	きる	【切る】	關；切
くずれる	【崩れる】	變形	くずす	【崩す】	弄亂
こぼれる		灑落	こぼす		弄灑
さがる	【下がる】	（程度）降低	さげる	【下げる】	降低（程度）
さめる	【冷める】	變涼	さます	【冷ます】	弄涼
さめる	【覚める】	醒來	さます	【覚ます】	弄醒
しあがる	【仕上がる】	（事情）完成	しあげる	【仕上げる】	完成（事情）
すぎる	【過ぎる】	過，過去	すごす	【過ごす】	度過
すすむ	【進む】	前進	すすめる	【進める】	使前進
すむ	【済む】	結束	すます	【済ます】	做完

そだつ	【育つ】	成長	そだてる	【育てる】	養育
そまる	【染まる】	染上	そめる	【染める】	染成
そろう	【揃う】	到齊	そろえる	【揃える】	整齊
たおれる	【倒れる】	倒	たおす	【倒す】	弄倒
たつ	【立つ】	站立	たてる	【立てる】	立起
たつ	【建つ】	蓋，建	たてる	【建てる】	蓋，建造
ちぢむ	【縮む】	縮小	ちぢめる	【縮める】	縮短
つく	【付く】	沾；帶	つける	【付ける】	塗上；加上
つづく	【続く】	連續	つづける	【続ける】	繼續
つぶれる	【潰れる】	壓壞	つぶす	【潰す】	搗碎
つまる	【詰まる】	塞滿；堵塞	つめる	【詰める】	塞，填
とける	【溶ける】	溶解，融化	とかす	【溶かす】	使溶解，使融化
とどく	【届く】	送達	とどける	【届ける】	送到
とれる	【取れる】	脫落	とる	【取る】	拿
ながれる	【流れる】	流動	ながす	【流す】	沖
なくなる	【亡くなる】	死亡	なくす	【亡くす】	死，喪
ぬける	【抜ける】	脫落	ぬく	【抜く】	拔
ぬれる	【濡れる】	溼	ぬらす	【濡らす】	弄溼
のこる	【残る】	留	のこす	【残す】	留下
のびる	【伸びる･延びる】	長長；延長	のばす	【伸ばす･延ばす】	留長；延長
はずれる	【外れる】	落空	はずす	【外す】	取下
ひえる	【冷える】	變冷	ひやす	【冷やす】	冰鎮
ひろがる	【広がる】	擴大	ひろげる	【広げる】	擴大
ふえる	【増える】	增加	ふやす	【増やす】	增加
ぶつかる		碰，撞	ぶつける		撞上
へる	【減る】	減少	へらす	【減らす】	使減少
まざる	【混ざる】	混合	まぜる	【混ぜる】	混合
まとまる	【纏まる】	集中	まとめる	【纏める】	整合

まわる	【回る】	旋轉	まわす	【回す】	轉
みつかる	【見つかる】	找到	みつける	【見つける】	找到
もうかる	【儲かる】	獲利	もうける	【儲ける】	獲利
もえる	【燃える】	燃燒	もやす	【燃やす】	燒
もどる	【戻る】	回來	もどす	【戻す】	歸還
やぶれる	【破れる】	破	やぶる	【破る】	弄破
ゆれる	【揺れる】	搖晃	ゆらす	【揺らす】	搖動
よごれる	【汚れる】	髒	よごす	【汚す】	弄髒
わく	【沸く】	燒開	わかす	【沸かす】	燒
わかれる	【分かれる】	分開	わける	【分ける】	分
わたる	【渡る】	過（橋）	わたす	【渡す】	交給
われる	【割れる】	碎	わる	【割る】	分；切

國家圖書館出版品預行編目資料

新日檢制霸！N3單字速記王／三民日語編輯小組彙編,眞仁田 榮治審訂.－－初版一刷.－－臺北市：三民，2020
面； 公分

ISBN 978-957-14-6787-0 （平裝）
1.日語 2.詞彙 3.能力測驗

803.189 109000036

JLPT 滿分進擊

新日檢制霸！N3 單字速記王

彙　　編	三民日語編輯小組
審　　訂	眞仁田 榮治
責任編輯	游郁苹
美術編輯	黃顯喬
發 行 人	劉振強
出 版 者	三民書局股份有限公司
地　　址	臺北市復興北路 386 號 (復北門市) 臺北市重慶南路一段 61 號 (重南門市)
電　　話	(02)25006600
網　　址	三民網路書店 https://www.sanmin.com.tw
出版日期	初版一刷 2020 年 3 月
書籍編號	S805810
I S B N	978-957-14-6787-0

三民書局